Angelika B. Klein

Der

Narzissenkünstler

Thriller

Autorin

Angelika B. Klein wurde 1969 geboren und lebt mit ihrem Ehemann sowie den beiden Kindern in München. Sie schreibt spannende Liebesromane und Thriller für Jugendliche und Erwachsene.

www.facebook.com/AngelikaB.Klein
instagram: angelikab.klein

NARZISSE

Narzisse, die, Substantiv, feminin, Nar/zis/se
Im Frühling blühende Blume mit langen, schmalen
Blättern und meist glockenförmigen, großen, duftenden,
gelben oder weißen Blüten auf hohen Stielen
Quelle: Duden

KÜNSTLER

Künstler, der, Substantiv, maskulin, Künst/ler
Jemand, der [berufsmäßig] Kunstwerke hervorbringt
oder darstellend, aufführend interpretiert
Quelle: Duden

NARZISSENKÜNSTLER

Narzissenkünstler, der, Substantiv, maskulin,
Nar/zis/sen/künst/ler
Jemand, der [psychisch erkrankt] seine Opfer tötet und
anschließend auf ihren blutigen Körpern seine Kunstwerke
mit den auserwählten Blüten darstellt
Quelle: Die Autorin

Bibliografische Informationen der Deutschen Nationalbibliothek:
Die Deutsche Nationalbibliothek verzeichnet diese Publikationen in der Deutschen Nationalbibliografie, detaillierte bibliografische Daten sind im Internet über http://dnb.dnb.de abrufbar.

Photo by Andrii Podilnyk on unsplash
Covergestaltung: Daniel Klein
Herstellung und Verlag
BoD – Books on Demand, Norderstedt
ISBN: 9783750426641

Prolog

Ein kräftiger Schlag auf ihren Hinterkopf holt sie aus ihrer Bewusstlosigkeit zurück. Als sie ihre Augen öffnet, dringt gedämmtes Licht auf ihre Netzhaut. Sie spürt, wie zwei kräftige Arme ihren Körper vom Boden aufheben und über mehrere Stufen nach oben ziehen. Nur langsam kommt die Erinnerung zurück. Ihr Blick fällt auf die weißen Fliesen, die von einer dichten Blutspur überzogen sind. *Meine Beine!* Entsetzt blickt sie auf ihre blutigen Oberschenkel, Waden und Fußsohlen, welche er mit einem Messer bearbeitete, um eine Blutspur zum eigentlichen Hinrichtungsort zu ziehen. Sie bemerkt die Überwachungskamera, die in dem breiten Gang hängt. *Warum ist mir die bisher noch nicht aufgefallen? Irgendwer muss uns doch sehen! Hilfe!* Ihre Gedanken überschlagen sich. Im nächsten Moment schlägt ihr Körper auf dem harten Boden auf.

„Steh auf!" Die eindringliche Stimme des Mannes lässt sie erschaudern.

„Ich habe gesagt, du sollst aufstehen!", schreit er ungeduldig. Ein schmerzhafter Tritt bringt ihren Körper zum Zittern.

Langsam stützt sie sich auf ihre Arme und zieht die Beine an. Noch bevor sie sich aus eigener Kraft erheben kann, vergräbt sich seine Hand in ihrem Haar und zieht sie nach oben.

„Stell dich an den Beckenrand", befiehlt er, während er sie grob von sich schiebt.

„Warum …"?

„Das habe ich dir bereits erklärt. Jetzt ist keine Zeit mehr für Gespräche, jetzt ist die Zeit für Handlungen."

Sie blickt ihm direkt in die Augen, sucht nach einem Funken Freundlichkeit, erkennt in diesem Moment aber nur Entschlossenheit und ... Hass.

Plötzlich hebt er seine Waffe und richtet sie auf ihren Oberkörper. Er steht nur einige Meter von ihr entfernt und ihr ist bewusst, dass er kein guter Schütze sein muss, um sie tödlich zu treffen.

„Das ist nicht die Lösung des Problems! Ich kann ..."

„Halt die Schnauze! Ich will nichts mehr hören!", schreit er unvermittelt.

Seine Hand zittert, als er langsam den Hebel zieht.

„Bitte, nicht!" Sie weiß, dass sie keine Chance hat, wenn er abdrückt. Durch die Wucht des Einschlags wird sie ins Wasser fallen und dort, falls die Kugel sie nicht sofort tötet, ertrinken.

Ein letztes Mal schaut sie ihm in die Augen, versucht durch nicht vorhandene hypnotische Fähigkeiten ihn von seinem Vorhaben abzubringen.

Bevor sie den Schuss hört, spürt sie den Eintritt des Projektils. Ihr Körper wird nach hinten gerissen und sie fällt in das warme Wasser. Im nächsten Moment umhüllt sie die erlösende Schwärze.

Kapitel 1

Heute

Den großen Koffer neben sich am Boden stehend, blickte Lea Rieder auf den prächtigen Eingangsbereich des Wellnesshotels. *Ein Abenteuer für die Seele,* versprach der Slogan der vier Sterne Superior Unterkunft. Dabei hatte sie die letzten Wochen genug Abenteuer. Sie war gegen diese Reise, aber ihr Kollege bestand darauf, dass sie untertauchte.

„Ich will mich aber nicht verstecken! Ich will dieses Schwein fassen!", erklärte Lea hartnäckig.

„Das will ich auch! Aber es ist einfach zu gefährlich! Er hat dich bereits einmal entführt und es war mehr als nur Glück, dass du davongekommen bist!" Nick Lörrach war Polizeihauptkommissar in München und hatte nicht vor, das Leben seiner Kollegin ein weiteres Mal zu gefährden.

„Das ist aber unsere einzige Chance! Wir haben bisher keine Spur zum Täter ... außer ..."

„Nein! Ich lasse dich auf keinen Fall als Lockvogel durch die Gegend laufen und ihn beenden, was er voriges Mal nicht geschafft hat!"

„Aber ihr könnt mich doch beschatten. Ihr würdet sofort bemerken, wenn er zuschlägt!" Obwohl Lea große Angst vor einem erneuten Zusammentreffen mit dem Serienmörder hatte, war genau diese Aussicht auf einen nennenswerten Erfolg der Grund, warum sie ihre Arbeit liebte. Sie ging zur Polizei, weil sie die Bösen fassen und die Guten beschützen wollte. Leider hatte sich die Realität nicht als ganz so einfach herausgestellt.

„Wenn ich …", setzte sie erneut an.

„Ich werde mit dir nicht mehr darüber diskutieren! Du weißt genau, warum ich dich nicht als Lockvogel einsetzen will! Entweder fährst du in den Bayerischen Wald oder ich stecke dich in eine Zelle, bis wir ihn gefasst haben. Es gibt keine weitere Option!" Nicks Entschlossenheit ließ ihr schlussendlich keine andere Wahl.

Lea hob ihren Koffer vom Boden auf und betrat den Empfangsbereich. Die einladende Halle beherbergte mehrere bequeme Sitzgelegenheiten und ließ durch die breite Fensterfront viel Licht ein, was dem Besucher ein warmes und wohliges Gefühl vermitteln sollte. Die freundliche, junge Angestellte begrüßte sie mit einem herzlichen Lächeln und dem typischen niederbayerischen Akzent. „Schee, dass Sie da san! Soll ich Ihnen das Hotel zeigen, oder kennen Sie sich bereits aus?"

„Vielen Dank, ich finde mich zurecht. Ich war schon einmal hier." *Jedoch unter anderen Umständen.*

Mit der Schlüsselkarte sowie ihrem Koffer bewaffnet fuhr sie in den zweiten Stock des Hauthauses und ging den schmalen, mit beigem Teppich ausgelegten Flur entlang. Einen Moment später betrat sie ihr Zimmer Nr. 203. Es handelte sich um ein gemütliches Einzelzimmer mit modernem Bad und einem berauschenden Blick über die grünen Felder bis hin zum Großen Arber, auf welchem immer noch Schnee lag. Sie sah sich im Zimmer um, entdeckte auf dem Bett den weißen Bademantel und war sich augenblicklich sicher, dass sie sich nach zwei Tagen Einsamkeit zu Tode langweilen würde. Wer fuhr schon alleine in solch ein Luxushotel? Hier genoss man die Zweisamkeit mit dem Partner, ruhige Stunden mit der Familie oder ein gemütliches Wochenende mit Freundinnen. Sie hatte noch nie davon gehört, dass Urlauber nur auf sich gestellt in ein abgeschiedenes Wellnesshotel reisten. Mit Sicherheit war sie der erste Gast, der mutterseelenallein beim Abendessen saß. Allerdings war ihr Aufenthalt auch nicht freiwillig. Sie wurde zwar nicht gerade in Handschellen von Nick hier abgeladen, aber ihr blieb keine andere Wahl. Die Aussicht auf mehrere Tage in einer Zelle war noch deprimierender, als sich die Zeit in einem Hotel voller Pärchen zu vertreiben. Außerdem hatte sie ihr E-Book dabei, auf welchem noch viele gute Thriller darauf warteten, von ihr gelesen zu werden.

Bekümmert ließ sie sich auf das Bett fallen und blickte an die weiße Decke. Das letzte Mal als sie hier war, war sie glücklich. Sie war verliebt und hatte nur Augen für Nick. Sie genossen beide das Wochenende und hielten sich die meiste Zeit im Zimmer auf, obwohl der Wellness- und Fitnessbereich umfangreiche Möglichkeiten zur Erholung bot. Aber das war lange her. Jetzt sind sie nur noch Kollegen, obwohl sie nie aufgehört hat, ihn zu lieben. Warum hatte Nick gerade in diesem Hotel ein Zimmer für sie gebucht? Warum ließ er ihr nicht die freie Entscheidung, wo sie untertauchen wollte? Hatte er etwa vor, sie heimlich zu besuchen? Wollte er ihr zeigen, wie glücklich sie damals waren und dass es ein Fehler von ihr war, die Beziehung zu beenden?

Kurzentschlossen schüttelte sie die schmerzenden Gedanken ab, stand auf, schlüpfte in ihren Bikini und streifte den weichen weißen Bademantel des Hotels über. Dieses Mal würde sie genügend Zeit haben, alles auszuprobieren, was das Hotel bot. Als sie gerade das Zimmer verlassen wollte klingelte ihr Handy. Das Display verriet ihr den Namen des Anrufers.

„Hallo Nick! Habt ihr ihn schon gefasst?", begrüßte sie ihren Kollegen ungeduldig.

„Kannst du die Auszeit nicht einfach genießen?", versuchte er sie zu besänftigen.

„Das sagst du so einfach! Schlimm genug, dass ich meiner Polizeiarbeit nicht nachgehen darf, aber hier unter lauter verliebten Pärchen herumlungern zu müssen, ist eine zusätzliche Strafe!"

„Du sollst dich doch nur von den Strapazen der vergangenen Tage erholen. Und wirf mir nicht ständig vor, dass ich das Beste für dich will!" Ein genervter Unterton lag in Nicks Stimme.

„Ernsthaft? Ich bin Oberkommissarin, da sollte ich ein paar Strapazen, wie du es nennst, schon aushalten. Außerdem weißt du eben nicht, was das Beste für mich ist. Ich sitze hier alleine in diesem Hotel, welches übrigens an jeder Ecke Erinnerungen in mir hervorruft, während ihr einen Serienmörder jagt. Und du weißt, dass ich euch dabei helfen könnte!"

„Vielleicht weiß ich nicht was das Beste für dich ist, aber ich bin mir sicher, dass dich die Entführung mehr belastet hat, als du zugeben willst. Du musst dich nur etwas gedulden, irgendwann wird er einen Fehler begehen und dann schnappen wir ihn."

„Irgendwann? Wie lange soll ich mich hier verstecken?"
„Das Zimmer ist für die nächsten vier Wochen frei. Sollte es länger dauern, dann …"

„Vier Wochen? Bist du verrückt? Ich gehe ein, wenn ich hier vier Wochen rumsitzen muss! Ich gebe dir eine Woche, dann steige ich in mein Auto und komme zurück!" Leas Wut war in jedem einzelnen Wort zu hören.

„Du weißt, was ich mit dir mache, wenn du hier auftauchst, bevor wir ihn geschnappt haben?"

„Wie hast du das überhaupt hinbekommen, hier noch ein freies Zimmer zu ergattern? Die sind doch ständig ausgebucht!", warf Lea geschickt ein, um das Thema zu wechseln.

„Ich hatte einfach Glück! Ein Einzelzimmer wird eben nicht sehr oft gebucht!"

Kein Wunder! Wer fährt schon allein zum Wellness?

„Und warum musste es ausgerechnet dieses Hotel sein? Hätte ich nicht auch nach Budapest, Rom oder Lissabon fahren können?", wollte Lea wissen.

Er wartete zwei Sekunden zu lange, bis seine Antwort kam. „Natürlich! Aber ich dachte, dir hat es dort so gut gefallen, dass du wieder hinwolltest?"

Sie schnaubte ungläubig. War er wirklich so gefühlskalt oder tat er nur so? „Richtig! Es hat mir hier sehr gut gefallen, aber das lag möglicherweise nicht nur an dem Hotel", gab sie leise zu.

„Lea? Dir ist schon klar, dass *du* damals Schluss gemacht hast? Ich wollte weiterhin eine Beziehung mit dir." Diese Worte waren keineswegs gefühlskalt. Er meinte jede Silbe ernst.

Plötzlich wollte sie nicht länger mit ihm reden. Es schmerzte sie, seine Stimme zu hören. „Sorry, aber ich muss los! Mein Kurs beginnt gleich! Hältst du mich auf dem Laufenden, was unseren Killer betrifft?" Sie hatte Mühe, ihre Tränen zu unterdrücken.

„Natürlich!", erklärte Nick enttäuscht, bevor Lea das Gespräch beendete.

Sie ging ins Badezimmer und starrte ihr Spiegelbild an. *Ich hatte meine Gründe, warum ich Schluss gemacht habe. Es tat unsagbar weh, aber es ging nicht anders!* Sie drehte den Wasserhahn auf und bedeckte ihr Gesicht mit kaltem Wasser. Vier Wochen! Hoffentlich fassten sie den Täter schneller, viel schneller. Vorerst wollte sie sich auf eine Woche Auszeit konzentrieren. Das schaffte sie! Viel lesen, schlafen, Sport treiben und die schlechten Gedanken in der Sauna ausschwitzen. Danach würde sie weitersehen.

Mit plötzlichem Ehrgeiz versehen begab sich Lea zum Schwimmbad, stieg in das warme Wasser und zog kraulend ihre Bahnen. Erst nach 20 Minuten stieg sie erschöpft aus dem großen Becken und trocknete sich ab. Sie schlenderte in den Ruhebereich, wo sich mehrere Räume mit unterschiedlichen Liegemöglichkeiten befanden. Sie entschied sich für einen gemütlichen Raum mit vier Boxspringbetten, welcher bereits damals, mit Nick, einer ihrer Lieblingsplätze war. Sie zog ihr E-Book aus dem braunen Korb, welcher jedem Zimmer während des Aufenthalts zur Verfügung gestellt wurde, und begann mit dem ersten Kapitel des Augensammlers, ein Bestseller von Sebastian Fitzek.

Kapitel 2

Vor vier Jahren

Mit Tränen in den Augen saß Lea im Zug von Hamburg nach München. Sie war gerade mal 33 Jahre alt und ihr bisheriges Leben lag in Scherben vor ihr. Ihr langjähriger Freund, Samuel, hatte sie von heute auf morgen für eine zwölf Jahre jüngere Frau verlassen.

Lea lernte ihn kurz nach ihrer Ausbildung auf der Dienststelle in Hamburg kennen. Sie war damals 23 Jahre alt und bekam als frische Polizeikommissarin einen Kollegen an ihre Seite gestellt, der sie in den praktischen Beruf einführen sollte. Dieser Kollege war Samuel, fünf Jahre älter als sie und mit Abstand der attraktivste Polizeihauptkommissar auf der Dienststelle. Sie war nicht die einzige Kollegin, die ihn, wann immer es ging, von der Seite anschmachtete. Es gab noch eine Handvoll anderer weiblicher wie auch männlicher Polizisten, die ihm gegenüber eindeutige Anspielungen machten. Dass Samuel jedoch gerade an ihr Interesse zeigte schmeichelte Lea, so dass sie sich bereits nach wenigen Wochen Hals über Kopf in ihn verliebt hatte. Sie waren das Traumpaar auf der Dienststelle und hatten, dank Samuels offener Art, auch außerhalb der Arbeit einen großen Freundeskreis. Sie führten eine anfangs stürmische, anschließend liebevolle Beziehung, welche nach zehn Jahren immer öfter in einer Diskussion über die gemeinsame Familienplanung endete.

„Lea! Wir lieben uns doch! Warum sträubst du dich gegen gemeinsame Kinder?", fragte Samuel nicht zum ersten Mal in den letzten Monaten.

„Ich bin nicht der Typ Hausfrau! Ich möchte Polizeiarbeit leisten! Ich will Mörder jagen und dingfest machen! Warum kannst du das nicht verstehen?"

„Aber das eine schließt doch das andere nicht aus! Viele Frauen arbeiten nach ihrem Mutterschutzurlaub wieder auf der Dienststelle!", räumte Samuel voller Überzeugung ein.

„Sam! Meine letzte Beförderung ist sechs Jahre her. Alle zwei Jahre hoffe ich, dass der Dienststellenleiter mich ernennt, damit ich endlich Polizeioberkommissarin werden kann. Denn mein Ziel ist es, aktiv auf der Straße zu ermitteln, nicht nur hinter dem Schreibtisch zu sitzen. Ich arbeite härter als jeder andere und trotzdem werde ich immer wieder vertröstet. Dieses Mal habe ich ein gutes Gefühl bei der Benennung. Ein Kind passt da einfach nicht in mein Leben!" Es war das erste Mal, dass sie Samuel ihre Meinung so detailliert erklärte und die Entscheidung gegen ein Kind so deutlich aussprach.

„Soll das heißen, dass du niemals Kinder willst?", hakte Samuel unsicher nach.

Schulterzuckend antwortete sie ehrlich. „Wie kann ich eine gute Kommissarin werden, wenn ich mir ständig Sorgen um ein Kind machen muss, welches zu Hause auf mich wartet? Und was wäre ich für eine Mutter, wenn ich tagtäglich in meinem Beruf riskieren würde, mein Kind zur Halbwaise zu machen? Ich könnte nie mit vollem Einsatz meiner Arbeit nachgehen!"

Samuel betrachtete sie schweigend. „Ein einfaches *Ja* hätte auch gereicht!" Er schüttelte traurig den Kopf und wandte sich von ihr ab.

Aber es lag nicht in Leas Natur schnell aufzugeben, wenn ihr etwas wichtig war. Und Samuel war ihr wichtig. „Soll das etwa heißen, du machst Schluss? Nur weil ich keine Kinder will?"

„Nein, natürlich nicht! Aber du weißt, dass für mich zu einer richtigen Familie auch Nachwuchs gehört. Auch Adoptivkinder wären kein Problem. Aber du warst eben deutlich genug, dass du keine Verantwortung tragen möchtest."

„Spinnst du? Ich trage jeden Tag Verantwortung! Die Kollegen auf der Straße verlassen sich auf mich! Ich koordiniere ihre Einsätze und bin verantwortlich für die Weitergabe detaillierter Informationen. Wie kannst du da ..."

„Das meinte ich nicht!", unterbrach Samuel sie genervt. „Deine Priorität liegt bei der Arbeit, die Familie hat nur eine untergeordnete Funktion."

Lea wollte nicht streiten. Sie wollte Verständnis. „Als wir zusammenkamen wusstest du, dass mein sehnlichster Wunsch ist, Kommissarin zu werden. Seit ich ein Kind war und meinen Vater bei seiner Arbeit beobachten konnte, ist dieser Gedanke in mir gewachsen. Seit jenem Tag hatte ich nur dieses Ziel vor Augen. Alle Anstrengungen, alle Entbehrungen und jeder blaue Fleck, den ich mir im Training zugezogen habe, waren gerechtfertigt, wenn ich eines Tages meinen Traum leben könnte. Erzähl mir also bitte nicht, du hast geglaubt, ich würde die perfekte Mutter für deine Kinder abgeben."

Entmutigt schaute er sie an. „Ich dachte, du würdest dich mit den Jahren ändern. Du würdest erkennen, dass es Wichtigeres im Leben gibt, als die Karriere!"

„Was kann es Wichtigeres geben, als den Beruf, der mich erfüllt und den ich mir schon seit Kindheitstagen wünsche?"

„Einen Mann und Kinder, die dich lieben." Samuel schnappte sich seinen Autoschlüssel und verließ die Wohnung. Als er drei Stunden später zurück kam, spürte Lea, dass es einen Bruch in ihrer Beziehung gab. Sie liebten sich zwar noch und spielten nach außen hin weiterhin das Traumpaar, für das sie alle hielten, aber ihre Zweisamkeit war immer öfter von Schweigen erfüllt. Keiner wollte das Thema Kinder erneut ansprechen.

Kurze Zeit später wurde Leas Traum wahr. Sie wurde zur Polizeioberkommissarin befördert. Sobald eine Stelle frei würde, könnte sie im Außendienst arbeiten. Ihre Freude über diese Beförderung war derart groß, dass sie die privaten Schwierigkeiten erfolgreich verdrängte. Auf dem Nachhauseweg kaufte sie eine Flasche Champagner, um den Glückstag mit Samuel zu feiern.

Sie öffnete die Wohnungstür und rief euphorisch in den Raum. „Sam, wir haben was zu feiern! Ich wurde endlich befördert und darf jetzt in den Außendienst!"

Die Stille der Wohnung schlug ihr ernüchternd entgegen. Samuel war nicht da. Sie schrieb ihm eine Nachricht aufs Handy, erhielt jedoch auch darauf keine Antwort. Als sie ihn anrufen wollte, schaltete sich nur die Mailbox an. *Vielleicht muss er wieder länger arbeiten, das kam ja in den letzten Wochen leider öfters vor.* Sie wartete geduldig auf ihn. Eine Stunde, zwei Stunden, drei Stunden. Gegen Mitternacht machte sie sich langsam Sorgen, weil er auf ihre wiederholten Nachrichten nicht antwortete. Auf ihre Nachfrage bei der Dienststelle erhielt sie die Antwort, dass Samuel bereits vor zwei Stunden seinen Dienst beendet habe. *Wahrscheinlich ist er noch mit Kollegen unterwegs!*, versuchte sie sich zu beruhigen. Aber ihre feinen Antennen ließen sich nicht täuschen. Sie ahnte, dass irgendetwas nicht stimmte. Unruhig lief sie im Wohnzimmer auf und ab. Als sie zwanzig Minuten später den Schlüssel im Türschloss hörte, lief sie ihm erleichtert entgegen. „Samuel! Ich dachte schon, es ist etwas passiert!" Sie schlang ihre Arme um seinen Hals und drückte sich an ihn. Augenblicklich spürte sie seine verkrampfte Haltung.

„Was ist los?", fragte sie, während sie ihn skeptisch betrachtete.

„Wir müssen reden", antwortete er ruhig.

In diesem Moment wusste sie es, auch wenn es ihr Bewusstsein nicht wahrhaben wollte. Sie wusste, dass er ihr etwas erzählen würde, was ihre Euphorie über ihre lang ersehnte Beförderung in den Schatten stellen würde.

„Was ist passiert? Gab es einen Unfall bei einem Einsatz?" Ihre Frage war keinesfalls so abwegig, da es bereits zweimal vorgekommen war, dass ein Kollege im Einsatz ums Leben kam, was die gesamte Dienststelle in Trauer versetzte.

Samuel ging langsam zum Sofa, als müsse er sich seine Worte noch zurechtlegen. Dabei hatte er die letzten zwei Stunden mit nichts anderem verbracht. Als er sich neben

Lea niederließ, erkannte sie in seinem Blick, dass ihm schwer fiel, was er zu sagen hatte.

„Lea, es ... ich weiß nicht genau wo ich anfangen soll", stotterte er unsicher.

„Erzähl es einfach. Fang ruhig mittendrin an, wenn es dir leichter fällt. Du weißt doch, was wir den Zeugen immer erklären. Lassen Sie einfach alle Informationen rausprudeln, wir sortieren sie anschließend in die richtige Reihenfolge." Aufmunternd lächelte sie ihn an.

Als er ihr in die Augen schaute, lief es ihr eiskalt den Rücken hinunter. In diesem Blick lag so viel Bedauern, Liebe und Scham, dass sie nicht mehr an ein unbedeutendes Ereignis glauben konnte. In diesem Moment wusste sie, dass Samuels folgende Worte sie und ihr gesamtes weiteres Leben verändern würden.

„Ich habe eine andere Frau kennengelernt!" *Peng!* Jetzt war es raus! Direkt und ohne Umwege! Es traf sie völlig überraschend und unvorbereitet. Sie hatte mit vielem gerechnet, aber nicht damit. Hätte sie in der Vergangenheit irgendetwas geahnt, dann wären ihre Gedanken möglicherweise in diese Richtung gegangen. Aber offenbar war sie so sehr in ihrem beruflichen Aufstieg gefesselt, dass sie eventuelle Anzeichen nicht erkannt hat. Ihre Überzeugung, mit Samuel den Mann für ihr Leben gefunden zu haben, war so präsent, dass sie die Möglichkeit, er könnte eine andere Frau finden, welche besser zu ihm passte, nicht in Erwägung zog. Wie konnte das passieren? Ungläubig starrte sie ihn an.

Obwohl seine Mundwinkel zuckten und für einen Moment aussahen, als würde er lächeln, glaubte sie nicht eine Sekunde lang an einen Scherz. Mit solch einer Aussage würde Samuel niemals Witze machen. Ihr Mund wurde schlagartig trocken, ihre Hände feucht und in ihren Ohren hörte sie das Blut rauschen.

„Sie heißt Adelina und kam vor zwei Jahren aus Albanien nach Deutschland." Lea wusste nicht, ob sie diese Details überhaupt hören wollte, aber sie war wie gelähmt und konnte sich deshalb seiner Offenbarung nicht entziehen.

„Wir haben uns vor vier Monaten bei der Tagung in Stuttgart kennengelernt. Als wir uns dann zwei Wochen später zufällig in Hamburg wieder über den Weg liefen, tranken wir einen Kaffee zusammen. Und dann ist es einfach passiert! Wir haben uns ineinander verliebt."

Angeekelt schüttelte Lea sich, was dazu führte, dass ihre Starre von ihr abfiel und sie wieder sprechen konnte. „Ist sie auch Polizistin?"

„Nein! Sie arbeitet als Bedienung", gab Samuel aufrichtig zu.

In Leas Kopf jagten sich die Gedanken. *Keine Polizistin? Warum war sie dann bei der Tagung? Und jetzt ist sie in Hamburg - welch ein Zufall!*

„Ihr habt also eine Affäre?" Lea war bereit, den Konflikt mit Samuel zu lösen. Sie konnte es ihm nicht einmal verübeln, dass er Zuflucht bei einer anderen Frau gesucht hatte. Schließlich war ihr Sexualleben seit dem einschneidenden Gespräch von damals praktisch nicht mehr vorhanden.

„Nein! Wir haben keine Affäre!"

Lea sah ihn erstaunt an. *Warum erzählt er mir dann davon, wenn die Sache schon wieder beendet ist?*

„Ich werde Adelina heiraten, sie erwartet ein Kind von mir!" *Zweites Peng!* Samuel sprach langsam und deutlich. Trotzdem kamen die Worte in Leas Gehirn verschwommen und als Einheitsbrei an.

„Was?", brachte sie undeutlich heraus. Sie erwartete jedoch keine Wiederholung seiner Aussage, denn wie in Zeitlupe bildeten die Worte einen verständlichen Satz. *Ich werde Adelina heiraten, sie erwartet ein Kind von mir.*

„Das muss ein Schock für dich sein, aber ich war mir bis heute nicht sicher und wollte dich nicht unnötig verunsichern."

Als hätte jemand den Stöpsel aus einer Badewanne gezogen, kam Bewegung in Lea. Sie erfasste die Konsequenzen des unglaublichen Satzes und ließ ihre Emotionen ohne Filter ablaufen.

„Mich unnötig verunsichern? Hörst du dir eigentlich selbst zu? Du hast seit vier Monaten ein Verhältnis mit dieser …. dieser Bedienung und erzählst mir erst jetzt davon? Du warst dir nicht sicher? Mit was? Ob du sie liebst? Ob du sie heiraten willst? Oder ob du mich verlassen sollst?", platzte es aus Lea heraus.

„Ob sie wirklich schwanger ist", antwortete Samuel ruhig.

Drittes Peng! Ein erneuter imaginärer Schlag in ihr Gesicht, mitten auf die Nase, wo es besonders schmerzt.

„Willst du mir damit sagen, du bleibst nur bei ihr, weil sie schwanger ist? Bist du dir überhaupt sicher, dass das Kind von dir ist? Vielleicht vögelt sie noch mit anderen Männern herum. Möglicherweise ist sie nur auf einen deutschen Pass scharf und will dich deshalb heiraten. Hast du das schon einmal in Erwägung gezogen?" Ihre Stimme überschlug sich fast.

Sein skeptischer Blick traf sie unvermittelt. „Das meinst du nicht ernst! Du verurteilst sie, obwohl du ihr nie begegnet bist! Wenn du sie kennen würdest ..."

„Ich will sie aber nicht kennenlernen! Erspare mir das! Du wirfst unsere langjährige Beziehung einfach weg – gut! Hauptsache du bekommst dein Kind!"

„Du tust mir unrecht und das weißt du! Unsere Beziehung gibt es seit einigen Monaten schon nicht mehr. Ob du es glaubst oder nicht, ich habe dich immer geliebt, aber an dem Tag, als du mir an den Kopf geworfen hast, dass du nie Kinder haben willst, ist etwas in mir zerbrochen. So plötzlich wie die Liebe einen trifft, kann sie offenbar auch wieder verschwinden. Das war genau der Moment. Ich habe mich nicht in Adelina verliebt, weil sie jung ist und Kinder will, sondern weil ich in meinem Herzen wieder Single war und Amors Pfeil mich erneut erwischt hat. Sollte ich mich dagegen sträuben, nur weil zu Hause eine Frau auf mich wartet, die nicht das gleiche Ziel wie ich verfolgt? Das Leben ist zu kurz, um an einem Partner festzuhalten, den man nicht mehr liebt. Ich hoffe, dass du das irgendwann einsiehst und mir vergeben kannst."

Lea wandte sich von ihm ab, weil sie nicht wollte, dass er ihre Tränen sah, die ihr nach dieser ehrlichen Ansprache hemmungslos über die Wangen liefen.

„Ich wäre gerne mit dir befreundet geblieben, aber offenbar geht das momentan nicht. Es tut mir leid." Samuel ging ins Schlafzimmer und packte einige Sachen in eine Reisetasche, bevor er zurück ins Wohnzimmer kam.

„Lea?", wandte er sich an seine jetzige Ex-Freundin, die am Fenster stand und in die Dunkelheit der Nacht blickte.

„Was?" Sie drehte sich nicht um. Er hatte ihre gemeinsame Vergangenheit, ihre Gegenwart und ihre Zukunft auf den Boden geworfen und mit jedem Satz darauf getreten, bis nur noch kleine Scherben übrig waren. Sie wollte ihm nicht die Genugtuung geben, dass er sah, wie sie darunter litt.

„Ich gehe jetzt! Ich hoffe, du kannst mich irgendwann verstehen und mir verzeihen, dass es so gelaufen ist. Ich habe dich bis zuletzt geliebt und wollte dir nie wehtun. Leb wohl!"

Sie hörte seine Schritte und im nächsten Moment die Wohnungstür, die ins Schloss fiel. Erst danach erlaubte sie sich zusammenzubrechen.

Am nächsten Tag reichte sie einen Versetzungsantrag bei ihrem Vorgesetzten ein und erhielt zwei Wochen später die Zusage von einer Dienststelle in München.

Als sie an ihrem zweiten Arbeitstag in München Nick kennenlernte, bemerkte sie sofort die Anziehungskraft, die zwischen ihnen herrschte. Sie waren eindeutig auf der gleichen Wellenlänge. Aber sie wollte vorerst keine neue Beziehung. Nick umgarnte sie und führte sie zu mehreren Dates aus. Es dauerte jedoch ein ganzes Jahr, bis sich Lea schließlich eingestand, dass Amors Pfeil auch sie neu getroffen hatte. Sie gab ihren Gefühlen nach und kam mit Nick zusammen.

Trotz ihrer Beförderung in Hamburg musste Lea in München erneut Schreibtischarbeit leisten und darauf warten, dass eine Stelle im Außendienst frei wurde. Nick hingegen hatte bereits seinen Traumjob. Er war Polizeihauptkommissar, also eine Stufe über Lea, und ermittelte mit seinem Partner Hannes gegen Serienmörder. Man möchte glauben, dass es die in Deutschland nicht oft gibt, aber als Serienmörder wird ein Täter bereits nach der dritten Tat, welche ihm eindeutig zuzuordnen ist, bezeichnet. Und davon gibt es jedenfalls so viele, dass es wenige Dienststellen in Deutschland gibt, die sich in eigenen Abteilungen mit diesen Taten beschäftigen.

Lea und Nick trafen sich regelmäßig abends und an den Wochenenden. Sie hatten viele gemeinsame Interessen, eines davon war die Arbeit. Sie waren beide Kommissare aus Leidenschaft. Nick auf der Straße, Lea hinter dem Schreibtisch. Stundenlang unterhielten sie sich über die einzelnen Fälle, analysierten Täterprofile und besprachen Strategien, um den Tätern auf die Spur zu kommen. Sie waren ein gutes Team, nicht nur bei der Arbeit. Wann immer Lea einen schlechten Tag hatte oder deprimiert war, weil sich ihre Versetzung in den Außendienst hinzog, brachte Nick sie mit kleinen Witzeleien zum Lachen. Sie ergänzten sich in allerlei Hinsicht, sie waren so verschieden und doch so gleich. Ihre unbeschwerte Liebe entlockte bei Nicks Kollegen nicht nur einmal neidische Blicke.

„Wie machst du das nur?", fragte Hannes eines Tages seinen Kollegen.

„Was meinst du?", wollte Nick wissen.

„Eure Beziehung ist so romantisch wie zwischen frisch Verliebten, so locker wie zwischen Kumpels und so heiß wie zwischen einem Freier und seiner …"

„Jetzt hör aber auf! Willst du mir damit sagen, dass ich Lea wie eine Prostituierte behandle?" Nick schlug seinem Kollegen ermahnend auf die Schulter.

„Natürlich nicht! Du liebst sie mit jeder Faser deines Körpers, das sieht man. Aber auch eine Prostituierte kann von einem Mann gut behandelt werden. Das eine schließt das andere ja nicht aus."

„Du musst es ja wissen!" Mit einem Augenzwinkern grinste Nick seinen Partner an.

Sie saßen gemeinsam in ihrem zivilen Dienstwagen und beschatteten eine Bar, in welcher eine Serienmörderin ihr Unwesen trieb. Drei der vier Opfer wurden in genau dieser Kneipe von der jungen Frau angesprochen.

„Ich meine nur – ihr habt eine so unkomplizierte Beziehung! Gibt es dafür ein Geheimrezept?" Hannes hatte bisher kein Glück mit längeren Beziehungen. Sie endeten allesamt nach einigen Monaten.

Lachend lehnte Nick sich zurück. „Wir lieben uns, das ist das Geheimrezept. Vielleicht spielt auch der Umstand eine Rolle, dass wir beide Polizisten sind. Wir brennen für unsere Arbeit."

„Und?", hakte Hannes neugierig nach.

„Wir haben die gleiche Art Humor. Wir können uns aufziehen, ohne dass der andere beleidigt ist und lieben es gleichzeitig von ihm verwöhnt zu werden. Die typische Männer-Frauen-Verteilung gibt es bei uns eigentlich nicht. Wenn ich ihr einen Fallschirmsprung schenke, dann hat sie bald im Gegenzug eine andere Überraschung für mich."

Hannes zog seine Augenbrauen hoch.

„Fallschirmsprung? Hast du es schon mal mit Blumen versucht?"

„Genau das meine ich doch! Ich schenke ihr keine Blumen und sie kocht mir kein schönes Abendessen. Diese Klischees bedienen wir beide nicht. Wir gehen lieber zum Skifahren oder zum Wildwasser-Rafting."

„Und im Bett?", wollte Hannes jetzt direkt wissen.

„Willst du Einzelheiten hören?" Verschwörerisch beugte Nick sich zu seinem Freund und Kollegen.

„Klar! Erzählst du sie mir?"

„Nein!"

„Nick! Wir kennen uns seit 20 Jahren! Ich bin dein bester Freund! Wem, wenn nicht mir, erzählst du von deinen heißen Nächten mit deiner bezauberten Freundin?"

„Richtig! Du bist mein bester Freund und seit acht Jahren mein Partner auf der Straße. Aber ich werde dir nicht von meinen heißen Nächten mit Lea erzählen. Da wirst du nur neidisch. Das will ich dir nicht antun!" Nick zwinkerte ihm schelmisch zu.

„Du könntest mir ruhig etwas mehr vertrauen. Andernfalls muss ich meine Fantasien spielen lassen und vergleiche euer Sexualleben eben mit dem von einem Freier mit seiner Prostituierten."

„Tu was du nicht lassen kannst. Aber eines will ich dir sagen … ein Freier wird nie die Erfüllung finden, die ich bei Lea erfahre!"

Nach knapp einem Jahr Beziehung schenkte Nick Lea ein Wochenende im Wellnesshotel. Sie genossen die gemeinsame Zeit – bis zu dem Tag, an dem sich alles änderte.

Kapitel 3

Heute

Lea lag noch immer auf dem weichen Boxspringbett, hatte aber mittlerweile die Augen geschlossen, weil sie vom Lesen müde wurde. Plötzlich schoss ihr, ohne Vorankündigung, ein grausames Bild in ihre Gedanken. Sie sah Blut, Gedärme und weiße Narzissen. Schlagartig riss sie ihre Augen auf. *Nicht schon wieder!* Diese Bilder verfolgten sie seit der Entführung. Eigentlich sollte sie als Polizistin gegen solche Emotionen gewappnet sein, aber die Details des vor ihren Augen ausgeübten Mordes waren einfach zu grausam. Nick hatte Recht! *Natürlich hatte er das!* Sie musste sich von den Strapazen erholen. Aber war ein Aufenthalt in einem Luxushotel wirklich der richtige Ort für die psychische Verarbeitung solcher Erlebnisse? Sicher nicht! Eigentlich müsste sie in psychologische Behandlung. Aber das wollte sie nicht. Sie war nicht der Typ, der mit fremden Menschen über ihre Probleme sprach.

Sie schloss erneut ihre Augen und dachte an Nick. Sie erinnerte sich daran, wie sie hier gemeinsam lagen, Arm in Arm. In ihrer Erinnerung konnte sie ihn riechen, spüren und atmen hören. Sie vermisste ihn! Aber sie wollte es vor ihm nicht zugeben, schließlich war sie diejenige, die die Beziehung vor zwei Jahren beendete.

Genervt von ihren rührseligen Gedanken stand sie auf, ging auf ihr Zimmer und schlüpfte in ihre Sportklamotten.

Als sie auf den Fitnessraum zusteuerte, erkannte sie bereits durch die breite Glaswand, dass dieser gerade leer war, so dass sie ungestört auf dem Laufband ihr Ausdauertraining durchführen konnte.

Am Abend, als sie sich gerade fürs Abendessen fertig machte, klingelte erneut ihr Handy.

„Hi Nick!", begrüßte sie ihn kleinlaut. Sie hatte ein schlechtes Gewissen, weil sie ihn am Nachmittag beschimpft hatte.

„Was ist los? Keinen beleidigenden Spruch auf Lager?", entgegnete Nick.

„Hier ist es langweilig! Willst du das hören?"

„Langeweile ist manchmal gut für die Seele! Treib viel Sport, ernähre dich gesund und schlafe viel! Du wirst sehen, die Zeit vergeht ganz schnell, wenn du dich einmal an den Tagesablauf gewohnt hast."

„Ich will mich aber nicht daran gewöhnen und ich will auch nicht die ganze Zeit schlafen! Ich wünschte, du wärst hier!", rutschte es ihr aus Versehen heraus. Im nächsten Moment hielt sie erschrocken die Luft an. *Was rede ich denn da?*

„Lea?", kam die zaghafte Frage durch den Hörer.

„Sorry, das ist mir nur so rausgerutscht. Tu einfach so, als hätte ich es nicht gesagt."

„Soll ich zu dir kommen?", flüsterte Nick. Lea zog es das Herz zusammen. *Ja!*

„Nein, natürlich nicht! Fang gefälligst diesen Typen, damit der Spuk endlich ein Ende hat!"

„Geht es dir wirklich gut?"

„Klar! Man wird hier nur etwas sentimental. Mir ist letztes Mal nicht aufgefallen, dass hier so viele junge Pärchen sind. Ich habe nur ältere Ehepaare und ein paar Frauengruppen in Erinnerung."

„Das liegt vielleicht daran, dass wir ausschließlich mit uns selbst beschäftigt waren und nicht so sehr auf die anderen Gäste geachtet haben." Nicks Worte riefen eine Erinnerung in ihr wach, die sie momentan lieber verdrängt hätte.

„Kann schon sein, aber das hilft mir jetzt auch nicht weiter. Ich habe das Gefühl, dass alle um mich herum kuscheln und turteln und sich ständig im Arm halten. Das nervt extrem!"

„Such dir doch einfach einen Lover!", schlug Nick belustigend vor.

„Ernsthaft? Du schlägst mir vor ich soll mir so etwas wie einen Kurschatten anlachen?" Lea glaubte sich verhört zu haben.

„Warum nicht? Wenn dich das ablenkt! Du bist Single, du kannst machen was du willst! Das ist doch der Vorteil des Single-Daseins." Nick klang scherzhaft, aber meinte er es auch so?

„Gehst du etwa ständig mit anderen Frauen ins Bett, nur weil du Single bist?", warf Lea ihm vor.

„Es geht hier nicht um mich, sondern um dich! Wir hören uns morgen wieder, schönen Abend noch!"

War das ein Ja oder ein Nein? Lea spürte die Eifersucht in sich, obwohl Nick recht hatte. Sie waren beide Single, sie konnten sich gegenseitig nichts vorwerfen.

Nicks Worte klangen in ihren Ohren weiter, bis sie ihr Zimmer zum Abendessen verließ.

Kapitel 4

Vor sechs Monaten

Silke Ulmen betrat mit ihrem zweijährigen Sohn Timmy das Einkaufszentrum in Neuperlach. Sie wollte sich eine neue Bluse kaufen, weil sie am Wochenende mit ihrem Mann den fünften Hochzeitstag feierte. Er wollte sie in ein exklusives Restaurant in der Innenstadt ausführen. Timmy durfte bei seiner Oma übernachten, was er liebte, denn diese kochte ihm stets seine Lieblingsspeisen und war rund um die Uhr für ihn da.

Silke betrat das Bekleidungsgeschäft, welches sich gegenüber eines Spielzeugladens befand, und stöberte in den Auslagen. Als sie sich umdrehte war Timmy plötzlich weg.

„Timmy?", rief sie anfangs leise. „Timmy!" Sie suchte in der Umkleidekabine und unter den Kleiderständern, wo sich ihr Sohn gerne versteckte. Aber er war nicht aufzufinden. Panisch lief sie zum Ausgang und rief weiterhin seinen Namen. Plötzlich sah sie ihn, an der Hand eines fremden Mannes. „Timmy!", stieß sie erleichtert aus und lief auf ihren Sohn zu. Sie zog ihn an sich und nahm ihn umgehend auf den Arm. „Du darfst doch nicht einfach weglaufen!", tadelte sie ihn liebevoll.

„Er wollte doch nur zu den Spielsachen", verteidigte ihn der Mann mit der schwarzen Kappe. „Sie sollten ihm lieber etwas davon kaufen, als ihn zu schimpfen."

Verständnislos blickte Silke den Mann an. „Dann lernt er doch nicht, dass sein Verhalten falsch war. Vielen

Dank, dass sie ihn zurückgebracht haben", lenkte sie schnell ein.

„Keine Ursache! Immer wieder gerne!" Mit schnellen Schritten entfernte sich der Mann aus ihrem Blickfeld.

Als Silke wenig später an der Kasse des Modegeschäftes stand, um die von ihr ausgesuchte Bluse zu bezahlen, quengelte Timmy. „Mama, lass mich!" Er wand sich zwischen ihren Beinen, während sie versuchte ihn zu fixieren, bis sie wieder eine Hand frei hatte, um ihn festzuhalten. „Das geht jetzt nicht, Timmy! Du musst warten, bis ich hier fertig bin! Bleib jetzt endlich ruhig stehen!" Ungeduldig schob sie ihn zurück zwischen ihre Beine und drückte sie gegen seinen kleinen Körper.

Die ganze Zeit über bemerkte sie nicht, dass sie beobachtet wurde. Von einem Mann mit einer schwarzen Kappe.

Kapitel 5

Vor sechs Monaten

Lea und Nick saßen in ihrem Fahrzeug, mit welchem sie seit über einem Jahr gemeinsam für die Kriminalpolizei unterwegs waren und aßen Currywurst mit Pommes. Sie hatten gerade keinen aktuellen Fall, deshalb halfen sie den Kollegen bei der Überwachung eines Verdächtigen, welcher angeblich Frauenhandel betrieb.

Ihren ersten gemeinsamen Fall konnten sie vor einem Monat erfolgreich abschließen. Es handelte sich um einen Pädophilen, der mehrere Mädchen entführte, sie anschließend sexuell missbrauchte und schließlich erwürgte. Ihre Leichen fand man in öffentlichen Parks, unter Brücken oder in Waldstücken am Rande der Stadt. Es war Leas erster Fall im Außendienst. Den Anblick von Leichen war sie durch die Schreibtischarbeit gewohnt, wenn man dabei von Gewohnheit sprechen konnte. Jedoch war es etwas völlig anderes, am Tatort zu stehen, die Gerüche der Umgebung aufzunehmen und einen kleinen geschundenen Kinderkörper zu betrachten, aus welchem jegliches Leben gesickert war. Es war keine Übelkeit, die in ihr aufstieg, sondern eine unermessliche Traurigkeit, die im nächsten Moment in Wut umschlug. Sie wollte diesen Mistkerl, der dem Mädchen das angetan hatte, zwischen die Finger bekommen. Sie würde ihn verprügeln bis er näher am Tod als am Leben stünde. Nick, der seit zwei

Monaten ihr Partner war, bemerkte sofort ihre innere Spannung.

„Lea, ist alles in Ordnung?", wandte er sich an sie.

„Dieses Schwein! Wenn ich den erwische, dann Gnade ihm Gott!"

„Ich weiß, wie du dich fühlst!" Obwohl sie seit ihrer Zusammenarbeit als Kollegen privat kein Paar mehr waren, verstanden sie sich noch genauso gut. Der eine konnte fast die Gedanken des anderen lesen. Lea fühlte sich von Nick verstanden und nahm seine Unterstützung gerne an.

„Wir werden ihn fassen, nur musst du damit rechnen, dass wir es nicht rechtzeitig schaffen." Behutsam legte er seine Hand auf ihren Unterarm.

Erschrocken blickte sie ihn an. „Willst du damit sagen, dass wir abwarten müssen, bis er weitere Kinder umbringt?"

„Wenn wir in diesem Fall keine verwertbaren Spuren finden, dann müssen wir warten, bis er erneut zuschlägt. Ich weiß, dass das für dich schwer zu verstehen ist, aber du bist kein Grünschnabel, du weißt, wie das funktioniert. Du hast jahrelang im Innendienst gearbeitet und die Außendienstler unterstützt. Warum ist das so überraschend für dich?"

„Es ist nicht überraschend! Aber es trifft einen viel emotionaler, wenn man am Tatort steht und die Leiche sieht." Lea konnte nur schwer ihre Tränen unterdrücken. Aber sie wusste, dass sie in ihrer Position als ermittelnde Kommissarin nicht so dünnhäutig sein durfte und Tränen seitens der Kollegen schnell als Schwäche ausgelegt werden konnten. Sie war froh, dass sie Nick an ihrer Seite hatte. Er nahm sie, später im Auto, tröstend in den Arm, als sie die Tränen nicht mehr zurückhalten konnte.

Der Kindermörder hatte bei noch weiteren drei Mädchen die Gelegenheit, seine sexuellen Fantasien auszuleben, bevor er vor dem fünften Mord einen Fehler beging. Während er das kleine Mädchen bei sich in der Wohnung festhielt, nackt und geknebelt in seinem Schlafzimmer, überkam ihn offensichtlich ein derartiges Hungergefühl, dass er sich eine Pizza beim Lieferservice bestellte. Als der Kurier kurze Zeit später die Pizza auslieferte, hörte er eine leise, krächzende Kinderstimme im Nebenzimmer.

„Haben Sie ein Kind bei sich?", fragte der Bote neugierig.

„Nein, warum?", wollte der Kunde hellhörig wissen.

„Ich dachte nur, ich hätte ein Kind gehört."

„Da haben Sie wohl falsch gehört. Das war sicher bei den Nachbarn. Ich habe keine Kinder." Ohne Gruß warf der Kunde die Tür ins Schloss.

Glücklicherweise vertraute der Pizzabote seinem Bauchgefühl, das regelrecht schrie, dass hier etwas nicht stimmte. Er rief die Polizei und landete, nach genauerer Nachfrage der Telefonistin, schließlich bei Nick. Dieser alarmierte sofort das SEK, welches bereits eine Stunde später die Wohnung des Verdächtigen stürmte und das ängstliche Mädchen befreien konnte. Der Täter wurde festgenommen und sofort in Untersuchungshaft genommen.

Obwohl Lea sich freute, dass dieser Fall endlich abgeschlossen war und keine weiteren Kinder mehr zu Schaden kamen, hätte sie gerne direkt bei der Verhaftung mitgewirkt. Es war der Pizzabote, der den Täter durch Zufall ausfindig gemacht hatte. Jedoch tröstete sie sich mit dem Gedanken, dass dies sicher nicht ihr letzter Fall war und Hauptsache eben war, dass der Mörder gefasst wurde. Wie und von wem war hier nebensächlich.

Während Nick gerade genüsslich ein Stück seiner Currywurst in den Mund schob, kam ein Funkspruch an. „Was gibt es?", meldete Lea sich. „Wir haben eine schlimm zugerichtete Frauenleiche gefunden. Das könnte was für euch sein", meldete der Bedienstete vom Innendienst. Nachdem er seinen Kollegen die Adresse durchgegeben hatte, fuhren diese umgehend zum Tatort.

Als sie in die Nähe des kleinen Reihenhauses kamen, sahen sie bereits die Einsatzfahrzeuge sowie das rot-weiße Absperrband, welches bereits den Garten zur Straße hin abtrennte.

Sie betraten das Haus und wurden von einem Kollegen der Spurensicherung in Empfang genommen. Dieser führte sie durch den schmalen Gang im Erdgeschoss in das große Wohnzimmer. Auf dem Weg dorthin fiel Leas Blick in die Küche. Im Spülbecken befand sich Wasser und ein großer Topf, daneben zwei kleine Töpfe sowie eine Pfanne und ein Nudelsieb.

Als sie wenig später vor der Leiche standen, spürte Lea augenblicklich Übelkeit in sich aufsteigen. Sie hatte noch nicht die Routine, die andere Kommissare an den Tag legten, um so grausam zugerichtete Leichen objektiv zu betrachten. „Oh mein Gott!" Sie drückte sich die Hand auf ihren Mund.

„Wenn du dich übergeben musst, dann geh bitte vorher raus. Du könntest sonst eventuelle Spuren vernichten", erklärte ihr Nick sachlich.

„Das weiß ich! Es geht schon, ich habe nur zuvor noch nie so etwas gesehen", gab sie betroffen zu.

Ein Streifenpolizist trat auf Nick zu. „Das ist Silke Ulmen, 28 Jahre alt. Sie wohnte hier zusammen mit ihrem Ehemann, Oliver Ulmen und ihrem zweijährigen Sohn. Der Ehemann hat sie nach Rückkehr von seiner Arbeit gefunden."

„Und das Kind?", hakte Nick konzentriert nach.

„Befand sich oben im Kinderzimmer."

„Während der Tat?" Nick riss ungläubig die Augen auf.

„Ja. Nach Aussage des Ehemannes war der Sohn mit der Mutter allein im Haus."

„Wo ist der Ehemann jetzt?"

„Sie sind beide oben im Schlafzimmer."

Nick bedankte sich bei seinem Kollegen und blickte sich im Wohnzimmer um.

„Wer macht sowas?", sprudelte es aus Lea heraus. Sie konnte ihren Blick nicht von der verstümmelten Leiche abwenden.

„Das werden wir rausfinden." Nick betrachtete seine Kollegin aufmerksam. „Geht es dir gut? Brauchst du eine Pause?"

„Nein! Es geht schon. Hat er ihr …", stammelte sie entsetzt. Sie konnte ihren Blick nicht von den herausgequollenen Gedärmen losreißen.

„Ja! Er hat ihr offensichtlich den Bauch aufgeschlitzt. Wenn er nicht wichtige Organe, wie die Lunge oder das Herz verletzt hat, ist sie vermutlich verblutet."

„Was sind das für Blumen?" Lea deutete auf die Blüten, welche sich in der Wunde und auf der Brust der Toten befanden.

„Das sind Narzissen!", meldete sich der Polizeifotograf zu Wort.

„Osterglocken?", warf Nick ein.

„Ja, richtig. Die blühen aber nur von März bis April", ergänzte der Fotograf.

„Außer, man zieht sie zu Hause im Topf oder Glas hoch, dann blühen sie ganzjährig", mischte Lea sich mit ihrer Kenntnis ein.

„Woher weißt du das?", wollte Nick wissen.

„Meine Oma hat das mal erwähnt ... in meiner Kindheit, das ist irgendwie hängen geblieben."

Nick suchte das Wohnzimmer ab. „Habt ihr hier irgendwo einen Topf mit Narzissen gesehen?", fragte er allgemein in den Raum. Alle Anwesenden schüttelten den Kopf. „Wir müssen rausfinden, ob die Blumen vom Opfer stammen oder der Täter sie mitgebracht hat", erklärte Nick. „Komm mit." Er griff nach Leas Arm und zog sie Richtung Treppe.

Im ersten Stock klopften sie behutsam an die einzige geschlossene Tür.

„Ja, bitte", meldete sich eine leise Männerstimme. Sie öffneten die Türe und betraten den abgedunkelten Raum. In dem großen Ehebett lag ein kleiner Junge, bis zum Hals zugedeckt, während der Vater des Jungen am Bettende in einem Sessel saß.

„Herr Ulmen? Mein Name ist Nick Lörrach und das ist meine Kollegin Lea Rieder. Wir möchten Ihnen unser herzliches Beileid aussprechen. Dürfen wir Sie kurz befragen?"

Der Blick des Ehemannes huschte zu dem schlafenden Kind, bevor er zögerlich nickte.

„Herr Ulmen, wann sind Sie heute aus dem Haus gegangen und wann sind Sie zurückgekommen?", stellte Nick sachlich seine erste Frage.

„Das habe ich doch schon alles dem Beamten erzählt", wandte Oliver Ulmen ein.

„Das wissen wir, aber wir benötigen Ihre Angaben leider erneut, um Abweichungen festzustellen."

„Abweichungen? Glauben Sie, dass ich lüge? Werde ich verdächtigt, meine Frau ermordet zu haben?" Mit großen Augen blickte er von Nick zu Lea.

„Nein, Herr Ulmen! Natürlich nicht!", schaltete sich Lea umgehend ein. „Mein Kollege hat sich etwas missverständlich ausgedrückt. Wir benötigen Ihre Angaben, um genaue Ermittlungen anstellen zu können. Um Abweichungen von Ihrem gewohnten Lebensablauf ausschließen zu können. Würden Sie uns dabei helfen, den Mörder Ihrer Frau zu fassen?" Ihre behutsame Art, mit dem Hinterbliebenen zu reden, schaffte umgehend ein Vertrauensverhältnis zwischen ihnen.

„Selbstverständlich helfe ich Ihnen so gut ich kann! Ich will diesem Kerl bei der Verhandlung in die Augen sehen. Und ich will mit eigenen Ohren hören, warum Silke sterben musste."

Nick betrachtete bewundernd seine Kollegin, bevor er seine gestellte Frage wiederholte. Der Ehemann des Opfers musste nicht lange überlegen. „Ich bin um 8.30 Uhr zur Arbeit gegangen und kam gegen 18.15 Uhr nach Hause. Ich wunderte mich noch, dass es so leise im Haus war. Normalerweise bereitet Silke um diese Zeit das Abendessen zu und Timmy läuft mir im Flur entgegen. Ich ging dann ins Wohnzimmer und da ….“ Entsetzt hielt er sich seine Hand vor den Mund.

Lea ging neben dem Mann in die Hocke und legte mitfühlend ihre Hand auf seinen Unterarm. „Wo war Timmy?“

„Er war oben, in seinem Kinderzimmer. Er hat ganz leise gewimmert. Ich habe ihn aus seinem Bettchen gehoben und gespürt, dass er ganz verschwitzt war. Er musste stundenlang nach seiner Mutter geschrien haben, bis er schließlich apathisch im Bett liegen blieb, weil sie nicht kam.“

„Wie hellhörig sind die Wände in diesen Häusern? Ich meine, haben die Nachbarn nicht gehört, dass Timmy geschrien hat?“, hakte Lea behutsam nach. Nick überließ mittlerweile seiner Kollegin die Befragung, während er sich aufmerksam im Zimmer umsah.

„Ich weiß es nicht! Eigentlich hätten sie es schon hören müssen. Aber vielleicht waren sie heute nicht zu Hause. Ich weiß es nicht! Ich …“, brach der Mann schluchzend ab.

„Herr Ulmen, die nächste Frage kommt Ihnen sicher befremdlich vor, aber wir müssen sie stellen. Hatte Ihre Frau irgendwelche Feinde? Oder hatte sie die letzte Zeit Ärger mit irgendwelchen Personen?“

Ungläubig starrte der Ehemann Lea an. „Welchen Ärger müsste man mit einem Nachbarn haben, damit er einem so etwas antut?"

Nicks Blick blieb auf einem Stapel von mehreren fein säuberlich zusammengefalteten Tragetaschen verschiedener Bekleidungsgeschäfte hängen.

„Ging Ihre Frau gerne shoppen?" Verdutzt schaute Oliver Ulmen zu Nick, der auf die diversen Tüten deutete.

„Äh … ja, gelegentlich."

„Wann war sie das letzte Mal einkaufen? Und können Sie uns sagen wo?"

„Ich glaube letzte Woche war sie im PEP. Sie hat sich eine neue Bluse für unseren Hochzeitstag gekauft. Aber ich weiß leider nicht genau in welchem Laden."

„War ist öfters im Perlacher Einkaufszentrum?", wollte Lea wissen.

„Ich glaube nicht. Normalerweise fuhr sie eher in die Innenstadt, wenn sie etwas brauchte." Oliver Ulmen fiel plötzlich auf, dass er von seiner Frau bereits in der Vergangenheit sprach. Sie war weg! Für immer!

„Vielen Dank, dass Sie unsere Fragen beantwortet haben. Wir lassen Sie jetzt in Ruhe. Wenn Ihnen noch irgendetwas einfällt, dann rufen Sie bitte diese Nummer an. Wir können Ihnen auch einen Seelsorger besorgen, wenn Sie das wünschen", bot Lea freundlich an und überreichte dem Mann ihre Visitenkarte. Sie verabschiedeten sich von Oliver Ulmen und gingen zurück ins Erdgeschoss. Bevor sie das Haus verließen, betrachtete Nick das Schloss der Eingangstüre. Er konnte auf den ersten Blick keine Einbruchspuren erkennen. Der herbeigerufene Kollege von der Spurensicherung bestätigte Nicks erste Einschätzung.

Als sie in ihr Büro zurückkehrten, betrachteten sie erneut die Fotos vom Tatort und der Leiche. „Glaubst du, es war der Ehemann?", wollte Lea neugierig wissen.

„Nein! Er hört sich absolut glaubwürdig an."

„Wurde sie vergewaltigt?", hakte Lea nach.

„Der Gerichtsmediziner meint nein, aber genaue Ergebnisse kann er erst nach gründlicher Untersuchung geben."

„Also kein Sexualdelikt. Glaubst du, das Opfer hat den Täter gekannt? Ich meine, weil keine Einbruchsspuren vorhanden sind."

Nick zuckte mit den Schultern. „Schwer zu sagen. Er könnte auch einfach geklingelt und sie überwältigt haben."

Nachdenklich kaute Lea auf ihrer Unterlippe. Nick liebte diese Geste an ihr. In diesen Momenten war sie hochkonzentriert und konnte alles um sich herum ausblenden.

„Ich glaube, sie hat ihn gekannt!", kam sie schließlich zu einer Entscheidung.

„Wie kommst du darauf?"

„Sie war in der Küche, als der Mörder kam. Sie hat gerade das Geschirr gespült und von dort hatte sie einen optimalen Blick durch das Fenster zur Haustüre. Wenn es geklingelt hat, hätte sie doch automatisch hinausgesehen und bemerkt, dass es ein Fremder ist."

„Aber vielleicht hat sie ihm trotzdem aufgemacht? Möglicherweise hatte er eine Paketdienstuniform an oder dergleichen", wandte Nick erfahrungsgemäß ein. Das wäre nicht das erste Mal, dass sich ein Täter als Paketbote verkleidete.

„Guter Einwand! Dann hätte er die ganzen Utensilien für seinen Mord sogar unauffällig transportieren können. Nämlich in einem Paket!"

„Du meinst die Blüten? Das Messer hat er aus der Küche genommen und anschließend neben der Leiche liegen lassen. Wir warten noch auf die Fingerabdrücke, aber ich gehe nicht davon aus, dass welche vom Täter zu finden sind. Vielleicht hat sie ihren Mörder im Einkaufszentrum kennengelernt?", warf Nick ein.

„Schon möglich, aber das zu überprüfen wird schwierig."

„Wir könnten auf jeden Fall die Verkäuferinnen von den Geschäften befragen, von welchen die Einkaufstüten im Schlafzimmer sind." Nick machte sich weitere Notizen in seinem Heft.

„Was ist mit dem Kind?", grübelte Lea weiter und biss sich erneut auf die Unterlippe.

„Was meinst du? Warum die Nachbarn es nicht schreien hörten? Wir werden sie morgen befragen, dann wissen wir es. Vielleicht waren sie wirklich nicht zu Hause. Oder das Kind hat überhaupt nicht geschrien."

„Nick! Der Gerichtsmediziner sagte doch, dass die Tatzeit zwischen 12.00 und 14.00 Uhr lag. Glaubst du ernsthaft, dass ein so kleines Kind vier Stunden lang alleine bleibt ohne nach seiner Mutter zu schreien? Außerdem sagte der Vater aus, es sei verschwitzt gewesen, was im Oktober nicht unbedingt von der Außentemperatur herrühren kann."

Erneut versank Lea konzentriert in ihren Gedanken, während Nick plötzlich eine andere Idee kam.

„Was wäre, wenn der Täter das Kind …"

„…betäubt hat", ergänzte Lea seinen Satz. Sie lächelten sich an, nicht nur, weil sie die gleiche Idee hatten, sondern weil ihnen erneut bewusst wurde, dass ihre Gedanken wieder einmal auf der gleichen Wellenlänge arbeiteten.

„Ist er vor oder nach der Tat zu dem Kind gegangen? Hat er die Frau zuerst betäubt oder direkt abgestochen?" Nick notierte die Gedankengänge in seinem Heft.

„Bleibt noch eine Frage. Wie groß muss der Hass eines Menschen sein, um einem anderen so etwas anzutun?", dachte Lea laut nach.

„Vielleicht ist es kein Hass. Möglicherweise sieht er seine Opfer als Kunstobjekt."

„Du meinst wegen der Blüten?", hakte Lea nach.

„Glaubst du er tötet wieder? Haben wir es mit einem Serienmörder zu tun?"

„Schwer zu sagen, aber es sieht sehr nach einem Ritual aus. Die Blüten wurden nicht einfach über der Leiche verstreut, sondern einzeln an ihren Platz gelegt. Sicherheit haben wir erst, wenn ein erneuter Mord geschieht."

„Das heißt, wir können wieder nichts machen als abwarten, bis eine weitere Frau ihm zum Opfer fällt? Das ist das deprimierende an diesem Job – immer auf die nächste Leiche warten und hoffen, dass dort Hinweise zum Täter zu finden sind."

„Du gewöhnst dich daran!", bemerkte Nick lapidar.

„Ist das dein Ernst? Ich will mich nicht an so eine Scheiße gewöhnen! Das ist furchtbar! Ich will den Täter sofort erwischen!"

Nick hob resignierend die Schultern. „So läuft das aber meistens leider nicht."

Kapitel 6

Heute

Die ersten beiden Tage verbrachte Lea oft im Fitnessraum, in der Sauna und im Ruheraum mit ihrem E-Book. Schlafen wollte sie am Tag nicht mehr, denn die beunruhigenden Bilder, die ihr durch den Kopf jagten, waren alles andere als zur Erholung dienlich. Nachts hatte sie seltsamerweise keine Albträume, allerdings konnte sie sich am nächsten Tag auch nicht mehr an irgendwelche Details erinnern.

Am dritten Tag ihres Aufenthalts spürte sie bereits beim Aufstehen eine Leichtigkeit, die nur eines bedeuten konnte - ihr Körper und ihre Seele erholten sich langsam von den Strapazen. Sie fühlte sich unbeschwert und frei. Nach einem ausgiebigen Frühstück ging sie gleich zu den Fitnessgeräten und trainierte, wie üblich, eine Stunde hart und ohne Pause. Anschließend zog sie im Schwimmbad eine halbe Stunde lang ihre Bahnen, um zum Abschluss den ersten Saunagang durchzuführen. Ein geregelter Tagesablauf half ihr dabei, sich völlig fallen zu lassen und sich geistig und körperlich zu entspannen.

Beim Mittagessen bemerkte sie jedoch etwas, was sie schlagartig zurück in die Gegenwart holte und ihr den Grund ihres Aufenthalts erneut bewusst machte.

Sie saß mit ihrem großen Teller Salat sowie einem kleineren Teller mit Apfelstrudel an einem der freien

Tische. Beherzt nahm sie eine Gabel voll Kartoffelsalat und schob sie in den Mund. Während sie genüsslich kaute, beobachtete sie die anderen Gäste. Sie hatte bereits die letzten beiden Tage herausgefunden, dass es keineswegs so unangenehm war, wie sie zuerst dachte, alleine an einem Tisch sein Essen einzunehmen. Es war interessant die anderen Gäste, vor allem Paare, zu mustern. Die jüngeren Pärchen führten meistens angeregte Gespräche, neckten sich gegenseitig und lachten viel. Mit dem Alter stieg jedoch deutlich die Schweigsamkeit. Paare mittleren Alters saßen sich oft stumm gegenüber, konzentrierten sich beim Essen auf ihren Teller und blickten aneinander vorbei auf die anderen Hotelgäste. Erstaunlich war, dass bei den viel älteren Paaren, also denen jenseits der 70, bereits wieder ein ähnliches Verhalten wie bei den jungen Pärchen festzustellen war. Sie unterhielten sich angeregt und lachten ab und an über die Witze des anderen. Möglicherweise waren Leas Beobachtungen auch nur Zufall, aber die Feststellungen machten sie nachdenklich.

Als Lea jetzt beim Mittagessen durch das halbgefüllte Restaurant blickte, fiel ihr ein Mann um die Fünfzig auf, der sie einige Sekunden länger, als üblich, anschaute. Vielleicht war es nur ihr kriminalistischer Instinkt, der die Alarmglocken schrillen ließ. Jedoch blieb es nicht bei einer einzigen auffälligen Begegnung mit diesem Gast. Als Lea nach dem Mittagssnack ins Schwimmbad ging, lief ihr der dunkelhaarige Mann erneut über den Weg. Zwar bemerkte sie keine beunruhigenden Blicke seinerseits, aber sein Gesicht hatte sich in ihr Gedächtnis gebrannt. Außerdem erkannte sie, dass er eine Tätowierung auf seinem linken Oberarm trug. Bei ihrem anschließenden Saunagang sah sie ihn nur kurz, als er durch das kleine Fenster in die Sauna blickte. Er blieb draußen, jedoch betrat seine Frau, oder jedenfalls seine Begleitung, den kleinen Raum und nahm gegenüber von Lea auf der mittleren Holzbank Platz. Die schlanke blonde Frau hatte eine positive Ausstrahlung, jedoch herrschte außer einem kurzen freundlichen Nicken zur Begrüßung zwischen den Frauen keine Kommunikation. Lea konnte nicht anders – sie studierte das Verhalten des Paares und schloss ihre Erkenntnisse daraus. Als sie die Sauna verließ, erwartete sie regelrecht, dass die Frau ebenfalls aufstehen und ihr folgen würde. Stattdessen breitete diese ihr Handtuch auf der Bank aus und legte sich entspannt auf den Rücken. *Lea, du bist paranoid!*, beschimpfte sie sich selbst und ging zu den Ruheräumen. Ihr Lieblingsplatz war frei. So legte sie sich auf das bequeme Bett, zog die Decke über ihren Körper und öffnete ihren E-Reader. Der Thriller war spannend, wenn auch grausam. Aber als Kommissarin in ihrer Abteilung hatte sie schließlich nur mit besonders drastischen Morden zu tun. Da brachten sie solch mitreißende Thriller, in denen die Augen den Opfern aus den Augenhöhlen geschnitten wurden, nicht aus dem Konzept. Als sie gerade an eine extrem spannende Stelle des Buches kam, hörte sie plötzlich die Tür leise aufschwingen und die Schritte einer Person, die sich in das Bett neben ihr legte. Spontan drehte sie ihren Kopf zur Seite und sah … ihn! Der Mann mit dem Tattoo! Er erwiderte ihren Blick mit einem kurzen Lächeln und schloss sodann die Augen. *Der verfolgt mich noch in meinen Träumen!* Lea versuchte sich wieder auf ihren Thriller zu konzentrieren, was ihr aber nicht mehr gelingen wollte. Schließlich stand sie auf und ging auf ihr Zimmer. Sie hatte das starke Bedürfnis, mit Nick über das Erlebte zu sprechen. Aber umso öfter sie die Situationen in Gedanken durchlebte, desto unbedeutender kamen sie ihr vor. Sie wurde von dem Ehepaar weder angegriffen noch sonst irgendwie belästigt. Vielleicht achtete sie einfach zu sehr auf deren Anwesenheit, dass ihr diese sodann gehäuft vorkam. Schließlich gab es noch viele andere Gäste im Hotel, denen sie ebenfalls ständig über den Weg lief, ohne es negativ zu bewerten.

Lea trat auf den schmalen Balkon hinaus und blickte über den kleinen Hügel zu dem angrenzenden Waldstück. Sie atmete tief ein. *Die frische Luft tut gut!* Vielleicht brauchte sie einfach Sauerstoff, um ihre Gedanken wieder zu säubern. Spontan entschied sie sich, vor dem Abendessen noch einen Spaziergang zu unternehmen. Sie zog ihre Boots sowie ihre Daunenjacke an und verließ das Hotel.

Die Luft war für Anfang April noch erstaunlich frostig, allerdings luden die letzten Sonnenstrahlen des Tages zu einem Waldspaziergang ein. Sie marschierte gutgelaunt dem Waldstück entgegen, welches sich unmittelbar an das Hotel anschloss. Dabei überprüfte sie mehrmals, ob sie verfolgt wurde. Es war keine Menschenseele weit und breit zu sehen. Beruhigt ging sie weiter. Als sie den Waldweg nach links abbog, blieb sie einen Moment inmitten der hohen Bäume stehen. Sie blickte in die Baumwipfel und bewunderte das Lichterspiel, welches die Sonne mit den Blättern veranstaltete. Es war hier so ruhig, dass sie lediglich die Vögel hörte, die sich pfeifend durch den Wald verständigten. Langsam setzte sie einen Fuß vor den anderen und dachte dabei an Nick. Sie vermisste es, täglich mit ihm zusammenzuarbeiten, sich mit ihm austauschen zu können und mit ihm herumzualbern, wie sie es bisher nur mit ihm konnte. Kein anderer Mann verstand ihren Humor so wie er. Obwohl sie täglich mit ihm telefonierte, konnte sie ihm nie ihre wahren Gefühle offenbaren. Er würde es nicht verstehen – warum sie vor zwei Jahren die Beziehung beendet hatte. Und sie konnte ihm die Wahrheit nicht erzählen. Sie wusste wie er reagieren würde – und das wäre fatal!

Plötzlich, wie aus dem Nichts, hörte sie ein leises Knacken hinter sich. Schlagartig drehte sie sich um, sah aber nur den verlassenen Weg und die stummen Bäume am Wegesrand. Angespannt ging sie weiter. *Habe ich mir das Geräusch nur eingebildet?* Plötzlich hörte sie Schritte. Sehr leise, aber doch wahrnehmbar. Erneut drehte sie sich blitzschnell um und erkannte den Tattoo-Mann mit seiner Frau, die mehrere Meter hinter ihr standen. Schnell wandten sie sich zur Seite und unterhielten sich. Lea blieb demonstrativ stehen und starrte die beiden an. Gewöhnliche Wanderer würden irgendwann weitergehen und sie überholen, aber der Mann schielte immer wieder vorsichtig zu ihr, bevor er sich erneut seiner Frau zuwandte. Auffälliger ging es nun wirklich nicht! Falls die beiden sie observierten, waren sie sicher nicht von der Polizei. Das richtige Verhalten bei einer Beschattung lernte man bereits im ersten Jahr der Grundausbildung! *Jetzt will ich es wissen!* Sie ging frontal auf die Fußgänger zu und überlegte mit jedem Schritt, wie sich verhalten sollte. *Soll ich ihn freundlich ansprechen? Oder ihn direkt mit dem Polizeigriff auf den Boden werfen, damit er mir erzählt, was er von mir will? Vielleicht sollte ich ihn einfach K.O. schlagen, damit er mich in Ruhe lässt?* Als sie nur noch zwei Meter von den beiden Personen entfernt war, grüßte sie beide mit einem freundlichen Lächeln und schob sich an ihnen vorbei. Sie hielt plötzlich keine ihrer Überlegungen mehr für die richtige Reaktion. *Ich muss dringend mit Nick sprechen!* Mit jedem Schritt wurde sie schneller, bis sie schließlich laufend am Hotel ankam. Sie spurtete in ihr Zimmer, warf die Tür ins Schloss und griff sofort zu ihrem Handy.

„Hallo Lea", begrüßte Nick sie freudig.

„Ich glaube, er ist hier!", presste Lea durch die Lippen.

„Was? Wer?"

„Der Narzissenkünstler!", flüsterte sie in den Hörer.

„Ich dachte, du wolltest ihn nicht mehr so nennen? Du sagtest doch …"

„Ich weiß, was ich gesagt habe! Verdammt Nick! Nimmst du mich eigentlich ernst? Ich werde beschattet und das bilde ich mir nicht ein!" Lea war sauer auf Nick, weil er Scherze machte, anstatt sie zu unterstützen. „Nick, bist du noch dran?"

„Sorry, ich musste gerade nachdenken. Erzähl mir, was passiert ist!" Jetzt war Nick voll bei der Sache.

Lea erzählte ihm von ihrem ersten Treffen beim Mittagessen sowie das Wiedersehen im Schwimmbad und dem Aufenthalt mit der Frau in der Sauna. Schlussendlich berichtete sie noch von ihrer Beobachtung im Ruheraum und dem auffälligen Verhalten im Wald.

„Bilde ich mir das ein? So viele Zufälle gibt es doch nicht, oder?" Lea war verunsichert.

„Natürlich laufen sich die Gäste in diesem Hotel öfters über den Weg, das kann alles harmlos sein. Allerdings … dein Bauchgefühl hat dich selten getäuscht. Wenn du das Gefühl hast, dass er dich beobachtet, dann wird da auch was dran sein. Hast du seine Zimmernummer? Soll ich ihn überprüfen?", schlug Nick hilfsbereit vor.

„Ich kann sie besorgen."

„Gut! Ich kann auch eine Streife vorbeischicken, wenn du dich dann sicherer fühlst."

„Das wird vorerst nicht nötig sein. Er ist mir ja niemals zu nahe getreten. Vielleicht überreagiere ich auch einfach nur. Ich weiß es nicht!" Lea strich sich nervös durch ihre halblangen Haare.

„Wenn es dich beruhigt, ich glaube nicht, dass der Narzissenkünstler …", begann Nick ruhig.

„Nicht dieses Wort!", unterbrach Lea ihn schnell.

„Du hast ihn doch eben selbst so genannt!"

„Das ist mir rausgerutscht. Er ist kein Künstler, er ist ein bestialischer Mörder! Er hat diesen Namen nicht verdient. Täter, Killer, Mörder, Mistkerl! So können wir ihn bezeichneten!" Lea redete sich in Rage. Die Stunden ihrer Entführung kochten erneut in ihr hoch. Sie hatte ihn reden hören, wusste seine Beweggründe und hasste ihn für seine Taten. Sie würde in ihm nie etwas anderes sehen als einen kranken, blutrünstigen Mörder!

„In Ordnung! Also, ich glaube nicht, dass unser Täter dich bis ins Hotel verfolgt hat. Er kann nicht wissen, wo du bist! Auf der Dienststelle wissen sie nur, dass du dir

Urlaub genommen hast. Sie glauben, du bist bei deinem Vater in der Schweiz."

„Habt ihr eine neue Spur?" Lea griff bewusst ein neues Thema auf. Sie merkte, dass Nick ihr zwar glauben wollte, aber aus rationalen Gründen nicht konnte. An seiner Stelle würde sie sich auch nicht glauben.

„Nein! Das Umfeld der bisherigen Opfer ist völlig verschieden. Die einzige Gemeinsamkeit ist wirklich nur das Einkaufszentrum. Aber wir können nicht alle Geschäfte überwachen lassen, in der Hoffnung, dass er dort auffällig wird."

„Ich hätte ihn mir besser einprägen sollen, damit wir ihn identifizieren können." Lea machte sich noch immer Vorwürfe, dass sie vor ihrer Flucht keine Details des Täters ausmachen konnte.

„Wie oft willst du dir das noch vorwerfen? Du hattest überhaupt keine Chance! Er trug eine Maske, einen Kapuzenpulli und Handschuhe. Was hättest du da erkennen können?"

„Vielleicht seine Stimme oder …"

„Lea, hör auf dich zu quälen! Wir werden ihn fassen! Irgendwann wird er einen Fehler machen, wie der Pädophile, erinnerst du dich?" Nick versuchte sie aufzumuntern, was ihm jedoch nicht gelang.

„Klar! Glaubst du er wird sich auch eine Pizza bestellen, während eines seiner Opfer mit aufgeschlitztem Bauch am Boden liegt?" Die Erinnerung projizierte erneut lebhafte Bilder auf ihre Netzhaut.

„Wenn du dich nicht sofort beruhigst, dann setze ich mich ins Auto und komme zu dir."

„Soll das eine Drohung sein? Sie ist misslungen!" Sie hätte ihn so gerne bei sich, aber sie wusste, dass das keine gute Idee war. Sie waren jetzt schon seit zwei Jahren kein Paar mehr. Es wäre alles umsonst, wenn sie jetzt schwach werden würde. Lea war sich plötzlich bewusst, dass sie überreagierte. Sie musste sich beruhigen. Sie würde die Zimmernummer des Beschatters ausfindig machen und Nick würde ihn überprüfen. Danach konnte man weitersehen. Tatsache war, dass sie auch anderen Gästen mehrmals am Tag über den Weg lief. Nur reagierte da ihr Bauchgefühl nicht so angespannt, wie bei diesem Ehepaar.

„Ich will dir nicht drohen, ich will, dass du dich beruhigst. Ich glaube nicht, dass der Täter in dem Hotel ist."

„In Ordnung!" Sie atmete hörbar aus.

„Geht es wieder?"

Lea nickte und konzentrierte sich weiterhin auf ihre Atmung.

„Lea? Alles in Ordnung?", kam Nicks besorgte Nachfrage.

„Alles gut! Ich ruf dich an, sobald ich die Zimmernummer habe. Schlaf gut!"

„Du auch, bis morgen!"

Beim Abendessen suchte Lea bewusst nach dem Ehepaar, entdeckte es aber nicht. Sie saß länger als üblich an ihrem Tisch, nippte an ihrem Glas Wein und hoffte regelrecht, dass der dunkelhaarige Mann auftauchen würde. Aber es fehlte jede Spur von ihm und seiner Frau.

Schließlich besuchte sie noch die Bar, aber auch dort entdeckte sie die beiden nicht. Enttäuscht ging sie auf ihr Zimmer und legte sich wenig später schlafen.

Zur gleichen Zeit in Zimmer 405:
Der Mann hob das klingelnde Handy auf und nahm das Gespräch an.

„Was gibt es?" meldete er sich kurz.

„Bist du an ihr dran? Hat alles geklappt?", fragte die Stimme des Gesprächspartners.

„Natürlich! Alles in Ordnung!"

„Ich kann mich hoffentlich darauf verlassen, dass du deinen Job gewissenhaft ausführst? Ich zahle nicht umsonst 600,00 EUR pro Nacht für dich und deine Frau."

„Natürlich nehme ich den Job ernst. Einen Wellnessurlaub in der Präsidentensuite könnten wir uns sonst niemals leisten. Wir haben hier sogar eine eigene Sauna in unserem Zimmer, wusstest du das?", plapperte der Mann drauflos.

„Du bist nicht zur Erholung dort! Erledige deinen Job, wie ich es von dir erwarte und verhalte dich unauffällig! Wenn sie dich zu oft sieht, dann bemerkt sie etwas. Sie ist zwar hübsch, aber nicht dumm, verstanden?"

„Klar Boss!", erwiderte der Mann und legte auf.

Kapitel 7

Vor drei Monaten

Die rundliche Prostituierte setzte all ihre Erfahrung und ihr Wissen ein, aber sie schaffte es nicht. Ihr Freier bekam einfach keinen hoch.

„Hast du dich schon mal untersuchen lassen?", fragte sie ihn mitfühlend.

„Ich bin nicht krank!", antwortete Benno kleinlaut. Er zog sich schweigend an und verließ das Bordell, welches er seit drei Monaten regelmäßig besuchte. Er wusste genau, worin sein Problem bestand. Das erste Mal war nicht genug! Er musste es wieder tun. Er musste es spüren, riechen und schmecken. Nur so hatte er für eine gewisse Zeit die Erinnerung so präsent im Kopf, dass der Sex wieder klappte. Anfangs dachte er, er müsse nur ein einziges Mal seine Fantasie an einer Frau ausleben und dieses Erlebnis würde ihm für immer genügen. Leider war dieses berauschende Gefühl jetzt nach drei Monaten verflogen, so dass er es erneut am eigenen Leib erfahren musste. Er wollte nicht töten, aber er musste es! Das war wie bei einem Alkoholkranken – er wollte keinen Schnaps mehr trinken, aber wenn seine Gedanken tagelang nur noch um diesen einen Schluck kreisten, griff er doch wieder zur Flasche.

An allem war nur ER schuld. Bereits als Kind hat er Benno zu dem gemacht, was er heute ist. Ein Monster! Er benutzte ihn das erste Mal mit fünf Jahren für seine Lust, das ging so bis zu Benno's 16. Lebensjahr. Dann packte der Jugendliche seine Sachen und stieg in den nächsten Zug der am Bahnhof hielt. Auf der Fahrt von Leipzig nach München schwor er sich einmal ein besserer Mensch zu werden. Er wollte seine Kinder liebevoll und anständig erziehen, fernab von jeglicher Gewalt.

Am Anfang lief in München alles gut für ihn. Er bekam schnell eine Lehrstelle bei einem Steinmetz und konnte über seinen Chef sogar eine kleine Einzimmer-Wohnung mieten. Benno war freundlich, zuvorkommend und fleißig. Sein Arbeitgeber konnte sich keinen besseren Auszubildenden wünschen.

Ein Jahr nach seiner Ankunft lernte er Mira kennen. Sie war ein schüchternes, ruhiges Mädchen, die es, genau wie er, bevorzugte, die Wochenenden im Kino oder zu Hause auf dem Sofa mit einem spannenden Film zu verbringen. Sie war keines von den Mädchen, die ständig in Nachtclubs rannten und eine Horde von Freunden ihr Eigen nannten. Sie war zufrieden, wenn sie die wenige Freizeit, die sie gemeinsam hatten, mit Benno verbringen konnte. Ihre Beziehung entwickelte sich langsam, sehr langsam. Sie lernten sich in der Firma kennen, in welcher Benno bis heute noch immer arbeitete. Damals war er noch Auszubildender zum Steinmetz im zweiten Lehrjahr, als eines Tages ein hübsches, junges Mädchen den Hof seines Arbeitgebers betrat. Sein Chef war gerade nicht anwesend, deshalb musste er sich um eintreffende Kunden kümmern. Er sprach sie an, was sich anfangs als schwierig gestaltete, da beide sehr schüchtern und nicht gerade aufgeschlossen waren. Hätte das Schicksal nicht seine

Finger im Spiel gehabt, und seinen Chef für eine Stunde weggeschickt, wären er und Mira niemals ins Gespräch gekommen. Es stellte sich heraus, dass sie einen Grabstein restaurieren lassen wollte.

„Hast du deine Eltern verloren?", fragte Benno neugierig.

„Nein! Es ist das Grab meiner Oma", antwortete sie zurückhaltend.

„Warum musst das du organisieren? Normalerweise kommen die Erwachsenen zu uns, um so einen Auftrag zu erteilen."

„Mein Vater ist selten zu Hause und meine Mutter ist … krank." Mira druckste unsicher herum.

„Achso! Hast du die Daten dabei?" Benno hat gelernt, Kunden gegenüber niemals indiskret zu werden. Deshalb hielt er sich strikt an die Vorschriften eines Verkaufsgesprächs.

„Welche Daten?" Unsicher blickte Mira ihn an.

„Die des Grabes. Name des Friedhofs, Reihe und Nummer des Grabsteins."

„Oh! Das wusste ich nicht, das tut mir leid." Kleinlaut blickte sie zu Boden.

„Du kannst die Daten auch gerne erst besorgen und dann wieder kommen."

„Könntest du mir vielleicht dabei helfen? Ich weiß nicht genau, wo ich da schauen muss."

Verwirrt betrachtete Benno das Mädchen, fand sie aber ausgesprochen anziehend, weshalb er seine Hilfe zusagte.

„Ich habe in einer Stunde Feierabend, dann kann ich mit dir kommen. Möchtest du so lange warten, oder …"

„Ja, klar!", nickte sie eifrig. Sie setzte sich auf die kleine Steinbank neben dem Geschäft und wartete geduldig, bis Benno's Arbeitszeit beendet war.

Auf dem Weg zu Miras Zuhause redeten sie nur wenig. Benno überlegte angestrengt, über was er sich mit einem Mädchen unterhalten könnte. Als er das Thema Filme ansprach, war das Eis schnell gebrochen. Sie merkten beide, dass sie ein gemeinsames Interesse hatten, welches sie nicht mit vielen Menschen teilen konnten.

Wenig später betraten sie die Wohnung, in welcher Mira mit ihren Eltern lebte. Sie war ordentlich und sauber. Benno folgte ihr ins Wohnzimmer, als eine schrille Stimme die Stille durchbrach. „MIRA! Wo warst du so lange? Komm sofort her!"

Schlagartig blieb Mira stehen und blickte beschämt zu Benno. „Sorry, ich komme gleich wieder." Sie drehte auf dem Absatz um und lief in eines der geschlossenen Zimmer. Benno konnte nicht verhindern, dass er das Gespräch mithörte.

„Warum hat das so lange gedauert? Du lässt mich hier verhungern und verdursten, während du dir eine schöne Zeit machst!" Die Vorwürfe waren deutlich aus der Frauenstimme zu vernehmen.

„Ich musste doch zum Steinmetz, hast du das vergessen? Der Grabstein von Oma und Opa soll doch erneuert werden. Ich mache dir gleich etwas zu essen, in Ordnung?" Benno bewunderte Mira dafür, dass sie freundlich blieb, obwohl sie von ihrer Mutter so beschimpft wurde.

Als sie zu ihm ins Wohnzimmer zurückkehrte, lief sie eilig zum Schrank, in welchem sich die benötigten

Unterlagen befanden. Sie reichte Benno einen Ordner und beobachtete seine Reaktion. „Es tut mir leid, dass du das mitbekommen hast. Meine Mutter meint es nicht so – sie ist nur krank!"

„Du brauchst dich nicht zu entschuldigen. Das geht mich nichts an", versuchte er sich aus der Situation zu ziehen. Er fand recht schnell wonach er suchte und notierte sich die notwendigen Daten. „Ich gehe dann lieber. Deiner Mutter wäre es sicher nicht recht, dass ein Fremder in der Wohnung ist."

„Woher willst du das wissen?" Mira sah ihn überrascht an.

„Ich meine nur … weil … sie hat doch ziemlich geschimpft. Aber wie gesagt, das geht mich nichts an."

„Sie hat starke Schmerzen. Der Krebs sitzt mittlerweile in ihrer Leber und in ihren Lungen fest. Sie müsste eigentlich in eine Klinik, aber sie will nicht von Zuhause weg. Der Arzt spritzt ihr zweimal am Tag Morphium, aber …", brach Mira traurig ab.

Benno wollte sie trösten, aber er traute sich nicht. Deshalb stand er einfach mit herunterhängenden Armen vor ihr. „Das tut mir leid! Ich dachte …"

„Ich weiß! Wenn die Betäubung nachlässt und die Schmerzen überhand nehmen, wird sie oft gemein. Aber sie ist nicht böse, sie ist der liebste Mensch auf der Welt."

Benno verabschiedete sich mit einem zaghaften Lächeln und verließ die Wohnung.

Ab diesem Tag fanden sie gegenseitig immer neue Vorwände, um sich zu treffen. Zwei Monate später starb Miras Mutter. Daraufhin zog Benno sich unsicher zurück und wartete, bis sie sich wieder bei ihm meldete. Bis er

Mira das erste Mal ins Kino einlud vergingen weitere drei Monate. Sie lernten sich immer besser kennen und sie spürten beide, dass sie sich bereits seit dem ersten Tag ineinander verliebt hatten. Aber keiner von beiden wusste, wie er den ersten Schritt zu etwas Ernsterem machen sollte. So dauerte es insgesamt zwei Jahre seit dem ersten Treffen, bis Benno all seinen Mut zusammennahm und sie bei sich zu Hause auf dem Sofa küsste. Es war ein schüchterner, zaghafter Kuss, der mehr Angst als Leidenschaft beinhaltete. Aber für Mira war es der Schlüssel zu einem neuen Leben. Sie hatte einen Freund! Einen gutaussehenden, lieben Freund! Ab diesem Zeitpunkt übernachtete Mira gelegentlich am Wochenende bei Benno. Außer Küssen, die mit der Zeit an Leidenschaft gewannen, passierte jedoch nichts. Keiner von beiden hatte Erfahrung oder den nötigen Mut für mehr. Es verging erneut ein Jahr, bis ein Zufall sie zum Sex brachte.

Sie waren im Kino und sahen sich einen Liebesfilm an, der beide innerlich sehr aufwühlte. Als sie das Kino verließen, regnete es in Strömen. Obwohl sie mit der U-Bahn unterwegs waren, mussten sie von der Station aus noch mehrere Meter zu Fuß laufen, um zu Benno's kleiner Wohnung zu gelangen. Als sie schließlich das kleine Appartement betraten, waren sie beide bis auf die Knochen durchnässt. Mira schlang frierend die Arme um ihren Oberkörper.

„Ich mache uns einen heißen Tee", sagte Benno pflichtbewusst und stellte den Wasserkocher auf.

„Hast du vielleicht trockene Sachen für mich? Ich muss unbedingt aus den nassen Klamotten raus." Obwohl sie sich gegenseitig noch nie nackt gesehen hatten, stellte es für Mira kein Problem dar, sich vor Benno auszuziehen. Schließlich wollte sie in ihrer Beziehung vorankommen und der Film, den sie gerade im Kino gesehen hatten, war durchaus inspirierend. Ohne auf eine Antwort von ihm zu warten, zog sie Ihr Shirt aus und streifte sich die Jeans ab. Lediglich in ihrer weißen Unterwäsche stand sie vor ihm. Benno betrachtete sie und spürte zum ersten Mal in ihrer Gegenwart, dass sich zwischen seinen Beinen etwas regte.

„Bist du dir sicher?", fragte er, als er ihren erwartungsvollen Blick sah.

„Du nicht?"

„Doch!" Er stürmte auf sie zu und nahm sie in die Arme. Er küsste sie voller Verlangen und streifte dabei seine Hose und seinen Pulli ab. Bevor Mira sich auf sein Bett legte, entledigte sie sich des restlichen Stoffes an ihrem Körper. Er tat es ihr gleich und legte sich neben sie. Benno war so erregt, dass er glaubte, er würde es keine Sekunde mehr aushalten. Aber er wusste, dass man sich dabei Zeit ließ. Zuerst das Vorspiel!

Liebevoll küssten und streichelten sie sich. Bis er den entscheidenden Fehler begann!

Noch heute machte er sich Vorwürfe, dass er das Vorspiel nicht ausgelassen und sie einfach genommen hatte. Er wollte alles richtig machen – und hat damit alles zerstört!

Er küsste ihren Mund, ihren Hals und ihre Brüste. Seine Lippen wanderten über ihren Bauch und hielten am Bauchnabel plötzlich inne. Er spürte die Veränderung sofort. Seine Erregung flachte mit einem Schlag ab. Er empfand Ekel und Wut. Er wollte in diesem Moment nur eines - ihren schönen weißen Bauch aufschlitzen und die Gedärme herausholen.

Aber er tat es nicht! Er konnte es nicht. Er liebte Mira, mehr als sein eigenes Leben. Er könnte sie niemals verletzen. Jedoch hasste er sich für seine Fantasie, die er mit jeder Faser seines Körpers ausleben wollte. Er versuchte sich vorzustellen, wie er sie aufschneiden und ihre blutigen Innereien anfassen würde, aber es regte sich nichts zwischen seinen Beinen. Er konnte nicht mehr rückgängig machen, was geschehen war. Deshalb beendete er noch an diesem Abend die Beziehung zu Mira. Sie verstand die Welt nicht mehr, versicherte ihm, dass es ihr nichts ausmachen würde, wenn sie keinen Sex hätten. Sie würde ihn lieben!

Aber für Benno war es unerträglich! Nicht nur wegen Mira, sondern auch wegen sich selbst. Er wollte eine unbeschwerte Beziehung, Familie, Kinder. All das war so nicht möglich. Die Fantasie in seinem Kopf wurde immer realistischer. Sie reifte bereits als Heranwachsender in ihm und entfaltete nun ihre komplette Tragweite. Er würde seine grausamen Gedanken endlich eindämmen, indem er ihnen ein einziges Mal nachgab. Nur einmal! Danach wäre Schluss, für immer!

Kapitel 8

Vor drei Monaten

„Leon, komm her!", rief Paula Sägebrecht ihrem fünfjährigen Sohn zu. Er veranstaltete jedes Mal das gleiche Spiel, wenn sie im Einkaufszentrum waren. Er liebte es, durch die Leute zu rasen, während er seine Arme wie ein Flugzeug zur Seite ausstreckte. Dass dies einige Kunden als störend empfanden war ihm egal. Leon war hyperaktiv und sie hatte bereits jetzt mit dem Kinderarzt abgesprochen, dass er ab seiner Einschulung Tabletten gegen diese Symptome einnehmen sollte. Diese würden ihm helfen, sich in der Schule zu konzentrieren und nicht den Unterricht zu stören. Manchmal würde sie ihn am liebsten jetzt schon mit den Pillen vollstopfen, aber sie wusste auch über die Nebenwirkungen Bescheid und wollte die Chemiekeule nur anwenden, wenn es zu Leons Vorteil war. Hier im Einkaufszentrum hätten allenfalls sie und die Kunden einen Vorteil davon, wenn ihr Sohn etwas ruhiger wäre. Deshalb kam das für sie nicht in Frage. Sie akzeptierte ihren Sohn mit all seinen Fehlern und Macken. Schließlich musste auch Leon die Fehler seiner Mutter akzeptieren. Einer davon war sicherlich ihre Ungeduld.

„Leon!", rief sie erneut, mit etwas mehr Nachdruck. „Du wolltest doch diese Fischsemmel, jetzt iss sie auch, damit wir dann weiter können."

Der Fünfjährige gesellte sich zu seiner Mutter, griff nach der Semmel und drehte sich im nächsten Moment um. Durch den Schwung fiel ihm die Semmel aus der

Hand und schleuderte über den Boden. Erschrocken blieb der Junge stehen.

„Leon! Was soll das jetzt wieder? Heb sie auf und iss endlich!", jammerte Paula erschöpft.

„Aber sie liegt am Boden, die mag ich nicht mehr", bemerkte Leon.

„Das ist mir egal! Sie ist ja nicht schmutzig geworden, also heb sie endlich auf und iss sie!"

Sie spürte ihre Ungeduld deutlich, aber in solchen Momenten konnte sie einfach nicht aus ihrer Haut. Trotzig stemmte Leon seine Arme in die Hüften. „Nein!"

Wütend schnellte Paula hoch, war mit einem Satz bei ihrem Sohn und packte ihn am Arm. Sie griff fester zu, als sie es beabsichtigte, aber sie wollte diese Situation endlich hinter sich bringen. „Hör jetzt mit dieser Bockerei auf! Heb die Semmel auf, sofort!", schrie sie fast.

Tränen drangen aus Leons Augen. Seine Mutter schob ihn ein Stück nach vorne. „Jetzt mach schon! Auf was wartest du noch?"

Leon bückte sich und hob die Semmel auf. „Ich will eine Neue!", winselte er.

„Du bekommst keine Neue. Du hast sie fallen gelassen, jetzt isst du sie auch. Die oder gar keine!" Paula war am Ende ihrer Geduld. Sie wollte endlich raus aus diesem überfüllten Einkaufszentrum. Wutentbrannt zerrte sie ihren kleinen Sohn hinter sich her bis zur Garage.

Sie bemerkte nicht, dass sie verfolgt wurde. Von einem Mann mit einer schwarzen Baseballkappe.

Kapitel 9

Vor drei Monaten

Lea betrachtete erneut die Akte mit den Zeugenaussagen. Sie arbeiteten seit drei Monaten an diesem Fall und waren noch kein Stück weitergekommen. Das einzige was sie erreicht hatten, war, dass sie gewisse Tatabläufe rekonstruieren konnten, was sie dem Täter aber kein Stück näher brachte. Die Befragungen in den einzelnen Bekleidungsgeschäften brachten keine Ergebnisse. Allerdings wussten sie mittlerweile, dass der zweijährige Sohn des Opfers tatsächlich betäubt wurde und deshalb nicht nach seiner Mutter geschrien hatte. Aber warum der Täter das tat, lag immer noch im Dunkeln. Möglicherweise wollte er nicht, dass die Nachbarn auf das schreiende Kind aufmerksam wurden. Oder er wollte sicherstellen, dass der Ehemann seine tote Frau fand, nicht die Polizei oder ein Nachbar. Der Verdacht gegen Oliver Ulmen war noch nicht gänzlich ausgeräumt. Sein Alibi in der Firma, in welcher er arbeitete, ging bis 12.00 Uhr. Danach war er für eine Stunde in Mittagspause, was seine Kollegen aber nicht bestätigen konnten, weil er nicht, wie üblich, mit ihnen in der Kantine war. Ab 13.00 Uhr bestätigte seine Stempelkarte wieder seine Anwesenheit am Arbeitsplatz. Der Ehemann sagte aus, er war ausnahmsweise in der Stadt, weil er ein Geschenk für seinen Sohn kaufen wollte, der bald Geburtstag hatte. Auf Nachfrage von Lea teilte er mit, dass er jedoch leider kein passendes Geschenk gefunden habe. Ein entsprechender

Kassenbeleg mit aufgedruckter Uhrzeit hätte ihn schlagartig entlasten können. Lea und Nick überprüften die Fahrzeit von der Arbeitsstelle bis zu seinem Zuhause. Es waren etwa fünfzehn Minuten, wenn die öffentlichen Verkehrsmittel ohne Verzögerung fuhren. Es blieben ihm also dreißig Minuten für die Tat, was nach Aussage des Gerichtsmediziners ausreichend war. Was noch fehlte war das Motiv. Oliver Ulmen beteuerte, eine harmonische Ehe mit seiner Frau geführt zu haben. Sie hätten erst am Wochenende zuvor ihren fünften Hochzeitstag gefeiert, was er durch Belege des Lokals beweisen konnte. Auch die Mutter des Opfers, die an diesem Wochenende den kleinen Timmy betreute, gab an, nie ungewöhnlichen Streit zwischen dem Ehepaar miterlebt zu haben.

Entmutigt warf Lea die Akte auf den Tisch. „Wenn ich es öfter lese, wird es auch nicht besser! Wir haben einfach nichts! Kein Paketbote, der eine Lieferung brachte, kein verdächtiges Fahrzeug, das von Nachbarn gesichtet wurde, keinen verschmähten Liebhaber, der Rache ausüben wollte."

„Wie bitte? Habe ich mich gerade verhört?" Nick schaute erstaunt auf.

„Sorry, war nur so ein Gedanke. Aber wenn es ein Serientäter wäre, was wir anfangs angenommen haben, dann hätte er doch inzwischen schon wieder zugeschlagen." Lea hasste es, auf die Aktionen anderer angewiesen zu sein. Sie wollte aktiv tätig werden, jedoch waren in diesem Fall alle Möglichkeiten ausgeschöpft.

Doch dann klingelte ihr Telefon.

„Lea Rieder", meldete sie sich gelangweilt.

„Wir haben da was für euch! Mord mit Verstümmelung!", erklärte der Telefonist und gab im nächsten Moment die Anschrift durch.

„Danke!" Lea legte auf und grinste Nick an. „Wir haben wieder einen neuen Fall!"

„Du solltest dir ganz schnell abgewöhnen zu grinsen, wenn eine Leiche gefunden wurde. Das kommt überhaupt nicht gut an! Du hast Glück, dass ich dich so gut kenne und weiß, dass es nichts mit dem Opfer zu tun hat, wenn du dich freust."

„Du hast Recht! Aber wir haben endlich wieder Arbeit. Vielleicht haben wir dieses Mal mehr Glück und fassen den Täter schnell."

Nick bewunderte Leas Enthusiasmus. Aber er sah auch eine Gefahr in ihrem Ehrgeiz. Ihr Ziel beschränkte sich auf die Festnahme der Täter, was auch wichtig und gut war. Aber die Arbeit eines Kommissars bestand nicht nur aus schnellen Ermittlungsergebnissen. Man brauchte Feingespür für die Personen, mit welchen man zu tun hatte und musste manchmal Arbeiten verrichten, die nicht unmittelbar mit der Täterjagd zu tun hatten. Er hoffte, dass sie das noch lernen würde.

Während der Fahrt zu der angegebenen Adresse verhielt sich Lea erstaunlich still.

„Ist deine Freude schon wieder verflogen? Oder warum bist du so ruhig?", wollte Nick wissen.

„Ich konzentriere mich auf den neuen Fall. Ich mache mich mit der Gegend vertraut, in welcher das Opfer gewohnt hat und versuche mir möglichst viele

Einzelheiten einzuprägen, die vielleicht später von Bedeutung sein könnten."

„Gut! Da habe ich dich wohl unterschätzt!", gab er leise zu.

„Wie meinst du das?"

„Wir sind da!" Nick parkte hinter einem Streifenwagen und stieg aus, ohne Leas Frage zu beantworten.

Als sie das vierstöckige Mehrfamilienhaus betraten, herrschte eine ungewöhnliche Stille. In dem Haus wohnten zwölf Parteien, da müsste doch ständig eine Geräuschkulisse vorhanden sein. Hier jedoch war es absolut still.

Im dritten Stock stand bereits ein Beamter vor der rechten Tür, der den Weg für Lea und Nick zur Wohnung freigab. Der lange Gang führte vorbei an der Küche, am Kinderzimmer, bevor am Ende des Flurs zwei Zimmer links und rechts abgingen. Im Schlafzimmer befanden sich zwei Kollegen der Spurensicherung sowie ein Fotograf. Im Wohnzimmer saß der Ehemann des Opfers mit dem fünfjährigen Sohn Leon.

Lea und Nick besahen sich zuerst den Tatort und das Opfer.

„Da hat wohl euer Narzissenkünstler wieder zugeschlagen", witzelte einer der beiden Männer von der Spurensicherung.

„Narzissenkünstler? Ihr gebt den Tätern Namen?" Fassungslos blickte Lea den Mann im weißen Hygieneanzug an.

„Natürlich! Um sie voneinander zu unterscheiden." Schulterzuckend wandte er sich ab und untersuchte weiter die Bettwäsche, auf welcher das Opfer lag.

„Dann nennt ihn brutales Arschloch, aber nicht *Künstler*, denn mit Kunst hat so ein Mord ja wohl nichts zu tun!" In Leas Stimme war ihr Unverständnis deutlich zu hören.

„Kollegin! Brutales Arschloch würde dann jeder Täter heißen, wie könnten wir sie dann noch unterscheiden?"

„Mir egal! Ich will diesen Begriff in meiner Gegenwart nicht mehr hören, verstanden?", gab sie unmissverständlich zu verstehen.

Lea trat an Nick heran, der die Leiche der jungen Frau bereits genauer betrachtete. Als ihr Blick auf die blutigen Gedärme fiel, spürte sie erneut die Übelkeit, die sie schlagartig erfasste.

„Wird das irgendwann besser?" Sie hielt sich reflexartig die Hand vor den Mund.

„Wenn du kotzen musst, gleich links ist das Bad!", erklärte Nick ebenso emotionslos wie beim ersten Mal.

„Ich muss mich nicht übergeben! Du musst mir nicht jedes Mal Regel Nummer eins vorleiern."

„Sorry! Das kommt ganz automatisch", entschuldigte Nick sich sachlich.

„Hat dein Partner sich etwa ständig übergeben, oder warum geht dir das so leicht von der Zunge?"

„Er nicht, aber wir hatten einige Polizeischüler dabei, die es nicht schnell genug auf die Toilette geschafft haben. Und zu deiner Frage … nein das wird nie besser! Wenn du dich erst einmal an solch eine Brutalität gewöhnst, dann bist du kein guter Ermittler mehr."

Lea überraschte, dass Nick eine so lange Rede hielt, während er über der verstümmelten Leiche einer jungen Frau stand.

Schweigend betrachtete sie den Körper der Frau. Auch hier war der Bauch vom Unterleib bis zum Brustkorb aufgeschlitzt und die Gedärme aus dem Bauchraum gezogen worden. Sie befanden sich neben dem Opfer auf dem Bett. Die weißen Narzissenblätter lagen auf ihren Augen, ihrem Mund und im Schambereich.

„Er hat die Blütenblätter dieses Mal anders auf der Leiche platziert. Kann es sein, dass er uns damit etwas sagen will?", rätselte Lea.

„Wir sollten uns erst einmal mit dem Ehemann unterhalten." Nick wandte sich ab und ging hinüber ins Wohnzimmer. Lea folgte ihm.

Der Polizeibeamte, welcher bei den Hinterbliebenen stand, übergab Nick einen Zettel mit den Personalien des Opfers. Er überflog die Notizen und reichte sie an Lea weiter.

„Herr Sägebrecht?", wandte er sich an den Mann, der auf dem Sofa saß und seinen Sohn in den Armen hielt.

Der Angesprochene nickte.

„Mein Name ist Nick Lörrach und das ist meine Kollegin Lea Rieder. Dürfen wir Ihnen ein paar Fragen stellen?"

„Natürlich! Was wollen Sie wissen?" Der Mann hatte eine kräftige Stimme, die nicht verriet, wie erschüttert er eigentlich war.

„Wie lange waren Sie heute außer Haus?", stellte Nick seine erste Frage.

„Ich bin um acht Uhr gegangen und habe Leon mitgenommen, um ihn im Kindergarten abzusetzen. Anschließend bin ich ins Büro gefahren." Stefan Sägebrecht machte eine kurze Pause, in welcher er liebevoll über den Kopf seines Sohnes strich. „Um 14.00 Uhr erhielt ich einen Anruf von der Erzieherin, dass mein Sohn noch nicht abgeholt wurde. Meine Frau hätte ihn eigentlich um 13.00 Uhr abholen sollen. Ich fuhr also los, holte Leon ab und kam so gegen halb drei nach Hause."

Während Nick die Befragung durchführte, überflog Lea den Notizzettel. Paula Sägebrecht, 32 Jahre alt, Ehemann Stefan, Sohn Leon, fünf Jahre alt. Sie war Hausfrau und ging samstags Putzen, während ihr Mann zu Hause auf den Sohn aufpasste.

„Hatte Ihre Frau irgendwelche Feinde? Oder Personen, die Streit mit ihr hatten?"

Ungläubig blickte der Ehemann Nick an. „Paula verstand sich mit allen Leuten gut. Wenn sie mit einer Bekannten Streit hatte, war sie diejenige, die den Streit schnellstens aus dem Weg räumen wollte. Sie hatte keine Feinde! Das wüsste ich."

„Noch eine Frage. War Ihre Frau in der letzten Zeit im Einkaufszentrum Neuperlach?" Nick legte viel Hoffnung in diese Frage, weil dieser Umstand einen gemeinsamen Nenner mit dem ersten Opfer darstellen würde.

„Ja, natürlich! Sie fährt fast jede Woche dorthin."

„Alleine?", hakte Nick nach.

„Nein! Sie hat meistens Leon dabei. Er liebt es in den Spielzeugläden zu stöbern."

Nick schaute zu Lea, die seinen Blick sofort richtig deuten konnte.

Sie wandte sich an den Vater. „Darf ich kurz mit Leon sprechen?"

„Kann ich dabei bleiben?" Stefan Sägebrecht zog seinen Sohn etwas näher an sich heran.

„Natürlich!" Vorsichtig beugte sie sich zu dem Kind.

„Leon? Darf ich dich etwas fragen?"

Traurig nickte der Junge und setzte sich aufrecht hin.

„Erinnerst du dich daran, als du mit deiner Mama das letzte Mal im Einkaufszentrum warst?", fuhr Lea behutsam fort.

„Ja! Sie hat mich geschimpft."

„Sie hat dich geschimpft? Warum?"

„Weil ich meine Semmel auf den Boden geworfen habe und sie sagte, ich müsste sie aufheben und essen. Aber ich wollte sie nicht mehr essen, die war schon am Boden gelegen! Dann hat sie geschimpft und geschrien, ich solle die Semmel aufheben. Das habe ich dann auch, aber ich wollte die nicht mehr essen! Aber Mama hat geschimpft und mich ganz feste am Arm gepackt. Und dann sind wir zum Auto gegangen. Das tut mir so leid! Ich wollte nicht, dass sie sauer auf mich ist. Und jetzt kann ich es ihr nicht mehr sagen. Sie soll aufwachen, damit ich ihr sagen kann, wie leid es mir tut. Ich werde auch immer artig sein und nie wieder was auf den Boden werfen." Weinend brach der Junge in den Armen seines Vaters zusammen. Lea trieb es die Tränen in die Augen. Kurzentschlossen stand sie auf und ging ins Schlafzimmer.

„Seid ihr hier fertig?", fragte sie die anwesenden Beamten. Als diese bestätigend nickten, deckte sie die verstümmelte Leiche bis zum Hals zu. Die Blütenblätter hatten die Kollegen zwischenzeitlich von den Augen und dem Mund der Frau entfernt und in Asservatentüten verpackt.

Anschließend ging sie zurück ins Wohnzimmer und reichte Leon ihre Hand.

„Willst du mitkommen und es deiner Mama sagen?",
fragte sie vorsichtig.

„Was? Sie hört mich doch nicht mehr. Sie ist im
Himmel, sagt der Papa."

„Da hat dein Papa recht. Aber ihr Körper ist noch hier
und wenn du dem Körper deiner Mama etwas erzählst,
dann leitet er das Gesagte an sie in den Himmel weiter.
Deshalb können wir hier unten, bevor wir den Körper in
der Erde begraben, noch alles sagen, was uns auf dem
Herzen liegt. Willst du?"

Nick beobachtete bewundernd die Situation. Wenn er
Lea nicht schon bis über beide Ohren lieben würde, dann
wäre es jetzt passiert. Er hätte sich augenblicklich in sie
verliebt.

Leon sah zu seinem Vater, der mit Tränen in den Augen
nickte und seinem Sohn damit Mut gab. Anschließend
griff Leon nach Leas Hand und ließ sich von ihr ins
Schlafzimmer führen.

Ängstlich trat er an das Bett heran, in welchem seine
Mutter mit geschlossenen Augen lag.

„Schläft sie?", fragte der Junge hoffnungsvoll.

„Nein, Leon. Sie musste gehen, es war Zeit für sie. Sie
ist jetzt im Himmel."

„Aber sie hört noch, was ich ihr sage?", flüsterte er
ehrfürchtig.

„Ja, sie wird dich hören", bestätigte Lea ebenso leise.

Vorsichtig beugte der Junge sich über das Bett, ganz
nah an das Gesicht seiner Mutter. „Mama, ich hoffe du
hörst mich! Ich wollte mich bei dir entschuldigen, dass ich
immer so gemein zu dir war. Das wollte ich eigentlich gar
nicht, aber du weißt ja, ich bin manchmal so zappelig und

da kommen die Worte einfach so aus mir heraus. Es tut mir leid, dass ich die Semmel auf den Boden geworfen habe, und dass du so mit mir schimpfen musstest, bis ich sie aufgehoben habe. Ich wollte das nicht. Vielleicht findest du ja doch einen Weg, wieder zu uns zu kommen. Dein Körper liegt ja noch hier und wenn du zurückkommen kannst, dann spring doch einfach wieder rein. Ich verspreche dir auch, dass ich nie wieder unartig bin. Ich werde der bravste Junge der Welt." Mittlerweile schluchzte Leon nur noch und die Tränen rannen ihm in Strömen über die Wangen. „Ich hab dich lieb Mama, immer und ewig. Wenn du den Weg nicht mehr zurückfindest, dann schau ich jeden Abend zu dir hinauf und winke dir." Anschließend flüsterte er seiner Mutter noch etwas ins Ohr, was Lea jedoch verstehen konnte. „Du bist die beste Mama der Welt!"

Lea musste sich stark zusammenreißen, um nicht ebenfalls in Tränen auszubrechen. Sie fand es herzzerreißend, wie der kleine Junge mit seiner toten Mutter sprach. Nachdem Leon ein letztes Mal die Wange seiner Mutter geküsst hatte, führte Lea ihn zurück ins Wohnzimmer zu seinem Vater.

Nick und Lea verabschiedeten sich und verließen die Wohnung. Im Auto sank Lea auf den Beifahrersitz und konnte im nächsten Moment ihre Tränen nicht mehr zurückhalten. Sie weinte unerlässlich, den gesamten Weg bis zur Dienststelle. Dort wischte sie die Reste der Tränen mit einem Taschentuch weg, putzte sich geräuschvoll die Nase und stieg aus.

Als sie wieder in ihrem Büro saßen und ihren Bericht schrieben, hielt Nick plötzlich inne und betrachtete Lea.

„Was ist? Habe ich Farbe im Gesicht?", fragte sie überrascht.

„Du bist der Wahnsinn. So wie du mit dem kleinen Leon umgegangen bist … das hätte sonst niemand geschafft."

„Ach was! Das hätte jeder so gemacht, zumindest jede Frau!", ergänzte sie schmunzelnd.

„Nein! Ich kenne niemanden, der das aus dem Hut gezaubert hätte. Du wirst einmal eine großartige Mutter!"

„Mutter, ich?"

„Willst du etwa keine Kinder?" Nick sah überrascht auf.

„Willst du etwas welche?"

„Irgendwann. Warum nicht? Kommt auf die Frau an."

Sein vielsagender Blick traf Lea mitten ins Herz. Sie hatte darauf keine Antwort. Jede ehrliche Aussage hätte ihn zutiefst verletzt. Und zum Lügen fehlte ihr momentan die Kraft.

„Dann hoffe ich für dich, dass du die richtige Frau noch findest."

Nick wollte gerade nachfragen, was sie damit meinte, als das Telefon klingelte und somit das Thema beendet war.

Kapitel 10

Heute

Am nächsten Morgen saß Lea an ihrem Tisch und nippte an ihrem Kaffee. Sie hielt erneut Ausschau nach ihrem Verfolger sowie dessen Frau. Wie konnte es sein, dass er ihr gestern ständig über den Weg gelaufen ist und sie ihn jetzt plötzlich überhaupt nicht mehr zu Gesicht bekommt? *Vielleicht ist er schon abgereist?* Dann hätte sich ihr Problem ja schnell erledigt. Sie stand auf, um sich noch einen Joghurt vom Buffet zu holen und blieb im nächsten Moment wie angewurzelt stehen. Ihre langen blonden Haare waren zu einem Pferdeschwanz zusammengebunden, aber Lea würde die Frau unter allen Gästen wiedererkennen. Unauffällig nahm Lea sich eine Schüssel und überblickte das reichhaltige Angebot an Joghurts. Aus dem Augenwinkel beobachtete sie die Frau, die mit einem Croissant in der Hand das Buffet verließ und einen der angrenzenden Speiseräume betrat. Leas Blicke verfolgten die Frau, bis sie ihren Tisch erreichte und sich gegenüber ihres Mannes auf den Stuhl setzte. *Jetzt weiß ich wo ihr Platz ist!* Langsam ging Lea zurück an ihren Tisch und wartete einige Minuten, in der Hoffnung, dass das Paar ihr Frühstück bald beendet hatte. Als sie sich schließlich erneut Richtung Buffet bewegte und ihren Blick vorsichtig zu dem Tisch ihrer Verfolger wandte, sah sie, dass dieser verlassen war. Zielsicher steuerte sie auf den entsprechenden Tisch zu. Bevor sie sich wieder abwandte, schaute sie beiläufig auf das kleine

Schild, welches neben der Blumendekoration in der Mitte des Tisches stand und den Namen sowie die Zimmernummer der jeweiligen Gäste erkennen ließ, welchen dieser Platz während ihres Aufenthalts zugewiesen war.

Glücklich über diesen kleinen Erfolg begab sich Lea zurück auf ihr Zimmer.

Als sie Nicks Nummer wählte, ging nur seine Mailbox ran. Sie legte auf und schrieb ihm eine Nachricht. *Neller, Zi. 405! Bitte überprüfen!*

Anschließend schlüpfte sie in ihre Trainingssachen und ging zum Fitnessraum. Sie hatte sich an diesen Tagesablauf schon derart gewöhnt, dass sie es mittlerweile genoss, Zeit für sich selbst zu haben. Sie vermisste ihre stressige Arbeit bei der Polizei täglich weniger. Sie war, wie fast immer, alleine in dem geräumigen Raum, während sie den Stepper voller Ehrgeiz bearbeitete. Als sie einen Moment aussetzte, um einen Schluck Wasser zu trinken, spürte sie Blicke in ihrem Rücken. Blitzschnell drehte sie sich um, entdeckte aber lediglich ein junges Pärchen, welches vor der Glaswand stand und den Raum begutachtete. Erleichtert drehte Lea sich wieder um und trainierte weiter. Wenige Minuten später unterdrückte sie das Gefühl, erneut beobachtet zu werden, da es immer wieder Gäste gab, die sich den Fitnessbereich durch die Glasfront ansehen wollten, jedoch den Raum nicht betraten.

Wie bereits die letzten Tage, ging sie nach dem Sport noch schwimmen. Sie liebte es, in dem warmen Wasser ihre Bahnen zu ziehen, was noch einmal ganz andere

Körperpartien trainierte, als die Fitnessgeräte es vermochten. Sie hängte ihren Bademantel an einen der vorhandenen Haken, stellte ihren Korb darunter und schlüpfte aus ihren Badeschuhen. Sie wollte zuerst noch ausgiebig duschen, um den Schweiß des Fitnesstrainings abzuspülen. Bevor sie in das große Becken stieg, blickte sie sich im Schwimmbad um. An einer Seite des Raumes befanden sich in die Wand eingebaute Betten, auf welchen lediglich eine Frau lag, die in ihr Buch vertieft war. Ansonsten war die große Halle leer. Normalerweise setzte sie ihre Schwimmbrille auf, um kraulend ihre Bahnen zu ziehen, aber leider hatte sie diese zu Hause vergessen. Es ging aber auch ohne Brille, was sie die letzten Tage beruhigend festgestellt hatte.

Mit einem beherzten Kopfsprung landete sie im Wasser und begann zu kraulen. Bahn für Bahn legte sie ihr selbstgestelltes Pensum zurück. Vierzig Bahnen waren das Mindeste, was sie pro Einheit schaffen wollte. Noch dazu, da diese Bahnen keine 25 Meter maßen, sondern nur 13 Meter. Sie hatte bereits ihre zehnte Bahn hinter sich, als sie plötzlich auf einen weichen Gegenstand prallte. Sie wusste sofort, dass dies nur ein Körper sein konnte, denn die Wand hätte andere Schmerzen in ihr hervorgerufen. Erschrocken wollte sie sich aufstellen, wurde aber von zwei großen Händen an ihren Oberarmen gepackt und nach unten gedrückt, wodurch ihre Füße wegrutschten. Sie strampelte unter Wasser mit den Beinen und versuchte die Oberfläche zu erreichen, was ihr aber nicht gelang, weil die fremden Hände weiterhin unnachgiebig Druck auf ihren Körper ausübten. Panik machte sich in ihr breit. Luft! Sie brauchte endlich Luft! Sie konzentrierte sich auf ihre Füße, die den Boden berührten. Sie setzte ihre Fußsohlen fest auf den glatten Kacheln auf und stieß sich mit aller Kraft nach oben ab. Im nächsten Moment durchbrach sie die Wasseroberfläche und japste nach Luft. Als sie ihre Augen öffnete, blickte sie in das Gesicht ihres Verfolgers. Seine Hände hielten noch immer ihre Oberarme umfasst.

„Lassen Sie los!", rief sie ängstlich.

„Ich wollte Ihnen doch nur helfen!", verteidigte der Mann sich und zog sofort seine Hände zurück. Er schüttelte den Kopf und drehte sich von ihr weg. Als sein linker Oberarm in Leas Blickfeld kam erstarrte sie. Sein Tattoo - es war eine Narzisse!

Als sie später mit Nick telefonierte, berichtete sie ihm von ihrer Beobachtung.

„Das ist doch kein Zufall!"

„Bist du dir sicher, dass er dich unter Wasser gedrückt hat? Vielleicht wollte er dir nur helfen?", wandte Nick vorsichtig ein.

„Ich kenne doch den Unterschied zwischen runterdrücken und raufziehen! Konntest du die Zimmernummer überprüfen?", antwortete sie mit einer Gegenfrage.

„Die Rezeption gab mir die Auskunft. Es handelt sich um einen Antonio Neller mit seiner Ehefrau Karen. Er ist 52 Jahre alt, Rechtsanwalt in München und hat für zwei Wochen die Präsidentensuite gebucht."

„Die Präsidentensuite? Für zwei Wochen? Der kann es sich anscheinend leisten!", bemerkte Lea nachdenklich.

„Deshalb glaube ich auch nicht, dass er dir etwas Böses will. Was sollte er für ein Motiv haben?"

„Vielleicht kennt er den Täter und hilft ihm?"

„Glaubst du das wirklich? Vermutlich besteht überhaupt kein Zusammenhang zwischen unserem Täter und dem Rechtsanwalt." Nick glaubte an das, was er sagte.

„Doch! Es gibt einen Zusammenhang!", erwiderte Lea und zog ihr Ass aus dem Ärmel. „Er hat ein Tattoo!"

„Ich weiß! Das hast du mir schon erzählt. Ich verstehe immer noch nicht, was …"

„Es ist eine Narzisse!", unterbrach sie ihn hektisch. „Verstehst du? Warum sollte dieser Neller eine Narzisse auf seinem Arm haben, wenn er nicht irgendeine Verbindung zu unserem Narzissenkünstler hat? Die Blume bedeutet unserem Täter etwas, das wissen wir. Und wenn sie Neller auch etwas bedeutet, dann ist das die Gemeinsamkeit. Vielleicht sind sie verwandt oder gute Freunde? Jedenfalls ist die Blume der Schlüssel und die Verbindung zwischen beiden."

Es herrschte Stille in der Leitung. Offenbar musste Nick diese Information erst einmal verdauen.

„Nick?", rief sie in den Hörer. „Bist du noch da?"

„Sorry, aber ich musste kurz überlegen. Falls deine Vermutungen stimmen sollten - was willst du jetzt unternehmen?"

„Glaubst du, wir können ihn schon verhaften lassen?", fragte sie vorsichtig.

„Lea! Du weißt so gut wie ich, wie das läuft! Außer der Tätowierung haben wir wirklich nichts gegen ihn in der Hand. Und selbst die lässt sich für ihn leicht erklären. Vielleicht hat er an Ostern Geburtstag oder sein

Hochzeitstag fällt in die Blütezeit der Narzissen. Es gibt tausend Gründe, warum er dieses Motiv gewählt hat."

„Kann sein, muss aber nicht!", ergänzte Lea hartnäckig.

„Ich glaube nicht, dass Neller ein Mörder ist und selbst wenn, dann wird er dich wohl kaum vor den anderen Gästen umbringen. Das Hotel ist ein öffentlicher Ort!

„Ich soll also weiterhin hier bleiben?" Lea hatte gehofft, dass Nick sie zurück nach München holen würde. Obwohl es ihr hier gefiel, hatte sie Sehnsucht nach ihm.

„Ich werde Neller durch unseren Computer jagen, aber bis ich was rausgefunden habe, bleibst du im Hotel! Du bist dort immer noch sicherer als hier in München, wo der Täter herumläuft!"

„In Ordnung! Aber du hältst mich auf dem Laufenden?", hakte sie nach.

„Mach dir keine unnötigen Sorgen! Ich melde mich wieder!"

Zur gleichen Zeit in Zimmer 405:
„Wie läuft es bei dir?", wollte der Mann am anderen Ende der Leitung wissen.

Antonio Neller zuckte mit den Achseln. „Gut und bei dir?"

„Sag mal, willst du mich verarschen? Welches Wort von *verhalte dich unauffällig* hast du nicht verstanden?"

„Warum?" Unsicher schluckte Neller.

„Sie hat dein Tattoo gesehen! Sie hat Angst vor dir! Glaubst du es wird dadurch einfacher deinen Job zu erledigen? Wenn sie ständig nach dir Ausschau hält, weil sie fürchtet, du könntest sie umbringen?"

„Aber …", setzte Neller an.

„Toni! Du bist wirklich ein netter Kerl und ein sehr guter Kumpel von mir, aber den Job, den ich von dir verlange … du hast mir zugesagt, dass du das schaffst … es liegt mir sehr viel daran, das weißt du!"

„In Ordnung! Ich halte mich zurück!"

„Wenn du auffliegst, dann muss ich dich sofort dort abziehen. Ich weiß nicht, wie lange ich dich noch erfolgreich decken kann".

„Ich bin ab jetzt vorsichtiger, versprochen! Du kannst mir vertrauen, ich will dir doch helfen."

„Das weiß ich, Toni. Ich verlasse mich auf dich! Schönen Gruß an Karen."

„Danke! Ich werde es ausrichten."

„Ciao, Toni."

„Ciao, Nick."

Kapitel 11

Vor vielen Jahren

Benno war gerade fünf Jahre alt, als der grinsende Mann das erste Mal erschien. Er sollte ihn Meister nennen und durfte ihm nicht widersprechen. Es passierte nur unter der Woche, wenn sein Vater auf Montage war. Seine Mutter war eine liebevolle Frau, die ihn verwöhnte und ihm seine Wünsche von den Lippen ablas. Nur eines gab es nicht - Süßigkeiten!

Er konnte sich nicht erinnern, ob er vorher, bevor der Meister auftauchte, Schokolade und Gummibärchen bekam, jedoch ab dem ersten Tag seines Erscheinens, waren diese Lebensmittel für ihn tabu. Benno bekam auch keine Fruchtsäfte oder Zucker in den Tee. Alles was süß war wurde von seinem Speiseplan gestrichen. Nur so konnte der Meister seine Spielchen mit dem Kind treiben. Er lockte ihn mit Honig, Nutella oder Eiscreme und hielt ihm die Köstlichkeiten vor die Nase. Wenn Benno danach greifen wollte, schüttelte der Meister den Kopf, legte sich aufs Bett und bestrich seinen Bauch mit der süßen Leckerei. Anfangs war Benno noch so jung und unbedarft, dass er es als Spiel ansah und gierig die Schokoladencreme vom Bauch des Meisters schleckte. Später änderte sich das.

Am Wochenende, wenn sein Vater zu Hause war, genoss Benno die Zeit mit seinen Eltern. Sie unternahmen Ausflüge oder sein Vater saß stundenlang mit Benno im

Kinderzimmer und sie bauten gemeinsam mit Legosteinen eine Stadt. Aber sobald der Vater am Montagmorgen das Haus für die nächsten fünf Tage verließ, schlummerte in Benno die Angst vor dem erneuten Erscheinen des Meisters.

Fast immer lag der Junge bereits im Bett, als sich seine Zimmertüre öffnete und er das weiße Gesicht mit dem Schnauzbart und dem grinsenden Mund erblickte. Sein Magen zog sich augenblicklich zusammen und seine Abneigung gegen Süßigkeiten jeglicher Art wuchs von Woche zu Woche. Trotzdem verlangte der Meister immer wieder, dass das Spiel gespielt wurde, welches sich mit den Jahren stetig veränderte. Anfangs bestrich er seinen dicken Bauch mit den klebrigen Speisen, später seine Brust und kurz darauf seine Genitalien. Und noch eine Tatsache änderte sich schlagartig. Der Meister brachte plötzlich einige Blumen mit, die er auf seinem klebrigen Körper verteilte. Benno verstand nicht, was das zu bedeuten hatte, aber er registrierte, dass die weißen Blüten dem Meister ein Glücksgefühl bescherten und ab sofort zum Spiel dazugehörten.

Es war nicht das erste Mal, dass Benno seine Mutter auf den Meister ansprach.

„Mama, warum muss ich mit dem Meister immer dieses Spiel spielen?"

„Das habe ich dir doch schon erklärt, mein Schatz! Der Meister liebt dich so sehr, dass er gerne Zeit mit dir verbringt. Außerdem schenkt er dir immer Süßigkeiten, die du eigentlich nicht essen darfst, weil sie sehr ungesund sind. Und was noch wichtiger ist - du darfst Niemandem davon erzählen! Viele Kinder werden von einem Meister besucht, nur keines der Kinder erzählt es herum. Nur die braven und lieben Kinder bekommen von ihm Besuch!"

„Dann will ich ab sofort lieber böse sein!", bemerkte Benno in seiner kindlichen Unschuld.

„Sag so etwas nicht! Böse Kinder kommen von ihren Eltern weg und werden jeden Tag geschlagen! Außerdem bekommen sie nie wieder etwas Süßes zu essen!"

„Weiß es der Papa auch? Dass der Meister kommt?", wollte Benno vorsichtig wissen.

„Das darf Niemand wissen! Wenn du es erzählst, dann bringt der Meister mich und den Papa um. Willst du das? Dass er uns tötet? Dann musst du auch ins Heim und wirst dort geschlagen!" Benno's Mutter wusste genau, mit welchen Worten sie ihren Sohn einschüchtern konnte.

So ging der sexuelle Missbrauch an dem kleinen Jungen sieben Jahre weiter, ohne dass er sich jemals dagegen gewehrt hatte.

Als Benno zwölf Jahre alt war und seine Pubertät einsetzte, spürte er die Veränderungen in seinem Körper. Auch der Meister bemerkte diese Wandlung. Er berührte Benno immer öfter an seinem Penis, der daraufhin entsprechend reagierte. Benno hasste sich dafür, dass er begann das Spiel zu genießen, er spürte gleichzeitig Übelkeit und Erregung.

Bereits Jahre vor seiner Pubertät wuchs in Benno der Gedanke, einfach die weiche, weiße Haut seines Meisters mit einem scharfen Gegenstand zu verletzen. Vielleicht hätte dieser dann keine Lust mehr an dem Spiel. Später reifte der Gedanke ran und Benno stellte sich oft vor, wie er den Bauch des Meisters mit einem langen Messer aufschneiden und die Innereien herausnehmen würde. Er hatte bis dahin keine Ahnung, wie es im Bauch eines Menschen aussah. Erst das Internet brachte ihm darüber Aufschluss. Er sah sich Bilder von Gedärmen und Innereien an, die Ekel in ihm hervorriefen. Jedoch wenn sein Gesicht über dem Körper des Meisters schwebte, kam ihm der Gedanke der blutigen Eingeweide verlockend vor.

Ein Teil des Rituals war, dass Benno seinen Leib zwischen den Beinen des Meisters bewegte, während er die süße Schokocreme von dessen Bauch leckte. Als Benno jedoch bemerkte, dass die Bewegung ihn selbst erregte, konzentrierte er seine Gedanken auf die blutigen Eingeweide, die er unter der weißen Bauchdecke vermutete. Anfangs erreichte er den gewünschten Effekt - seine Erregung sowie sein schlechtes Gewissen nahmen ab. Irgendwann jedoch verselbständigte sich die Fantasie in ihm. Er begann genau zu studieren, in welcher Intensität man einen Bauchschnitt ausführen musste, um das Opfer nicht sofort zu töten, sondern die Gedärme bei pulsierendem Herzschlag zu entnehmen. Und in diesem Moment kehrte sich seine Erregung um 180 Grad. Er reagierte auf die Vorstellung, dass er diesen einen Schnitt ausführen würde. Während des Spiels schloss er die Augen und sah die blutigen Gedärme vor sich, tauchte mit seinen Fingern in den warmen Brei aus feuchten Innereien. So schaffte er es, die erforderliche Erregung und den gewünschten Koitus zu erreichen. Der Meister lobte ihn für seinen Einsatz. Er belohnte ihn jedoch immer seltener mit Süßigkeiten, sondern kam oft ohne Vorspiel zum eigentlichen Akt.

Als Benno sechzehn Jahre alt war, schwirrten die Fantasien derart konkret und verlangend in seinem Kopf, dass er sie endlich am Meister ausleben wollte. Am Abend, als das Spiel in vollem Gange war, zog er unbemerkt ein Messer hervor und setzte es blitzschnell am Unterleib des Meisters an. „Jetzt bekommst du endlich, was du verdienst!"

„Nein!", schrie der Meister panisch auf. „Was machst du da? Willst du mich wirklich verletzen?"

Benno's Blick wanderte von der Maske seines Peinigers auf den weichen Bauch, welcher von weißen Blüten der Narzisse halb bedeckt war. Sein Verlangen trieb ihn zu diesem Schritt, jedoch wollte er kein Mörder sein. „Nein, ich will dich nicht verletzen", antwortete Benno. „Ich muss dich töten!"

Plötzlich hörte er die Stimme seiner Mutter. „Benno! Hör sofort auf damit! Du bringst damit nicht nur den Meister um, sondern auch mich!" Sie schrie ihn regelrecht an ... und sie hatte Erfolg. Benno warf das Messer auf den Boden. Er wollte seine Mutter nicht töten. Er liebte sie! „Der Meister soll verschwinden! Ich will ihn nie wieder sehen!", schrie er zurück.

„In Ordnung!" Beruhigend redete seine Mutter auf ihn ein. „Der Meister geht und kommt nicht wieder!" Benno spürte, wie sich die Person unter ihm erhob und schnell das Zimmer verließ. Im nächsten Moment stürmte seine Mutter auf ihn zu und nahm in beschützend in die Arme.

Am nächsten Tag packte Benno seine Tasche und bestieg den nächsten Zug nach München.

Kapitel 12

Heute

Nach dem Telefonat mit Nick saß Lea auf dem Bett und starrte aus dem Fenster. Sie konnte und wollte nicht tatenlos herumsitzen und warten, dass erneut etwas passierte. Sie musste versuchen, etwas gegen Neller in die Hände zu bekommen. Es musste eine Verbindung zu dem Narzissenkünstler geben! Sie konnte sich jedenfalls nicht vorstellen, wer sie sonst umbringen wollte. Gut! Sie war Polizistin! Aber sie hatte in ihrer Laufbahn bisher nur einen Verbrecher eigenhändig hinter Gitter gebracht. Und sie traute es dem Pädophilen nicht zu, dass er einen Mörder beauftragen würde, der sie bis in den Bayerischen Wald in ein Wellnesshotel verfolgte, um sie dort umzubringen. Diese Vorstellung war sowieso sehr abwegig. Von den Verhafteten, die sie während ihrer Zeit hinter dem Schreibtisch ins Gefängnis brachte, wusste keiner der Betroffenen Bescheid, dass sie zur Verhaftung beigetragen hatte. Es konnte also nur der Narzissenkünstler sein, dem sie bereits einmal entkommen war und der ihr unmissverständlich zu verstehen gab, dass er sich an ihr rächen werde. Ihm traute sie es auch zu, dass er einen Auftragskiller engagieren würde. Wie hielt Neller zu dem Täter Kontakt? Über sein Handy oder über einen Laptop? Vielleicht hatte der Täter dem Herrn Rechtsanwalt auch ein Foto von ihr mitgegeben? Schließlich musste Neller sie irgendwie identifizieren, bevor er sie angriff!

Ihre Überlegungen ließen nur einen Schluss zu - sie musste Nellers Suite durchsuchen. Doch wie kam sie an die Schlüsselkarte? Vielleicht, wenn sie dem Zimmermädchen vorjammerte, sie hätte ihre Karte vergessen und ihr Mann sei in der Sauna? Nein! Mit Sicherheit ist das Personal hier so geschult, dass es nur Gästen öffnet, welchen das verschlossene Zimmer auch eindeutig zugeordnet werden kann. Sollte sie an der Rezeption nach einem Zweitschlüssel fragen? Nein! Den würde sie nur mit Durchsuchungsbeschluss bekommen! Soweit war sie noch lange nicht. Aber, und der Gedanke kam ihr ganz spontan, sie konnte eine der Karten aus den Bademänteln stehlen, während die Nellers in der Sauna waren. Das war äußerst riskant, denn sie brauchte anschließend ein längeres Zeitfenster, in welchem sie die Suite durchsuchen konnte. Schließlich gab es dort viele Verstecke und sicherlich auch einen Safe. Plötzlich hatte sie eine Idee. Wenn das Ehepaar bei einer Massage oder einer anderen Anwendung war, hätte Lea genügend Zeit, die Suite zu durchsuchen.

Vielleicht sollte sie Nick um Hilfe bitten? Nein! Ausgeschlossen! Wenn sie ihm von ihrer geplanten Aktion erzählen würde, bekäme er einen Anfall und würde sie eher in ihrem Zimmer einschließen lassen, als ihr zu helfen. Es war aber auch eine blöde Idee! Aber leider auch ihre Einzige!

Bevor sie jedoch aktiv werden konnte, musste sie in Erfahrung bringen, ob und wann die Nellers eine längere Behandlung hatten. Dann konnte sie zuschlagen!

Festentschlossen zog sie ihre Jeans sowie ein Sweatshirt an und ging an die Rezeption. Sie wollte seriös wirken, was im Bademantel schwer vorstellbar war. Glücklicherweise waren um diese Tageszeit nicht viele Gäste im Foyer, so dass sie vertraulich mit der Angestellten an der Rezeption sprechen konnte.

„Hallo!", begrüßte Lea die junge Frau im Dirndl.

„Wie kann ich Ihnen helfen?"

„Ich habe eine etwas brisante Frage. Wer ist bei Ihnen im Haus zuständig, wenn die Polizei einige Fragen zu einem Gast hat?" Lea fiel keine bessere Formulierung ein. Am Blick der Angestellten erkannte sie jedoch sofort ihr Ungeschick.

„Wie meinen Sie das? Gibt es irgendein Problem?" Unbewusst wich das Mädchen einen Schritt zurück.

„Ich bin von der Polizei", flüsterte Lea. „Mein Kollege hat heute hier angerufen und sich über einen Gast erkundigt. Könnten Sie mir sagen, wer ihm da Auskunft gegeben hat?"

„Äh … ich weiß von keinem Anruf."

„Ist vielleicht der Office Manager da? Oder irgendein Vorgesetzter, mit dem ich sprechen kann?" Lea versuchte Ruhe und Freundlichkeit auszustrahlen.

„Das wäre wohl die Rezeptionsleitung oder der Chef persönlich."

„Gut! Ist einer der beiden da?", versuchte Lea es erneut. Sie bemerkte, dass sie die junge Angestellte mit ihrer Aussage völlig verschreckt hatte.

„Herr Gruber ist heute nicht da. Er hat zwei Tage Urlaub. Er leitet die Rezeption."

„Und der Chef?" Behutsam hakte Lea nach.

„Der Junior-Chef ist hier, aber ich bin mir nicht sicher, ob er ein Telefonat mit der Polizei geführt hat."

„Könnten Sie ihn vielleicht fragen? Oder sie sagen mir einfach, wo ich ihn finde, dann frage ich ihn selbst."

„Herr Schöneis müsste unten in der Küche sein, weil es ja bald Abendessen gibt."

„Vielen Dank!", verabschiedete sich Lea mit einem Lächeln, welchem die Angestellte mit einem unsicheren Grinsen entgegnete.

Vor der breiten Tür mit der Aufschrift *Nur für Personal* blieb Lea stehen. Als sie gerade anklopfen wollte, öffnete sich die Tür von innen und ein junger Mann mit seiner Hoteluniform verließ das private Areal.

„Entschuldigung! Ist Herr Schöneis dort drinnen? Ich müsste ihn dringend sprechen."

„Der Junior isst gerade! Ist es wichtig? Dann hole ich ihn raus", bot der junge Mann an.

Einerseits wollte sie kein solches Aufsehen im Hotel erregen, andererseits war ihr das Gespräch wirklich wichtig.

„Das wäre nett von Ihnen. Danke."

Kurze Zeit später trat ein freundlicher Herr mit Jeans und Jackett bekleidet aus der Tür.

„Hallo! Markus Schöneis, Sie wollten mich sprechen?" Er hielt ihr einladend seine Hand entgegen.

„Entschuldigen Sie, dass ich Sie beim Essen störte, aber es ist etwas dringlich. Ich bin Lea Rieder, Polizeioberkommissarin in München." Lächelnd schüttelte sie ihm die Hand.

„Sind Sie dienstlich hier? Gibt es ein Problem im Hotel?"

„Ich bin mir nicht sicher. Aber mein Kollege, Herr Lörrach, hat heute bereits angerufen und mit Ihnen oder einem Ihrer Angestellten gesprochen", erläuterte Lea die Situation.

Nachdenklich runzelte Herr Schöneis seine Stirn. „Mit mir hat er nicht gesprochen und Herr Gruber war heute nicht da. Sind Sie sicher, dass er mit einem von uns telefoniert hat?"

„Ja! Er bat um Auskunft eines Gastes und er hat den Namen und sogar dessen Aufenthaltsdauer von Ihnen erfahren."

„Das wundert mich jetzt aber!" Konzentriert schüttelte Herr Schöneis den Kopf. „Alle Angestellten haben ausdrücklich die Anweisung, höhere Behörden oder gar die Polizei nur mit mir oder Herrn Gruber zu verbinden. Ich war heute den ganzen Tag im Hotel. Wann sagten Sie, war der Anruf?"

Lea überlegte angestrengt. Hatte Nick überhaupt erwähnt, wann er mit den Hotelangestellten telefoniert hatte? Sie hatte ihm nach dem Frühstück die Zimmernummer per Kurznachricht übermittelt. Am späten Nachmittag hat sie dann mit ihm telefoniert und er hatte ihr die Auskunft mitgeteilt.

„Ich denke so zwischen zehn und sechzehn Uhr!", erklärte Lea sachlich.

Nachdenklich schüttelte Herr Schöneis seinen Kopf. „Glauben Sie mir, ich wüsste, wenn ich mit einem Polizeibeamten telefoniert hätte. Kann ich Ihnen trotzdem weiterhelfen?"

„Nein, schon gut! Dann war es wohl ein Missverständnis! Vielen Dank für Ihre Zeit!" Ihr war klar, dass sie ohne Nicks Vorgespräch niemals Auskunft über Neller erhalten würde. Da könnte ja jeder Gast behaupten, er sei von der Polizei. Schnell wandte Lea sich ab und lief die Treppen hinauf zu ihrem Zimmer.

Warum hat er sie belogen? Lea begriff es einfach nicht. Sie griff zu ihrem Handy und wollte seine Nummer wählen, legte aber im letzten Moment wieder auf. Verdammt! Was hatte das alles zu bedeuten? Vielleicht hatte Nick die Auskunft über den Polizeicomputer erhalten? Nein! Sie hatte nur den Nachnamen und die Zimmernummer. Wie sollte Nick da die Aufenthaltsdauer von Neller ausfindig machen? Es blieb nur eine Erklärung - Nick hat mit einer Angestellten telefoniert, sie mit seinem Charme so eingewickelt, dass sie ihm, entgegen ihrer Anweisung vom Chef, selbst Auskunft über Neller erteilt hat. So musste es gewesen sein!

Durch diese Erklärung hatte sie ihr Gewissen beruhigt und ging zum Abendessen.

Auch an diesem Abend lief sie den Nellers nicht über den Weg. Entweder waren sie kurz vor ihr schon beim Essen, oder sie gingen erst sehr spät. Möglicherweise ließen sie sich das Essen auch aufs Zimmer bringen. Dieser Service war bei der Präsidentensuite sicherlich im Preis inbegriffen!

Nach dem Essen beschloss Lea den Tag noch mit einem Cocktail ausklingen zu lassen. An diesem Abend gab es Livemusik, was sie sich nicht entgehen lassen wollte.

Sie setzte sich auf einen der bequemen Hocker an der Bar und bestellte den Cocktail des Tages. Sie interessierte nicht wirklich, welche Sorten an Alkohol sich in dem Getränk befanden, wichtig war nur, dass er stark und fruchtig war - ganz nach ihrem Geschmack. Nach der Hälfte des Glases bemerkte sie einen attraktiven Mann, der die Bar betrat und sich suchend umblickte. Als er sie erspähte ging er langsam auf sie zu.

„Guten Abend! Darf ich mich zu Ihnen setzen? Oder ist der Platz für Ihren Ehemann reserviert?"

Seine offene Art gefiel Lea, weshalb sie lächelnd antwortete: „Ich bin alleine hier und Sie können sich gerne zu mir setzen." Sein Aussehen erinnerte sie schlagartig an Nick. Er hatte die gleiche Größe, Statur und die gleiche Frisur wie er.

Als sie wenig später ins Gespräch kamen, bemerkte sie, dass auch seine Art Humor und das Lächeln sie sehr an Nick erinnerten.

„Wir könnten uns doch duzen, wenn Sie nichts dagegen haben?", schlug ihr Nachbar nach dem ersten Cocktail und einem längeren Gespräch vor.

„Klar, warum nicht? Ich bin Lea!", bemerkte Lea und reichte ihm förmlich die Hand.

Mit einem verschmitzten Lächeln griff der Mann nach ihrer Hand und hielt sie länger als nötig fest. „Ich bin Rafael, 31 Jahre und Single."

„Wow!", rief Lea bewundernd aus. „Macht man das heutzutage so? Na dann! Ich bin Lea, 37 Jahre und Single."

Rafael zog seine Augenbrauen hoch. Lea quittierte dies sofort mit einer Frage. „Was ist, bin ich dir zu alt!"

„Wozu?", entgegnete er schlagfertig.

Lea wurde augenblicklich heiß. Sie verstand plötzlich ihre zweideutige Frage. „Oh! So habe ich das nicht gemeint!", versuchte sie sich zu retten.

„Nein!" Er lachte besänftigend. „Abgesehen davon, dass du viel jünger wirkst, bin ich eher überrascht, dass du Single bist. Eine so hübsche Frau, wie du?"

„Nur gut, dass hier so gedämpftes Licht herrscht. Du schaffst es tatsächlich, dass ich rot werde", erwiderte sie auf sein Kompliment.

Als die Band einen flotten Discofox anspielte, forderte Rafael sie zum Tanz auf. Gutgelaunt schwang er sie über die Tanzfläche, wobei er einige extravagante Drehungen und Figuren auf Lager hatte, welche die anderen Gäste staunen ließen. Nach Ende des Liedes bekamen sie Applaus von den Umstehenden.

Völlig außer Atem setzten sie sich zurück an die Bar. Lea merkte, dass der Alkohol mittlerweile seine Wirkung entfaltete. Sie wurde immer ausgelassener.

„Wo hast du so gut Tanzen gelernt?", fragte sie ihn, während sie ihm freundschaftlich an die Schulter fasste.

„Meine Frau und ich waren viele Jahre in einer Tanzschule."

Als hätte sie sich an ihm verbrannt, zog Lea ihre Hand weg. „Deine Frau? Sagtest du nicht …"

„Keine Angst, ich bin Single! Meine Frau ist vor drei Jahren bei einem Autounfall verunglückt."

Lea zog es das Herz zusammen. Wenn sie sich vorstellte, dass Nick etwas zustoßen würde … sie wäre am Boden zerstört.

„Das tut mir leid!"

„Ich bin mittlerweile darüber weg! Das Leben muss schließlich weitergehen!", erklärte er mit einem traurigen Unterton.

„Du bist mit deiner Mutter da, sagtest du?" Lea schnitt bewusst ein anderes Thema an, um ihn abzulenken.

„Ja! Den Urlaub habe ich ihr zum 70. Geburtstag geschenkt. Sie hat Katharina geliebt, deshalb darf sie mich auch nicht mit einer anderen Frau sehen. Das würde ihre Vision von der wahren Liebe zerstören." Lea gab es zu denken, dass er erneut von seiner verstorbenen Frau sprach.

„War es die wahre Liebe?"

„Ja! Ich werde sie auch immer lieben, aber im Gegensatz zu Katharina bin ich aus Fleisch und Blut und sie würde nicht wollen, dass ich ewig alleine bleibe."

„Und deine Mutter will das? Das kann ich mir nicht vorstellen!" Lea konnte sich nur noch schwer konzentrieren, weil der Alkohol ihr Gehirn immer mehr vernebelte. Aber genau das wollte sie doch – Nick und die Ereignisse im Hotel für einen Abend mal vergessen!

„Du kennst meine Mutter nicht! Ich hätte eine Bitte an dich. Falls wir uns tagsüber im Hotel über den Weg laufen, könntest du mich dann bitte ignorieren?"

„Ignorieren? Darf ich dich nicht einmal begrüßen? Das ist doch albern!"

„Ist es nicht! Meine Mutter würde sofort fragen, woher ich dich kenne und würde Eins und Eins zusammenzählen. Dann hätte ich die restliche Zeit hier nur noch Stress!" Lea entnahm seiner Stimme, dass er es ernst meinte.

„Geht klar! Wir kennen uns nicht!" Sie nahm den letzten Schluck aus ihrem Glas. „Wie lange bleibst du hier?" Sie wusste nicht, warum sie diese Frage stellte, die eindeutig mehr Interesse zeigte, als beabsichtigt war.

„Eine Woche und du?"

„Wenn ich das wüsste", flüsterte Lea.

„Was?"

„Ich bleibe zwei Wochen!", antwortete sie etwas lauter.

„Willst du noch einen Cocktail? Ich lade dich ein!", bot Rafael an.

„Ich glaube, ich habe für heute genug, danke! Ich gehe jetzt besser schlafen!"

„Sehen wir uns morgen wieder? Hier an der Bar?" Rafael stand auf und blickte ihr besorgt ins Gesicht. Er hatte Angst, dass er sie durch irgendeine Aussage verschreckt haben könnte. Er genoss ihre Gesellschaft und wollte sie unbedingt wiedertreffen.

„Natürlich! Ich bin auf jeden Fall wieder hier! Gute Nacht!"

„Gute Nacht!", rief Rafael ihr nach, was sie jedoch nicht mehr hörte.

Nachdem Lea die Bar verlassen hatte, wartete er noch einige Minuten. Anschließend zahlte er seine Rechnung, ging die Treppe hinauf ins Foyer und verließ das Hotel.

Kapitel 13

Vor einem Monat

„Verdammt!", rief er aus und rollte von der rundlichen Frau auf die Matratze.

„Das kann doch Jedem mal passieren", versuchte die Prostituierte ihn zu besänftigen.

„Nein! Das ist nicht gut, wenn das passiert!" Benno setzte sich auf und fuhr sich mit beiden Händen durchs Haar. Er wollte nicht, dass es schon wieder passierte! Er wollte nicht erneut eine Frau töten müssen, um das in Ordnung zu bringen! Aber es blieb ihm keine andere Wahl!

Anfangs hielt das Glücksgefühl drei Monate an, dieses Mal nur zwei Monate. Wo sollte das noch hinführen? Vielleicht sollte er sich einfach kastrieren lassen, um dem Drang ein Ende zu setzen? Aber er wusste, dass dieser Schritt nicht ausreichen würde, um sein inneres Verlangen auszulöschen. Seine regelmäßigen Besuche im Bordell waren nur ein schwaches Ventil für den starken Drang, sich einen neuen Körper zu suchen, an dem er seine Fantasien ausleben konnte. Wenn er diesen Druck nicht durch Sex loswerden konnte, musste er noch viel öfter zum Messer greifen, um sein inneres Monster zu befriedigen.

Sein Wahn beherrschte mittlerweile sein gesamtes Leben. Selbst wenn er in der Werkstatt stand und einen Grabstein restaurierte, schweiften seine Gedanken ab. Er strich mit seinen Fingern über den glatten, weichen Stein und sah plötzlich menschliche Haut vor sich. Seine grausamen Fantasien steigerten sich sogar noch dahingehend, dass er sich wünschte, er könnte den Bauch seiner Opfer mit seinen eigenen Händen aufreißen, ohne ein Werkzeug benutzen zu müssen.

Während Benno die belebte Straße entlanglief, schlug er sich immer wieder stoisch mit der flachen Hand auf seinen Kopf. Er wollte diese Gedanken loswerden. Er hasste sie! Er wollte kein gefühlsloser Mörder sein, der wahllos Frauen umbrachte.

Aber das war er auch nicht!

Er suchte seine Opfer gezielt aus. Es gab immer einen bestimmten Impuls im Verhalten der Frauen, welches seinen kopfeigenen Filmprojekter anwarf und die blutigen Bilder vor seinen Augen abspielte. Im Einkaufszentrum tummelten sich derart viele Inspirationen, dass er meistens nicht lange Ausschau halten musste, bevor der gewünschte Effekt einsetzte. Danach war es für ihn einfach. Er hatte ab diesem Moment keine Empathie mehr für seine Opfer. Sie waren keine unbeteiligten Frauen mehr, sondern Gehilfinnen in seinem perfiden Spiel.

So kam es, dass sein Weg ihn erneut, wie ferngesteuert, ins Einkaufszentrum führte. Er saß im Bus und starrte gerade aus dem Fenster, als er eine leise Stimme schräg gegenüber wahrnahm. Als er seinen Kopf in ihre Richtung drehte, sah er eine zierliche blonde Frau, die sich zu ihrer Tochter beugte und ihr aus einem kleinen Buch vorlas. Er spürte einen Stich in seinem Herzen, da er sich an seine eigene Kindheit erinnerte. Auch seine Mutter las ihm regelmäßig abends vor dem Schlafengehen eine Geschichte vor. Sie legte sich zu ihm ins Bett und er kuschelte sich in ihren Arm, während ihre liebliche Stimme an sein Ohr drang.

Mit einem zufriedenen Lächeln beobachtete er die Frau und ihre kleine Tochter, als plötzlich, völlig unerwartet der Filmprojektor ansprang. Seine Mutter verließ das Zimmer und wenige Augenblicke später erschien der Meister, der seine ekelerregenden Spiele mit Benno einforderte.

Ab diesem Moment sah Benno die blonde Frau nicht mehr als liebende Mutter, sondern als notwendiges Opfer für seine grausame Tat. Nur so konnte er die Stimmen und Bilder in seinem Kopf für einige Zeit zum Schweigen bringen.

Als die Frau an der nächsten Haltestelle ausstieg, folgte er ihr, bis sie in einem Reihenhaus verschwand. Konzentriert wandte er sich ab und plante seine nächsten Schritte.

Kapitel 14

Vor einer Woche

Das Polizeipräsidium war größtenteils verlassen, während Lea und Nick noch immer in ihrem Büro saßen. Eine getrübte Stimmung machte sich im Raum breit.

„Es tut mir so leid, Nick, dass ich dich mit diesem Mist jetzt alleine lassen muss. Aber ich finde, Vogl hat total überreagiert! Er hätte mich doch abmahnen oder es als taktische Maßnahme auslegen können, anstatt mich zu suspendieren."

Nick blickte sie traurig an. „Da überschätzt du den Ermessensrahmen unseres Chefs aber gewaltig. Bei deinem Verhalten blieb ihm überhaupt nichts anderes übrig."

„Aber ich habe ihm erklärt, warum ich es getan habe."

„Das ändert nichts daran, dass du unerlaubter Weise mit der Presse gesprochen hast. Das könnte der Dienststelle wirklich Probleme bereiten", erklärte Nick ernsthaft.

„Das wollte ich nicht! Ich wollte ihn damit herausfordern. Mein Ziel war, ihn so wütend zu machen, dass er einen Fehler begeht."

„Ich gebe dir Recht! Unsere Möglichkeiten in diesem Fall sind so gut wie ausgeschöpft. Die Überwachungskameras im Einkaufszentrum brachten ebenso wenig Erfolg wie die Befragungen im Bekanntenkreis der Opfer oder der Angestellten in den Geschäften. Aber ob das dein Verhalten rechtfertigt?"

„Wenn er seinen Rhythmus beibehält, müsste es in einem Monat das dritte Opfer geben", ergänzte Lea besorgt. „Glaubst du, wir können ihn vorher schnappen?"

„Du wahrscheinlich nicht! Du bist ab morgen raus aus dem Fall, vergessen?"

„Stimmt! Dann kann ich jetzt nichts mehr machen! Ich kann nur hoffen, dass ihn meine Worte irgendwie aufwühlen und zu einer unüberlegten Handlung bewegen. Und dass du dann da bist, um ihn festzunehmen."

Lea griff erneut zu dem Artikel, welcher vor ihr auf dem Tisch lag.

Ein weiteres Mal überflog sie die gedruckten Zeilen:

Polizei ermittelt gegen den Narzissenkünstler.

Polizeioberkommissarin Lea Rieder gab erstmals eine Stellungnahme zu dem seit fünf Monaten offenen Mordfall ab: „Unser gesuchter Täter ist eindeutig psychisch gestört. Offenbar wurde er während seiner Kindheit über einen längeren Zeitraum von seinem Vater sexuell und psychisch missbraucht, so dass sich ein gestörtes Verhältnis zu Frauen ausprägte. Sein Motiv für die grausamen Morde ist uns jedoch noch nicht bekannt. Er ist eindeutig ein grausamer Mensch, der seinem bösen, schlechten Vater, nacheifert."

Einige Stunden zuvor wurde Lea zu ihrem Chef beordert.

„Frau Rieder, Sie wissen sicher, warum ich Sie sprechen will!", eröffnete Herr Vogl das Gespräch.

„Ich nehme an, es geht um den Narzissenkünstler?" Sie hasste diesen Begriff, aber auf der Dienststelle nannten ihn mittlerweile alle so.

„Es geht um den Zeitungsbericht! Wer hat Ihnen erlaubt, gegenüber der Presse eine Stellungnahme abzugeben?" Entgegen Leas Befürchtungen verhielt sich ihr Chef relativ ruhig.

„Ich dachte vorher nicht darüber nach, ich …"

„Sie sind Polizeioberkommissarin und erzählen mir, dass Sie nicht nachgedacht haben? Sie machen den Job mittlerweile lange genug, da sollte man über solch ein Detail überhaupt nicht mehr nachdenken müssen. Die Tatsache, dass nur – und zwar ausschließlich – unsere Pressesprecher mit den Reportern kommunizieren, sollte ihnen inzwischen in Mark und Blut übergegangen sein. Sie haben sich benommen wie ein Polizeischüler im ersten Jahr! Sie wissen, wie mein nächster Schritt aussehen muss?" Herr Vogl wurde mit jedem Satz lauter.

„Wenn Sie es mich erklären ließen, dann …"

„Einen Scheiß werde ich Sie erklären lassen! Ich sollte Sie haushoch aus unserer Dienststelle werfen. Dieses Verhalten schädigt unseren Ruf!" Wütend war er aufgesprungen und knallte die streitgegenständliche Zeitung vor sich auf den Tisch. *Er ist eindeutig ein grausamer Mensch, der seinem bösen, schlechten Vater nacheifert?* Sind wir jetzt bei einer Schmierenkomödie? Die Presse zerreißt uns in den nächsten Wochen in der Luft und der Täter belächelt unser laienhaftes Auftreten! Was haben Sie sich dabei gedacht?" Mittlerweile sah Vogl sie nur noch ungläubig an.

Lea beobachtete ihn schweigend, da sie befürchtete, sobald sie ihren Mund öffnete, würde er sie erneut unterbrechen.

„Frau Rieder, ich werde Sie mit sofortiger Wirkung suspendieren. Möglicherweise werden sie danach wieder in den Innendienst versetzt." Seine Worte trafen sie unvorbereitet.

„Aber das ist nicht gerechtfertigt! Lassen Sie mich erklären, wie es dazu kam und urteilen Sie bitte erst danach über meine Zukunft! Ich habe mit Herrn Lörrach …"

„Ich hoffe für Sie und ihn, dass er davon nichts wusste."

„Nein, Nick wusste nichts davon, aber …"

„Mein Urteil steht fest, Sie können …"

„Verdammt!", schrie Lea. Sie sprang auf und knallte mit der flachen Hand auf den Tisch. „Lassen Sie mich jetzt endlich einmal aussprechen. Egal, wie Ihre Entscheidung ausfällt, ich möchte, dass Sie die Geschichte von Anfang an kennen, um mich besser zu verstehen!"

Bewundernd zog Herr Vogl seine Augenbrauen hoch. Er lehnte sich entspannt in seinem Sessel zurück und nickte ihr auffordern zu. „Dann lassen Sie mal hören, was Sie zu sagen haben."

Bevor sie ihren Mund öffnete, atmete sie einmal tief durch und sammelte ihre Gedanken.

„Als ich gestern Nachmittag meine Wohnung verließ, stand plötzlich ein Reporter vor meiner Tür und fing mich ab. Er hielt mir sein Aufnahmegerät unter die Nase und überschüttete mich mit Fragen. *„Warum haben Sie den Narzissenkünstler noch nicht geschnappt? Warum stochert die Polizei immer noch im Dunklen? Können Sie es*

verantworten, dass weitere Frauen ermordet werden?
Diese und ähnliche Fragen prasselten schlagartig auf mich
ein. Ich gebe zu, ich bin den Umgang mit der Presse nicht
gewohnt, weil ich lange Zeit nur im Innendienst gearbeitet
habe und die Reporter mein Gesicht nicht kannten. Das
änderte sich mit unserem ersten Fall, dem Pädophilen.
Jedoch stand ich damals den anwesenden Reportern nie
alleine gegenüber, Herr Lörrach hat die Presse stets
erfolgreich abgewimmelt. Natürlich wusste ich, dass nur
der Pressesprecher Informationen an die Reporter
übergeben darf, aber etwas anderes hat sich plötzlich in
mir breit gemacht. Es war ein Funken Hoffnung! Wir
stehen mit unserem Fall ziemlich verloren da. Keine
Beweise, keine Spuren, keine Hinweise! Im Prinzip
können wir nur abwarten, bis der nächste Mord geschieht
und hoffen, dass wir dort etwas finden. Die Hoffnung,
welche ich plötzlich hatte, war, dass ich unseren Täter mit
einem Bericht in der Zeitung herausfordern könnte. Ich
wollte ihn so wütend machen, dass er sich genötigt sieht,
Stellung zu dem Artikel zu beziehen! Und zwar um jeden
Preis! Möglicherweise würde er sich bei der Polizei
melden oder einen anderen entscheidenden Fehler
begehen. Welcher Mensch lässt schon gerne solche
Beschuldigungen über sich ergehen?"

„Vielleicht haben Sie aber mit Ihrer Aussage auch voll
ins Schwarze getroffen und er fühlt sich geehrt, in der
Zeitung so detailliert beschrieben zu werden."

„Das Risiko musste ich eingehen."

Herr Vogl nickte und senkte seinen Blick. „Ich verstehe
Ihre Absicht, den Fall voranzutreiben. Ich habe Sie
diesbezüglich wohl unterschätzt, dafür möchte ich mich

entschuldigen. Trotz allem bleibt mir leider nichts anderes übrig, als die Suspendierung auszusprechen. Sie können heute noch mit Ihren Kollegen sprechen, aber ab morgen möchte ich Sie nicht mehr auf der Dienststelle sehen. Leider müssen bei solchen Aktionen immer Köpfe rollen."

„Das ist mir klar! Kann ich vielleicht im Außendienst noch verdeckt ermitteln?", schlug Lea vor.

„Auf keinen Fall! Ich kann Ihnen natürlich nicht verbieten auf den Straßen von München herumzulaufen, aber Sie müssen mir Ihre Marke und Ihre Waffe aushändigen. Sie dürfen ab morgen offiziell nicht mehr als Polizeioberkommissarin auftreten."

Lea zog ihre Dienstmarke aus der Tasche und die Pistole aus dem Halfter und legte beide Gegenstände auf den Tisch. „Ich hoffe, dass mein Plan Erfolg hat und wir den Täter vor dem nächsten Mord schnappen. Vielleicht könnten Sie dann in Erwägung ziehen, mich wieder im Außendienst einzusetzen." Sie nickte ihrem Vorgesetzten zu und verließ das Büro.

Als sie wenigen Minuten später Nick von ihrer Suspendierung erzählte, war dieser verständnisvoller, als sie es erwartet hätte. Er nahm sie schweigend in den Arm und drückte sie eine gefühlte Ewigkeit. Als er sie schließlich ein Stück von sich schob, sah er ihr tief in die Augen. „Lea, was hast du dir dabei gedacht? Du gefährdest mit dieser Aktion nicht nur unsere Dienststelle, sondern auch dich. Hast du daran schon einmal gedacht? Falls unser Täter wütend wird, dann auf dich, weil du ihn diffamiert hast."

„Mir ist jedes Mittel Recht, ihn aus seiner Reserve zu locken."

„Auch dein Leben?", hakte Nick nach.

„Soweit wird es nicht kommen. Ich bin ausgebildete Polizistin. Mich überrumpelt ein Verrückter nicht so schnell."

Doch genau dazu kam es wenige Stunden später.

Kapitel 15

Heute

Die Nacht war kurz, aber erholsam. Lea träumte von Nick, wobei sich zwischendurch immer Rafaels Gesicht über das von Nick legte. Sie fand ihre zufällige Bekanntschaft vom Vorabend äußerst sympathisch und freute sich bereits auf den Abend, an welchem sie sich wieder treffen wollten. Beim Frühstück hielt sie bewusst nach Rafael Ausschau. Natürlich würde sie seiner Bitte, ihn nicht zu beachten, nachkommen, sie war nur neugierig, wie seine Mutter aussah. Aber egal wie lange sie suchte, sie konnte ihn nirgends ausfindig machen. Glücklicherweise lief ihr auch Neller nicht über den Weg, dessen Gesellschaft sie jetzt am wenigsten gebrauchen konnte. Vielleicht frühstückte Rafael mit seiner Mutter auch auf dem Zimmer, möglicherweise bevorzugte diese die Einsamkeit, anstatt der All-inclusive-Atmosphäre am Buffet.

Auch an diesem Tag folgte Lea ihrer liebgewonnenen Routine. Sie trainierte zuerst im Fitnessraum, ging anschließend ein paar Runden schwimmen und besuchte zuletzt die Sauna, welche erstaunlicherweise vollkommen leer war.

Sie zog ihren Bademantel aus, hängte ihn an den Haken neben der Holztüre und betrat die heiße Sauna. Ordentlich breitete sie ihr Handtuch auf der mittleren Bank aus und legte sich darauf. Sie genoss die Hitze und die Ruhe, die sie hier umgaben. Hier schaffte sie es, sich vollends zu entspannen. Jedoch nur bis die Tür sich leise öffnete und eine Person eintrat. Lea blinzelte verstohlen und war schlagartig angespannt, als sie erkannte, wer den Raum mit ihr teilte. Antonio Neller! Er legte sein Handtuch auf die oberste Bank und setzte sich darauf. Dabei war seine Position genau so gewählt, dass er sie von oben herab beobachten konnte. Lea war die Situation äußerst unangenehm. Für einen Moment überlegte sie, ob sie die Sauna einfach verlassen sollte, andererseits war sie zu neugierig, wie Neller sich verhalten würde, wenn sie allein waren. Würde er sie ansprechen? Oder gar versuchen, sie zu betatschen? *Das soll er ruhig versuchen! Mit dem werde ich schon fertig!* Leas kriminalistischer Ehrgeiz war geweckt, sie wollte sein Verhalten studieren. Sie hatte keine Angst vor ihm, lediglich ihre Sinne waren geschärft.

Er sprach sie weder an, noch glitten seine Blicke unanständig über ihren Körper. Er beachtete sie überhaupt nicht. Er saß mit hängendem Kopf schräg über ihr und hielt die Augen geschlossen – jedenfalls in den Momenten, als sie in sein Gesicht blickte. Ihr gingen tausend Gedanken durch den Kopf. War er ein Komplize vom Narzissenkünstler? War er ein Auftragskiller? Bei diesem Gedanken musste sie fast lachen, da man sich einen professionellen Auftragsmörder sicher anders vorstellte. Neller sah weder sportlich noch durchtrainiert aus. Er wirkte eher wie ein Rechtsanwalt, der die meiste Zeit seines Lebens im Büro verbrachte und abends gutes Restaurantessen genoss. Vielleicht sollte sie ihn einfach ansprechen und in ein Gespräch verwickeln, dann würde sie schnell herausfinden, was er wirklich vorhatte. Als sie gerade überlegte, wie sie eine Unterhaltung beginnen konnte, stand er plötzlich auf und verließ den Raum.

Nachdenklich blieb Lea zurück. Wenn er wirklich vorhatte sie umzubringen, hätte er dann nicht jetzt die passende Gelegenheit dazu gehabt? Warum hat er sie nicht wahrgenommen? Vermutlich, weil er ein harmloser Gast war, wie Nick es ihr prophezeite. Während sie versuchte, sich weiterhin in der Hitze der Sauna zu entspannen, fing ihre Fantasie an Bilder zu erschaffen, die sich schnell verselbständigten. Wie könnte man in einer Sauna einen unauffälligen Mord verüben? Abgesehen von dem direkten Angriff mit einem Messer auf das Opfer. Ein Täter musste nur die Tür von außen blockieren, und das Opfer wäre in einem 90 Grad heißen Ofen gefangen. Wie lange würde es eine Person in dieser Hitze aushalten, bevor der Kreislauf versagte? Mit einem Mal wurde es ihr zu heiß, sie hatte genug. Wie lange war sie überhaupt schon hier drin? Sie hatte vergessen, beim Eintritt die Sanduhr umzudrehen, die einem Besucher nach 15 Minuten signalisierte, dass die empfohlene Dauer eines Saunaaufenthalts vorüber war. Sie erhob sich etwas zu schnell, was zur Folge hatte, dass es ihr schwindlig wurde. Deshalb blieb sie noch einen Moment aufrecht sitzen, bevor sie aufstand, ihr Handtuch schnappte und die Tür öffnen wollte. Aber es ging nicht! Zuerst glaubte Lea, nicht fest genug gedrückt zu haben, aber auch nach dem zweiten Versuch ging die Tür nicht auf. Verwirrt zog sie an dem Holzgriff, obwohl sie wusste, dass Saunatüren immer nach außen aufgingen, um die Rettung eines ohnmächtigen Gastes zu ermöglichen.

Langsam spürte sie, wie die Panik in ihr anwuchs. *Das kann doch nicht sein!* Vielleicht doch! Neller musste die Tür irgendwie verriegelt haben. Er wollte sie umbringen! Auf eine Art und Weise, die nach einem schrecklichen Unfall aussah. Die Hitze wurde mittlerweile unerträglich. Sie brannte in ihren Augen und in ihrer Lunge. Das Atmen fiel ihr schwer. Sie nahm einen Schritt Anlauf und warf sich mit ihrem gesamten Gewicht gegen die Holztüre, die jedoch keinen Zentimeter nachgab. Dann fiel ihr die Rettung ein. Sie suchte nach dem roten Notschalter, welcher in jeder Sauna neben der Tür angebracht war. Sie fand ihn und drückte ihn mit aller Kraft. Nichts geschah! Vielleicht war es ein stummer Alarm und der Saunameister kam jeden Moment, um sie zu befreien? Panisch hämmerte sie mit den Fäusten gegen die kleine Scheibe in der Tür und rief laut um Hilfe. Aber der Bereich außerhalb ihres Gefängnisses war menschenleer. *Das gibt es doch nicht! Verdammt! Ich bin dem Narzissenkünstler, einem grausamen Serienmörder, entkommen und sterbe jetzt an einem Hitzschlag, weil sich die Türe nicht öffnen lässt?*

Sie musste sich beruhigen. *Ich muss meinen Puls senken bis Hilfe kommt.* Sie warf ihr Handtuch auf die unterste Bank, weil dort die Hitze am erträglichsten war und legte sich darauf. Sie schloss ihre brennenden Augen und konzentrierte sich nur noch auf ihre Atmung, wie sie es bei ihren Meditationskursen gelernt hatte. Sie war klitschnass und merkte, wie ihr erneut schwindlig wurde. Sie hoffte, dass ihr Kreislauf noch durchhielt, bis Hilfe kam. *Ich atme ein und aus!* Ein und aus! Ein und aus!

Sie wusste im ersten Moment nicht, ob es ihrer Fantasie entsprang oder ob tatsächlich die Tür geöffnet wurde. Lea öffnete die Augen und sah eine Frau, deren Gesicht jedoch so verschwommen war, dass sie es kaum erkennen konnte. Mit letzter Kraft stemmte Lea sich auf und taumelte an der Frau vorbei aus der Sauna. Sie wusste, dass es in ihrem Zustand eher nachteilig war, wenn sie sich zu schnell abkühlte, aber ihre Haut brannte regelrecht, sie wollte sich abkühlen und zwar sofort. Sie lief die wenigen Schritte bis zum Tauchbecken und fiel kopfüber hinein. Die Kälte war im ersten Moment wohltuend, in der nächsten Sekunde jedoch ein Schock für den Körper. Lea erstarrte unter Wasser und konnte sich nicht mehr bewegen. Verschwommen sah sie an der Wasseroberfläche eine Gestalt die sich ihr näherte. Zwei Arme griffen ins Wasser und packten sie unter ihren Achseln. Als ihr Kopf wieder über Wasser war sog sie kräftig die Luft ein. Sie wurde aus dem Wasser gezogen und ein Bademantel legte sich wärmend um ihre Schultern. Im nächsten Moment saß sie auf einer der Bänke, die um das Becken herum aufgestellt waren.

„Danke", stotterte sie, während sie ihre Arme schützend um ihren Körper schlang.

„Sie waren zu lange in der Sauna! Sie müssen auf die Zeit achten, wenn sie sich dort hineinlegen", erklärte eine besorgte Stimme.

Lea sah auf und erkannte Karen Neller. Was tat die Frau von Neller hier? Ängstlich sprang Lea auf und lief davon.

„Geht es Ihnen gut?" Lea hörte noch die freundliche Stimme, die ihr nachrief, stürmte jedoch in das Gebäude und rannte auf ihr Zimmer. Als sie in ihren Bademantel griff, um die Schlüsselkarte herauszuholen, wunderte sie sich einen Moment, dass sich die Türe tatsächlich öffnete. Hatte ihre Retterin Leas Bademantel von der Sauna zum Tauchbecken getragen? Völlig erschöpft ließ sie sich aufs Bett fallen. Einen Moment später liefen bei ihr die Tränen. Sie konnte nicht sagen, ob es Tränen der Angst oder der Erleichterung waren, aber sie ließ sie fließen, bis sie irgendwann einschlief.

Erst am späten Nachmittag wachte sie wieder auf. Ein Blick auf die Uhr verriet ihr, dass sie vier Stunden geschlafen hatte. Hatte sie nur geträumt? Sie öffnete den Bademantel und sah ihre gerötete Haut. *Nein! Das war kein Traum! Das war ein Mordanschlag!* Sie erinnerte sich an ihre Panik, die Hitze und an ihre Retterin. Ihr waren die Zusammenhänge noch unverständlich. Wenn Neller sie umbringen wollte, wovon sie momentan ausging, warum kam dann seine Frau und rettete sie? Und das zweimal? Sie hat die Tür entriegelt und Lea aus dem eiskalten Wasser gezogen. Aber warum? Bevor sie eine Antwort auf ihre Frage erhielt, klingelte ihr Telefon.

Glücklich über seinen Anruf hob sie ab. „Hallo Nick!", begrüßte sie ihn zurückhaltend.

„Ist was passiert? Du hörst dich seltsam an." Lea konnte ihm nichts vormachen. Er kannte sie einfach zu gut.

Passiert? Außer, dass mich jemand in der Sauna umbringen wollte?

„Lea? Was ist vorgefallen?" Nick klang ehrlich besorgt.

„Ich glaube, er wollte mich heute in der Sauna umbringen!", sagte sie ohne Umschweife.

Für einen Moment herrschte Stille in der Leitung. Sie hörte Nick nicht einmal atmen. „Nick? Bist du noch dran?"

„Wie kommst du darauf?", wollte er wissen.

„Wie ich ... glaubst du mir etwas nicht? Ich lag in der Sauna, als er dazu kam. Einige Zeit später ging er wieder und verriegelte die Tür. Als ich hinaus wollte, konnte ich die Tür nicht öffnen. Es war so verdammt heiß und ich bekam Panik. Glaubst du etwa, ich habe mir das eingebildet? Mein Körper ist immer noch rot von den Hitzeflecken!"

„Doch ich glaube dir! Aber es ist doch überhaupt nicht sicher, dass er die Tür verriegelt hat. Wie sollte er das anstellen? Vielleicht hast du sie nicht fest genug aufgedrückt?"

„Spinnst du? Glaubst du, ich kann eine Saunatüre nicht öffnen? Noch dazu, wenn ich vor Hitze fast umkomme und hinaus will? Ich habe mich gegen die Tür geworfen und um Hilfe gerufen!", schrie sie aufgebracht.

„Wie konntest du dich befreien?", wollte Nick jetzt wissen.

„Seine Frau kam rein."

„Wie jetzt? Karen kam in die Sauna? Und dann?", hakte Nick überrascht nach.

Für einen Augenblick wunderte Lea sich, dass es sich so vertraut anhörte, wenn Nick von Nellers Frau sprach.

„Dann bin ich hinausgelaufen und direkt ins Tauchbecken gestürzt. Und weißt du was seltsam ist? Seine Frau hat mich ein zweites Mal gerettet, als ich mich unter Wasser nicht mehr bewegen konnte. Sie hat mich rausgezogen!"

„Das hört sich aber nicht nach einem Mordanschlag von Neller an, wenn seine Frau dich hinterher rettet." Sie hörte deutlich seine berechtigten Zweifel heraus.

„Aber vielleicht weiß sie nichts von seinen Mordplänen! Du musst die Polizei verständigen und ihn festnehmen lassen!", erklärte sie unmissverständlich.

„Lea, das haben wir doch schon besprochen! Wir haben keine Beweise gegen ihn." Nick glaubte ihr, dass sie in der Sauna gefangen war, aber er glaubte nicht daran, dass es Neller war. Möglicherweise befand sich in dem Hotel eine Person, die es tatsächlich auf Lea abgesehen hatte, sich jedoch nicht so auffällig wie Neller benahm.

„Dieser Mann, Antonio Neller, ist ein Rechtsanwalt, was sollte der für ein Interesse haben, dich umzubringen? Und seine Frau rettet dich auch noch! Bitte überleg mal realistisch!", bat Nick sie eindringlich.

„Ich weiß selbst, wie sich das anhört! Aber Tatsache ist, dass ich befürchte, dass er es erneut versuchen könnte."

„Dann bleib vorerst besser in deinem Zimmer. Im Hotel ist es auf jeden Fall momentan sicherer als hier in München. Ich hoffe, dass wir unseren Täter hier bald schnappen, dann hat der Spuk ein Ende."

„Soll ich mich jetzt in meinem Zimmer einsperren? Ist das dein Ernst?" Lea wollte einfach nicht glauben, dass er ihr das gerade vorschlug.

„Ich kann auch jemanden schicken, der auf dich aufpasst, wenn dir das lieber ist", schlug Nick vor.

„Bloß nicht! Wenn du einen Bodyguard auf mich ansetzt, dann steige ich sofort in mein Auto und fahre nach Hause. Ich möchte nicht ständig beobachtet werden!"

„Das dachte ich mir schon! Aber wenn du dich bedroht fühlst ..."

„Ich fühle mich nicht bedroht! Vielleicht ein wenig, aber ..."

„Ich hätte dich besser hier gelassen, dann wäre das nicht passiert."

„Dann säße ich auch in einer Zelle und könnte nicht raus!"

„Es tut mir leid, dass der Aufenthalt für dich kein Wellnessurlaub ist, aber ich kann momentan nichts daran ändern."

„Wir sollten seine Suite durchsuchen, vielleicht finden wir dort Anhaltspunkte, dass er mit unserem Täter zusammenarbeitet", schlug Lea plötzlich vor.

„Dazu bräuchten wir einen Durchsuchungsbeschluss. Nicht einmal den bekommen wir ohne hinreichenden Verdacht!"

„Nick? Du hast doch mit der Rezeption telefoniert, oder?" Lea sprach ihn absichtlich auf das für sie ungeklärte Thema an.

„Warum fragst du?"

„Mit wem hast du da gesprochen?"

„Ich weiß nicht mehr, mit irgendeiner Angestellten."

„Ich habe den Chef persönlich angesprochen und der meinte, alle Angestellten wüssten darüber Bescheid, dass nur er der Polizei Auskünfte über Gäste erteilen dürfte."

Sie hatte sein Schweigen oder eine Unsicherheit in seiner Stimme erwartet, stattdessen antwortete Nick mit absoluter Selbstsicherheit. „Dann sollte der Chef seine Angestellten einmal hinsichtlich ihrer Zuverlässigkeit überprüfen. Ich weiß nicht mit wem ich gesprochen habe, aber die junge Dame hat mir redselig Auskunft über Neller erteilt. Ist deine Frage damit beantwortet?"

Damit hatte sie nicht gerechnet. Aber sie glaubte ihm. Warum sollte er sie anlügen?

„Fangt bitte schnell den Narzissenkünstler, damit ich hier endlich wieder weg kann!", bat sie ihren ehemaligen Partner.

„Machen wir! Und Lea, bitte halte dich von der Sauna fern!" Im nächsten Moment legte er auf.

Etwas Trost hatte sie doch von ihm bekommen. Er glaubte ihr offensichtlich, sonst wäre er nicht so besorgt um sie.

Plötzlich kam ihr ein Gedanke. Wenn Karen Neller nichts von dem Vorhaben ihres Mannes wusste, dann musste Lea unbedingt mit ihr sprechen.

Kapitel 16

Vor einer Woche

Lea wollte das Büro eigentlich nicht verlassen, denn sie wusste, wenn sie durch die Tür ging, würde sie bis zur Aufklärung des Falles die Dienststelle nicht mehr betreten. Sie konnte zwar weiterhin täglich mit Nick telefonieren und mit ihm gemeinsam die weiteren Schritte planen, aber sie durfte weder die Ergebnisse der laufenden Ermittlungen einsehen, noch bei einer möglichen Tatortbegehung anwesend sein. Das musste Nick jetzt alleine erledigen, außer er zog sich einen neuen Kollegen zur Seite, der ihn bei diesem Fall unterstützte.

„Es ist spät, ich muss dringend heim und mich aufs Ohr legen!" Nick gähnte mit ansteckender Gestik.

„Ich will noch nicht gehen!" Lea drehte sich zur Seite und blickte aus dem Fenster.

Nick ging zu ihr, zog sie aus ihrem Stuhl und nahm sie herzlich in den Arm. „Es ist doch kein Abschied für immer!"

Lea kamen die Tränen. Sie wusste nicht, wie sie Nicks Worte deuten sollte. Meinte er das Büro oder sich?

„Ich weiß! Aber wir telefonieren jeden Tag, versprochen? Du hältst mich auf dem Laufenden?" Lea blickte ihn ernst an. Sie wartete auf eine Reaktion von ihm, mit welcher er sie beruhigen würde. Diese blieb jedoch aus.

„Hoffentlich dauert es nicht mehr zu lange, bis wir ihn schnappen", erklärte er beiläufig.

Sie gingen gemeinsam zur Tür, liefen die Treppe ins Erdgeschoss und verließen nebeneinander die Dienststelle.

„Soll ich dich noch nach Hause begleiten?", bot Nick an und musste erneut gähnen.

„Auf keinen Fall! Das wäre der totale Umweg für dich. Ich bin doch mit dem Auto hier. Fahr du nach Hause und leg dich schlafen. Du musst morgen wieder fit sein, im Gegensatz zu mir!", ergänzte sie kleinlaut.

Als sie auf ihr Auto zusteuerte, hörte sie erneut seine Stimme. „Hey! Nimm es nicht so schwer! Genieße einfach die paar Tage Auszeit! Wir hören uns!" Im nächsten Moment verschwand er in seinem BMW und schloss geräuschvoll die Wagentür.

Lea ließ sich auf den Fahrersitz ihres Minis fallen, schnallte sich an und startete den Motor. Plötzlich war sie weder müde noch hatte sie Lust grübelnd in ihrem Bett zu liegen. Sie bog die nächste Kreuzung rechts ab und fuhr Richtung Innenstadt. Auf der Leopoldstraße suchte sie einen Parkplatz, stieg aus und betrat eine der gemütlichen Bars in Schwabing. Als sie die Getränkekarte überblickte, verspürte sie Lust auf etwas Hochprozentiges. Schließlich musste sie morgen nicht zur Arbeit, also konnte sie auch ihr Auto stehen lassen, ein Taxi nehmen und morgen den ganzen Tag im Bett verbringen. Welch verlockender Gedanke! Es war bereits nach Mitternacht an einem Dienstag, was die Besucherzahl in der Bar erheblich beschränkte. Sie bestellte sich einen Long Island Tea, weil sie dessen Wirkung an sich genau kannte und wusste, dass sie bereits nach einem dieser Cocktails all ihre Sorgen vergessen würde. Während sie auf ihr Getränk wartete, schaute sie sich in dem kleinen Gastraum um. Außer ihr saßen noch ein älterer Mann und ein junges Pärchen an den wenigen vorhandenen Tischen. Alle drei waren mit sich selbst beschäftigt, was Lea in diesem Moment nur recht war.

Plötzlich wurde die Tür aufgerissen. „Hilfe! Ich brauche dringend Hilfe! Meine Freundin wird von einem Mann überfallen!"

Lea drehte sich blitzschnell um. Auch wenn sie offiziell nicht mehr im Dienst war und keine Marke mehr trug, fühlte sie sich dennoch für die Sicherheit der Bürger und Bürgerinnen verantwortlich. Sie sah eine junge Frau, die mit angstgeweiteten Augen suchend um sich blickte, als würde sie sich Hilfe von einem der Gäste erhoffen.

„Ich rufe die Polizei!", rief der Gastwirt ihr hilfsbereit entgegen.

„Nicht nötig!", erklärte Lea schnell. „Ich bin Polizistin, ich kümmere mich darum."

Als sie hörte, dass eine Frau überfallen wurde, hoffte sie insgeheim auf den Narzissenkünstler. Sie hatte zwar keine Waffe mehr, aber das würde sie nicht daran hindern, mit vollem Einsatz gegen den vermeintlichen Täter vorzugehen. Somit wäre auch ihre Suspendierung hinfällig und sie könnte schon morgen wieder ihren Dienst antreten.

Sie sprang auf und folgte der Frau nach draußen. Diese lief links die Straße hinauf und bog etwa hundert Meter weiter in eine Einfahrt ab. Während Lea der Frau folgte, wunderte sie sich, dass diese nicht Hilfe in einem der angrenzenden Lokale gesucht hatte, sondern so weit gelaufen war, bis sie in die Bar stolperte, welche Lea gerade besuchte.

Sie folgte ihr in die Einfahrt und blieb einige Meter weiter abrupt stehen. Dort standen ein paar Fahrzeuge - sonst nichts. Von der Frau war keine Spur mehr zu sehen. Sie erkannte auch keine Person, welche in Not war.

„Hallo? Wo sind Sie?", rief Lea und hörte ihr leises Echo in dem Hinterhof.

Plötzlich spürte sie einen Arm um ihren Hals. Sie wurde grob nach hinten gezogen und ein mit Chloroform getränktes Tuch umschloss ihre Atemwege. Sie riss ihre Augen auf, versuchte sich zu wehren, was ihr jedoch nicht mehr gelang. Sie hatte den größten Fehler begangen, den ein Polizist machen konnte. Sie war kopflos in einen Hinterhalt gelaufen und hatte vergessen, zuvor Verstärkung anzufordern.

Das Letzte was sie sah, war ein weißes Gesicht mit einem schwarzen Schnurbart.

Kapitel 17

Heute

Mit feuchten Händen begab sich Lea in den Seitenanbau des Hotels, in welchem sich die Suite mit der Zimmernummer 405 befand. Sie war sich nicht sicher, ob ihre Entscheidung richtig war, denn einen Beweis, dass Nellers Ehefrau nichts von seinen Aktivitäten wusste, hatte sie nicht. Allerdings waren auch die Beweise gegen Neller selbst äußerst dürftig. Lea hatte keine eindeutigen Anhaltspunkte dass er zwei Mordanschläge gegen sie verübt hatte. Sie versprach sich einige Erkenntnisse von Karen Neller, weshalb sie sie auf den Vorfall in der Sauna ansprechen wollte. Beispielsweise, warum die Türe der Sauna nicht aufging. Karen Neller musste dies ja bemerkt haben, bevor sie den Raum betreten hatte. Wenn Lea Glück hatte, konnte sie sich unauffällig in Nellers Suite umsehen, während sie sich mit seiner Ehefrau unterhielt.

Als sie wenig später vor der betreffenden Zimmertüre stand, legte sie sich erneut ihre Worte zurecht, welche sie sich in ihrem Zimmer zuvor überlegt hatte. Sie klopfte an. Nichts rührte sich. *Vielleicht sind sie noch im Wellnessbereich?* Enttäuscht wandte Lea sich ab und wollte gerade gehen, als plötzlich die Zimmertür aufgerissen wurde.

Frau Neller stand in der Tür und lächelte sie freundlich an. „Oh, Sie sind es? Geht es Ihnen wieder besser?"

Mit dieser Reaktion hatte Lea nicht gerechnet. Ihre zuvor einstudierten Sätze konnte sie alle über Bord werfen. Frau Neller war weder zurückhaltend, noch skeptisch oder reserviert. Im Gegenteil, sie kam freundlich auf Lea zu und äußerte ihre Besorgnis.

Lea warf einen Blick an Karen Neller vorbei ins Innere der Suite. Sie erkannte den Ehemann, der mit einem Handy am Ohr gerade den Balkon betrat und die Glastüre hinter sich schloss. *Mit wem telefoniert der wohl gerade?* Im nächsten Moment bekam sie die Antwort.

„Entschuldigen Sie, aber mein Mann muss geschäftlich immer erreichbar sein. Er bekommt ständig Anrufe seiner Klienten, die irgendein dringendes Problem haben." Unauffällig zog Karen Neller die Tür hinter sich ein Stück zu und verwehrte Lea somit die Sicht ins Innere. „Nicht einmal im Urlaub hat man Ruhe!". Lächelnd verdrehte sie die Augen.

Lea hielt es für ratsam, sich ihrer Retterin vorzustellen, damit ihr nicht aus Versehen der Name Neller rausrutschte, obwohl sie diesen offiziell noch gar nicht kannte.

„Hallo! Mein Name ist Lea Rieder und ich wollte mich bei Ihnen bedanken, dass Sie mich heute gerettet haben!" Sie reichte der Älteren die Hand, die diese zaghaft entgegennahm.

„Keine Ursache! Ich heiße Karen Neller und das …", sie deutete ins Zimmer, „… ist mein Mann Antonio. Geht es Ihnen gut? Sie hatten ja fast einen Hitzschlag." Die offene, redselige Art dieser Frau wischte augenblicklich jeglichen Verdacht von ihr.

„Danke! Ich bin wieder fit. Aber ich hätte da eine Frage an Sie", begann Lea zögerlich.

„Ja?"

„Als Sie die Sauna betraten, war da die Türe irgendwie von außen blockiert?"

„Wie meinen Sie das? Blockiert?" Karen runzelte die Stirn.

„Hat sich vielleicht ein Handtuch eingeklemmt oder irgendetwas in der Art? Ich konnte nämlich die Tür von innen nicht öffnen."

„Was? Nein! Die Türe ging ganz normal auf. Sie lagen auf der mittleren Bank und haben geschlafen, glaube ich. Jedenfalls lagen Sie ganz ruhig da und ich dachte schon, sie sind bewusstlos. Aber dann sind Sie plötzlich aufgesprungen und weggelaufen. An Ihrem schwankenden Gang habe ich bemerkt, dass Ihr Kreislauf nicht mehr lange mitmacht, deshalb habe ich schnell ihren Bademantel geschnappt und bin Ihnen hinterhergelaufen. Und plötzlich lagen Sie kopfüber im Wasser. Das ist wirklich gefährlich! Stellen Sie sich nur vor, ich wäre nicht da gewesen? Sie hätten ertrinken können!" Entsetzt schüttelte sie den Kopf.

„Da haben Sie recht! Vielen Dank nochmal! Kann ich vielleicht kurz mit Ihrem Mann sprechen? Ich würde ihn auch gerne etwas fragen", sagte Lea vorsichtig.

Karen blickte kurz ins Zimmer und schüttelte anschließend bedauernd den Kopf. „Tut mir leid, er telefoniert noch. Kann ich etwas ausrichten?"

Lea bemerkte an Karens Haltung, dass diese sie nicht in ihr Zimmer einlassen würde. Vielleicht hatten die Nellers doch etwas zu verbergen?

„Nein, nicht nötig! Dann gehe ich mal wieder. Nochmal vielen Dank und ich wünsche Ihnen noch einen angenehmen Aufenthalt."

„Keine Ursache, auf Wiedersehen!" Karen Neller zog sich zurück in die Suite und schloss mit einem letzten Lächeln die Tür.

Nachdenklich ging Lea auf ihr Zimmer.

Obwohl Karen Neller äußerst freundlich war, kam Lea irgendetwas an ihrem Verhalten seltsam vor. Vielleicht täuschte sie sich aber auch und die Frau des Rechtsanwalts war einfach nur ein sehr überschwänglicher Typ, der gerne und viel redete. Es war aber auch möglich, und das vermutete Lea, dass Karen Neller aus Unsicherheit so redselig war. Menschen, die Angst hatten, bei irgendetwas ertappt zu werden, redeten plötzlich ohne Punkt und Komma, um keinen Verdacht auf das Wesentliche zu lenken. Gegenüber Laien wollte das funktionieren, nicht aber bei einer geschulten Kommissarin, die seit Jahren mit Zeugenaussagen, darunter auch vielen Falschaussagen, zu tun hatte. Mit der Zeit entwickelte man ein Gespür, auch Bauchgefühl genannt, für Aussagen jeglicher Art.

Lea wollte und konnte Karen nicht eindeutig als Lügnerin abstempeln, dafür war diese zu spontan in ihren Antworten und kam äußerst glaubwürdig rüber, aber ein kleines Stück Zweifel blieb an ihrer Aufrichtigkeit. Vor allem ihr Verhalten gegenüber ihrem Ehemann war äußerst auffällig und passte keineswegs zu den unbescholtenen Gästen, als welche sie sich ausgaben.

Zur gleichen Zeit in Zimmer 405:

„Hallo Toni! Kannst du mir sagen, was bei euch los ist?", begrüßte Nick seinen alten Freund.

„Wie meinst du das?"

„Ich spreche von Lea! Was war das in der Sauna? Du hast mir versprochen deinen Job zu erledigen! Nennst du das etwa gute Arbeit?" Nicks schlechte Laune war deutlich herauszuhören.

„Es tut mir leid, das war so nicht geplant!"

„Geplant?", schrie Nick in den Apparat. „Karen hat sie zuerst aus der Sauna gerettet und anschließend aus dem Tauchbecken! Wie kannst du da …"

„Warte mal, Nick!", unterbrach Toni seinen Gesprächspartner. Es klopfte an der Tür. Toni bedeutete seiner Frau, dass er am Balkon weitersprechen würde und sie niemanden ins Zimmer lassen solle. Während er die Glasschiebetür hinter sich zuzog erkannte er Lea, die vor der Tür stand und mit seiner Frau sprach.

„Du errätst nie, wer gerade vor unserer Tür steht!", scherzte Toni.

„Lea? Ernsthaft? Was macht sie da? Da siehst du, wie auffällig du bist, dass sie dir bereits bis zum Zimmer folgt! Passt in Zukunft auf eure Zimmerkarten auf, Lea hat vor eure Suite zu durchsuchen!"

„Da findet sie nicht viel", gab Toni gelangweilt zu.

„Lea ist nicht dumm! Die würde auf jeden Fall irgendetwas finden! Und ich spreche nicht vom Vibrator deiner Frau! Ein einziger Hinweis auf mich und …!"

„Das wird nicht passieren!"

„Hast du Karen eigentlich eingeweiht? Weiß Sie, warum ihr im Hotel seid?"

„Nicht alles! Aber sie weiß, dass ich für dich einen geheimen Auftrag erledigen soll und wir nebenher Urlaub machen können."

„Und das hinterfragt deine Frau nicht?"

„Warum sollte sie? Ich habe ständig Geheimnisse vor ihr, die ich ihr nicht erzählen darf. Ich bin Rechtsanwalt!"

„Und was ist, wenn sie Lea etwas von uns erzählt? Wenn Karen meinen Namen erwähnt, sind wir aufgeflogen!"

„Karen ist doch nicht dumm! Sie weiß, dass sie deinen Namen nicht erwähnen darf!"

„Dann war es reiner Zufall, dass sie Lea aus der Sauna befreit hat?"

„Mehr oder weniger! Ich hatte das im Griff, meine Frau ist mir nur dazwischen gekommen!", erklärte Toni kleinlaut.

„Du hattest es nicht im Griff! Wenn das noch einmal vorkommt erlebst du mich von einer anderen Seite. Ich vertraue dir mein Leben an – zerstöre es nicht!"

„Alles klar!"

„So und jetzt erzähl mir ganz genau, was da in der Sauna vorgefallen ist. Ich will jede Einzelheit erfahren."

„Also: Als ich in die Sauna kam, lag Lea bereits auf der Bank. ..."

Lea betrat den kleinen Balkon ihres Zimmers und setzte sich auf den kahlen Holzstuhl, der erst in den Sommermonaten mit einer Kissenauflage ausgestattet wurde. Sie schloss die Augen und streckte ihr Gesicht der untergehenden Sonne entgegen. Die Sonnenstrahlen wärmten ihre Haut und plötzlich kam ihr ein Gedanke.

Karen Neller sagte, Lea hätte auf der mittleren Bank gelegen, als sie die Sauna betrat. Das stimmte nicht! Nur am Anfang lag sie auf der mittleren Bank, aber nachdem es ihr zu heiß wurde und sie vergeblich versucht hatte, die Tür zu öffnen, ließ sie sich auf der untersten Bank nieder, da die Hitze dort am wenigstens einwirkte. Das wusste Lea sicher!

Entweder hatte sich Karen Neller geirrt oder bewusst gelogen! Was allerdings im Endeffekt keinen großen Unterschied machte, denn sie hatte Lea trotzdem zuerst vor dem Hitzetod und anschließend vor dem Ertrinken gerettet!

Karens Aussage, dass die Tür nicht blockiert war, konnte Zweierlei bedeuten. Entweder, sie hatte die Unwahrheit gesagt, oder sie wusste wirklich nicht über die Tat ihres Mannes Bescheid. Vielleicht hatte er die Blockade der Tür entfernt, bevor seine Frau die Sauna betrat.

Unzufrieden schüttelte Lea den Kopf. Das ergab alles keinen Sinn!

Kapitel 18

Vor einer Woche

Noch bevor Lea ihre Augen öffnete, bemerkte sie den einschneidenden Schmerz um ihre Handgelenke. Ihr Blick fiel auf eine blonde Frau, die etwa zwei Meter von ihr entfernt auf einem Stuhl saß. Sie hatte ihre Augen geschlossen. Ihre Hände waren ebenfalls am Rücken fixiert und ihre Füße an die Stuhlbeine gebunden. Erst jetzt bemerkte Lea, dass auch sie ihre Beine nicht bewegen konnte. Lea versuchte ruhig zu bleiben und sich zu konzentrieren. *Was war geschehen? Warum wurde ich entführt?*
Neugierig blickte sie sich um. Sie befand sich in einem leeren Kellerraum. Die Wände und der Boden waren aus grauem Beton. Durch das kleine Fenster, welches vergittert war, schien gedämpftes Tageslicht. *Wie lange war ich bewusstlos?*
An der Wand gegenüber des Fensters befand sich eine Stahltüre, welche mit Sicherheit verschlossen war. Außer den beiden massiven Metallstühlen und den beiden Frauen befand sich kein einziger Gegenstand in dem Verlies. Nichts, was Lea auch nur ansatzweise als Werkzeug für ihre Fesseln hätte verwenden können. Hätte es sich um Holzstühle gehandelt, sähe es anders aus. *Er muss bald wiederkommen! Wir haben kein Wasser da!* Aber diese Gewissheit schöpfte nur wenig Trost, da sie wusste, dass er sich drei Tage Zeit lassen konnte, bevor er riskierte, dass seine Opfer verdursten würden.

Lea schloss die Augen und versuchte sich an den Vorfall im Hinterhof zu erinnern. Sie folgte einer jungen Frau … Schlagartig riss sie ihre Augen auf und begutachtete die Frau auf dem Stuhl vor ihr. Nein! Die war es nicht! Vielleicht war sie die Freundin, die in Gefahr war? Möglicherweise wurde Lea ungewollt Zeugin einer Straftat und wurde deshalb ebenfalls entführt?

So ein Blödsinn! Ich habe überhaupt nichts gesehen! Da war Niemand!

Plötzlich hörte sie ein leises Stöhnen. Ihre Leidensgenossin öffnete die Augen, bemerkte ihre Fesseln und blickte sich ängstlich um. „Wo bin ich? Was ist passiert? Warum …?" Erst jetzt bemerkte sie Lea. Für einen Moment zuckte sie erschrocken zurück. „Haben Sie mich entführt?", rief sie erschrocken aus.

„Nein!", entgegnete Lea. „Ich bin selbst gefesselt!"

Die junge Frau blickte sich hektisch um und zerrte an ihren Gurten.

„Haben Sie eine Ahnung, warum wir hier gefangen gehalten werden?", wollte Lea behutsam wissen.

„Nein!"

„Wie ist Ihr Name?" Mittlerweile hatte Lea sich so weit gefasst, dass sie die Sache rational anging. Sie hatte gelernt, in außergewöhnlichen Situationen die Ruhe zu bewahren, um sich vollends konzentrieren zu können. Es half ihr nichts, wenn ihr Körper Adrenalin sowie Noradrenalin ausschüttete und damit zwar schlagartig ihre Muskeln mit Blut und Sauerstoff versorgte, dabei jedoch ihre Denkvorgänge stark unterdrückt wurden. Sie musste in dieser Situation all ihre Energie in ihre Gehirnleistung stecken, um einen eventuellen Ausweg zu finden.

„Mein Name?" Verstört blickte die Frau sie an. „Ich will hier raus! Hilfe! HILFE!" Sie schrie aus vollem Halse, bis ihr die Stimme versagte.

„Hören Sie auf! Das bringt nichts!", versuchte Lea sie zu beruhigen.

„Woher wollen Sie das wissen? Vielleicht hört uns jemand und …"

„Nein! Unser Entführer hätte uns sicher nicht ohne Knebel zurückgelassen, wenn vor unserem Fenster Passanten auf- und abgehen würden."

„Vielleicht musste er schnell weg und hat es vergessen?" Trotz ihrer Angst konnte die Frau erstaunlich gut interpretieren.

„Möglich! Aber hören Sie draußen irgendetwas? Da ist nichts! Ich vermute, wir befinden uns in irgendeinem verlassenen Gebäude außerhalb der Stadt."

Leise fing die Frau an zu wimmern. Sie senkte ihren Blick und schwieg.

„Mein Name ist Lea Rieder. Ich bin Oberkommissarin. Verraten Sie mir Ihren Namen?"

Schlagartig zuckte der Kopf der Frau hoch. „Sie sind bei der Polizei? Warum hat er Sie dann entführt?"

„Das wüsste ich auch gerne. Ich vermute, ich war nur zur falschen Zeit am falschen Ort. Haben Sie eine Vermutung, warum Sie hier sind, Frau …?"

„Oh, Entschuldigung! Mein Name ist Sarah König. Nein … ich habe keine Ahnung, warum ich entführt wurde."

Lea überlegte, ob es sich bei ihrem Entführer um den Narzissenkünstler handeln könnte, allerdings sprachen zu viele Details dagegen. Er hatte seine Opfer bisher immer in ihren eigenen Wohnungen getötet. Er ließ sie nicht gefesselt mehrere Stunden auf ihn warten. Und das wichtigste Indiz - warum hatte er plötzlich zwei Frauen gleichzeitig entführt?

Es musste sich um einen anderen Entführer handeln. Einen Täter, dem sie offenbar in die Quere gekommen war.

„Was wird jetzt mit uns geschehen? Vielleicht will er nur Lösegeld?", riss Sarah sie aus ihren Gedanken.

„Sind Sie denn vermögend?"

„Nein! Mein Mann und ich haben erst vor fünf Jahren ein kleines Reihenhaus gekauft, kurz bevor Marie geboren wurde. Wir zahlen die Schulden noch zwanzig Jahre lang ab."

Lea schlüpfte fast automatisch in ihre Ermittlerrolle. „Können Sie sich an die Entführung erinnern? Wann, wo, wie?"

„Es war heute früh!" Sarah starrte an die graue Betonwand und kniff konzentriert ihre Augen zusammen. „Ich habe Marie in den Kindergarten gebracht und wollte anschließend noch zum Fitness. Ich war in der Tiefgarage … als mich ein junger Mann ansprach. Er fragte, ob ich ihm kurz aus der Parklücke helfen könnte, da er zugeparkt wurde. Mehr weiß ich leider nicht mehr."

Wenn Sarah am Morgen dieses Tages entführt wurde, dann war Lea bereits seit mehreren Stunden hier gefangen.

„Können Sie sich an sein Gesicht erinnern? Wie hat er ausgesehen?" Lea versuchte so viel Informationen wie möglich zu erhalten, bevor der Täter zurückkehrte.

„Er … ich weiß nicht … er war völlig normal. Ein junger Mann eben, so Anfang zwanzig vielleicht, braunes

Haar, schlanke Figur. Er hatte ein Durchschnittsgesicht. Ich bin mir nicht einmal sicher, ob ich ihn auf einem Foto wiedererkennen würde. Ich bin darin nicht sehr gut. Bei Memory verliere ich gegen meine Tochter seit sie drei Jahre alt ist."

„Aber es war ein fremder Mann? Sie hatten ihn vorher noch nie gesehen?", hakte Lea nach.

„Ich glaube nicht, dass ich ihm schon begegnet bin. Aber im Fitness laufen so viele Leute rum, die ich mir nicht genau anschaue, vielleicht hat er mich ja schon öfters gesehen!"

Lea kaute nachdenklich auf ihrer Unterlippe.

Weinerlich wandte Sarah sich an sie. „Aber wozu nützt Ihnen das alles, wenn er uns eh umbringt?"

„Das wissen wir doch nicht! Wie kommen Sie darauf, dass er uns umbringen will?" Obwohl Lea dieser Gedanke selbst so präsent wie nichts anderes war, wollte sie Sarah nicht beunruhigen. Das Letzte was Lea gebrauchen konnte, war eine hysterische Frau, die die ganze Zeit panisch herumschrie.

„Vielleicht will er uns auch als Sexsklavinnen halten? Ich habe schon davon gelesen, dass es Männer gibt, die …"

„Hören Sie auf! Wir sollten nicht darüber spekulieren, was er mit uns vorhat, sondern überlegen wie wir ihm entkommen, sobald er uns die Fesseln abnimmt."

„Wird er sie uns denn abnehmen? Woher wissen Sie das so sicher?"

„Es gibt viele Gründe, warum er uns hier festhält. Vermutlich wird er uns mit Essen und Trinken versorgen und wir müssen auch irgendwann auf die Toilette. Dazu muss er uns dann losbinden!"

„Vielleicht kommt er auch rein und schießt uns beiden sofort eine Kugel in den Kopf!" Sarahs Fantasie erlebte gerade ihren Höhepunkt.

„Möglicherweise wäre das für uns die gnädigste Art und Weise zu sterben, aber dann hätte er sich wohl kaum die Mühe gemacht, uns zu entführen." Lea stellte erstaunt fest, dass sie sich in Sarah getäuscht hatte. Sie war keinesfalls eine hysterische Frau, mit welcher man über dieses Thema nicht diskutieren konnte.

„Was schlagen Sie vor?", fragte Sarah neugierig.

„Zuerst sollten wir uns duzen! Das wird später einfacher und drückt dem Täter gegenüber aus, dass wir uns nahe stehen und gemeinsam gegen ihn vorgehen werden."

„In Ordnung! Was schlägst du also vor?"

„Sobald er zurückkommt, müssen wir uns sein Gesicht und andere Auffälligkeiten einprägen. Falls eine von uns beiden überlebt, kann sie der Polizei somit hilfreiche Hinweise geben. In Ordnung?" Lea vergewisserte sich bei Sarah, ob diese mit ihrer Vorgehensweise einverstanden war.

„Ich werde es versuchen, aber ich kann nichts versprechen!"

„Das schaffst du! Ganz sicher!" Lea nickte ihr zuversichtlich zu. „Sobald er eine von uns beiden losbindet und sich für uns eine Gelegenheit ergibt zu fliehen, dann laufen wir weg."

„Heißt das, du lässt mich zurück?"

„Du sollst mich zurücklassen! Ich werde versuchen ihn zu überwältigen, aber wenn du freikommst, will ich, dass du wegläufst!"

„Ich weiß nicht, ob ich das schaffe", jammerte Sarah ängstlich.

„Du musst dann nur an dich denken. Wenn du es hinausschaffst und die Polizei alarmieren kannst, können die mich auch retten!"

„Das meinte ich nicht!"

Überrascht schaute Lea auf. „Was dann?"

„Ich bin mir nicht sicher, dass ich laufen kann. Kennst du den Traum, wenn man vor etwas wegläuft und nicht von der Stelle kommt? Den habe ich öfters und gerade eben läuft diese Szene erneut in meinem Kopf ab. Was ist, wenn ich mich nicht bewegen kann? Wenn meine Füße auf der Stelle treten und ich nicht wegkomme?"

Ich habe zu viel von ihr verlangt! Lea hoffte inständig, dass Sarah es schaffen würde, wenn es soweit käme. Aber vielleicht hatte Lea auch Glück und sie wurde zuerst losgebunden.

„Was ist, wenn er keine von uns beiden von den Fesseln befreit?" Sarahs Einwand war berechtigt.

„Dann werde ich mir etwas einfallen lassen. Konzentriere du dich auf deine Flucht, wenn es …"

Plötzlich hörten sie Schritte.

„Er kommt!", flüsterte Sarah voller Panik.

„Bleib ganz ruhig und stell dich schlafend. Er darf nicht wissen, dass wir miteinander gesprochen haben."

Als sich die Türe langsam öffnete, schlossen beide Frauen schnell ihre Augen und ließen ihre Köpfe auf die Brust fallen.

„So ein Mist! Jetzt muss ich auch noch zum Arzt, um mich krankschreiben zu lassen. Er könnte mich ja einfach einmal einen Tag in Ruhe lassen, um mich auszuruhen!" Leise schimpfte der eintretende Mann vor sich hin. Als ein schwerer Gegenstand auf den Boden krachte, hob Lea blitzschnell ihren Kopf und starrte ihren Entführer an. Bei seinem Anblick erschrak sie derart, dass ihr das Entsetzen im Gesicht abzulesen war.

„Du bist ja schon wach! Wie schön!", sprach der Mann sie an. Seine weiße Vendetta Maske mit dem schwarzen Schnurbart grinste Lea an.

In diesem Moment wusste Lea es. Es war der Narzissenkünstler! Ihr Bauchgefühl schrie es mit jeder Faser raus. Obwohl ihre Angst übermächtig war, wusste sie, dass es ein gutes Zeichen war, dass er eine Maske trug. Sie hatten noch eine Chance! Wenn er sie umbringen wollte, dann müsste er sein Gesicht nicht verbergen. Hatte er jedoch vor eine oder beide Frauen irgendwann laufen zu lassen, wäre es in seinem eigenen Interesse, seine Identität geheim zu halten.

Diese beruhigende Erkenntnis wandelte sich im laufenden Gespräch in pure Panik.

Er würde sie beide töten – und das auf so grausame Art und Weise.

Kapitel 19

Heute

Nach dem Abendessen begab sich Lea wieder in die Bar. Rafael wartete bereits auf einem der Barhocker und begrüßte sie mit seinem charmanten Lächeln.

„Du bist ja tatsächlich wiedergekommen!", bemerkte er überrascht.

„Hast du etwa geglaubt, ich wollte dich gestern nur abwimmeln?" Lea lachte amüsiert.

„Du wärst nicht die erste Frau, glaube mir."

„Ach! Sprichst du so oft fremde Frauen an? Das hätte ich jetzt nicht gedacht", gab sie verwundert zu.

Erschrocken bemerkte Rafael seinen Fehler. „Das war doch nur so ein Spruch! Du darfst nicht jedes meiner Worte auf die Waagschale legen. Schon gar nicht, wenn wir uns in einer Bar befinden."

„Was soll das jetzt bedeuten?"

„Vergiss es! Können wir nochmal von vorne beginnen?", fragte Rafael kleinlaut. „Hallo Lea, ich freue mich, dass du wieder hier bist!"

„Ja, ich auch!", lächelte Lea geschmeichelt.

Nachdem sie ihren Cocktail bestellt hatte, wandte sie sich erneut an ihre neue Bekanntschaft. „Wo warst du heute? Ich habe dich überhaupt nicht gesehen!"

„Meiner Mutter ging es nicht so gut. Wir waren den ganzen Tag auf dem Zimmer. Wobei es dort auch nicht langweilig wird. Wir haben eine eigene Sauna, einen

Whirlpool und einen riesigen Balkon mit Liegestühlen und Kuscheldecken."

„Wozu braucht ihr dann noch einen Wellnessbereich, wenn ihr das alles in eurem Zimmer habt?"

„Eben!", kam die knappe Antwort.

„Du hast doch sicher auch eine Minibar in deinem Zimmer. Warum kommst du dann überhaupt noch hier herunter?"

Sein Blick verriet mehr als tausend Worte. Lea lief schlagartig ein Schauder über den Rücken. *Welch eine blöde Frage!*

„Muss ich dir diese Frage wirklich beantworten? Hast du Lust zu tanzen?"

Obwohl an diesem Abend keine Livemusik gespielt wurde, kamen aus den Boxen der Bar aktuelle Lieder, auf welche man gut tanzen konnte. Schwungvoll fegte Rafael mit Lea über das Parkett, wobei sie von seinem Taktgefühl und seinen weichen Bewegungen fasziniert war. Sie fühlte sich wohl in seiner Gesellschaft.

Als sie einige Tänze später wieder an der Bar saßen war ihre Stimmung aufgelockert.

„Was hast du heute so gemacht?", fragte Rafael interessiert und nahm einen großen Schluck von seinem Cocktail.

Lea fühlte sich ausgelassen und zu ihm hingezogen, weshalb sie sich auf seine Frage auch eingehender äußerte, als sie es beabsichtigte. „Ach! Ich glaube, ich bin heute einem Mordanschlag in der Sauna entkommen und anschließend vor dem Ertrinken gerettet worden."

Rafael verschluckte sich fast. Er hustete und starrte Lea ungläubig an. „Nimmst du mich gerade auf den Arm?"

„Leider nein! Ich war wirklich in der Sauna gefangen!"

„Und du glaubst, das war ein Mordanschlag? Hast du das der Hotelleitung gemeldet?" Aus Rafaels Stimme war seine Fassungslosigkeit zu hören.

„Nein! Ich … ich habe einem Freund davon erzählt und der meinte, ich hätte mir das alles vielleicht nur eingebildet. Außerdem hat die Frau, welche mich aus der misslichen Lage befreit hat, gesagt, dass die Türe nicht verschlossen war. Ich möchte den Hotelbetrieb deshalb nicht stören." Als Lea jetzt ihre eigenen Worte hörte, glaubte sie fast selbst nicht mehr daran, dass Neller ihr etwas antun wollte.

„Du solltest das nicht als Lappalie abwerten! Das Hotel muss auf jeden Fall davon erfahren, dass etwas mit der Türe nicht gestimmt hat. Sonst ändern die nie etwas! Stell dir nur vor, einer anderen Frau passiert das gleiche? Würdest du dir da nicht Vorwürfe machen, dass du diesen Vorfall nicht gemeldet hast?" Rafael war aufgebracht, er konnte nicht nachvollziehen, dass Lea das Hotel mit ihrem Schweigen schützen wollte.

Lea dagegen war sich sicher, dass dies keiner anderen Frau zustoßen würde. Denn entweder hatte sie sich alles nur eingebildet, was sie eigentlich nicht glaubte, oder es war Neller. Und ganz offensichtlich hatte er es nur auf sie abgesehen, nicht auf irgendeinen anderen Gast.

„Lea, das meine ich ernst. Bitte melde das bei der Hotelleitung! Und was hast du noch erzählt? Du wurdest vom Ertrinken gerettet?", hakte Rafael nach.

„Naja, ich bin nach der Sauna ins Tauchbecken gestürzt, denn ich war wirklich überhitzt. Und da bekam ich plötzlich einen Krampf und konnte nicht mehr auftauchen.

Aber die Frau, die mich zuvor aus der Sauna befreit hatte, hat mich aus dem Wasser gezogen." Umso mehr Rafael darauf bestand, dass sie den Vorfall meldete, desto mehr verharmloste Lea die Geschichte. Sie hätte ihm einfach nicht davon erzählen sollen. Allerdings war es schon komisch, denn von Nick hätte sie sich genau diese Reaktion gewünscht. Dass er sie ernst nehmen und ihr Lösungsvorschläge unterbreiten würde. Aber mit Rafael wollte sie keine hitzige Diskussion über die Sicherheit des Hotels führen. Vor allem, da er den Grund ihres Aufenthaltes nicht kannte und auch nicht kennen durfte.

„Soll ich dich begleiten?", riss Rafael sie aus ihren Gedanken.

„Wohin?", fragte sie erschrocken. Wollte er etwa mit ihr aufs Zimmer?

„Zur Hotelleitung! Das kannst du nicht akzeptieren! So etwas darf in so einem hochklassigen Hotel einfach nicht vorkommen! Wenn …"

„Hör auf! Bitte!", unterbrach Lea ihn und legte ihre Hand auf seinen Unterarm. Sie sahen sich in die Augen und spürten beide die Anziehungskraft, die zwischen ihnen herrschte.

„Es geht mir gut! Ich möchte meine Urlaubstage hier noch genießen und nicht irgendwelche Protokolle ausfüllen. Womöglich kommt noch die Polizei und verhört mich. Dazu habe ich wirklich keine Lust."

„Ich kann das aber nicht vergessen! Wenn dir etwas zugestoßen wäre …"

„Geht es dir dabei um mich oder darum, dass das Hotel bestraft wird?" Ihr Blick ruhte abwartend auf seinem Gesicht.

„Natürlich um dich!", lenkte Rafael schnell ein.

„Gut! Wenn ich es vergessen kann, dann kannst du es sicherlich auch! Lass uns einfach Spaß haben und den Abend genießen. Alles andere ist Vergangenheit!" Lea wusste nicht, warum sie den Vorfall in der Sauna derart hinunter spielte, obwohl sie es keineswegs für so ungefährlich hielt, wie sie es Rafael gegenüber äußerte. Aber sie fühlte sich plötzlich unwohl, mit einem Fremden über diese Details zu sprechen. Das war eine Sache zwischen ihr und Nick!

Völlig unerwartet legte Rafael seinen Arm um ihre Schultern und flüsterte ihr ins Ohr. „Du willst Spaß haben? Da bin ich dabei!"

Lachend schob sie ihn von sich. Sein jungenhaftes Grinsen erwärmte ihr Herz und ließ sie fast schwach werden. Aber sie liebte nun einmal Nick und sie war nicht der Typ für One-Night-Stands. „Ich glaube, ich verstehe unter Spaß haben etwas anderes als du."

Rafael zog sich abrupt zurück. „Sorry! Ich wollte dir nicht zu nahe treten! Ich dachte …"

„Schon gut! Vielleicht habe ich mich etwas unverständlich ausgedrückt. Ich finde dich sympathisch und verbringe gerne die Abende mit dir. Tanzen, reden, flirten, das ist alles drin, aber mehr nicht!"

„Du sagtest, du bist Single!"

„Richtig! Aber mein Herz gehört trotzdem einem Anderen!", gab Lea offen zu.

Wenig später in Zimmer 405:
„Hallo Nick! Wusstest du, dass deine Perle sich gerade einen Lover zulegt?" Toni grinste bis über beide Ohren.

„Sie tut was? Erzähl keinen Blödsinn!", fauchte Nick durch den Apparat.

„Doch! Sie sitzt schon den zweiten Abend mit ihm an der Bar. Sie lachen, tanzen und flirten, dass die Funken nur so sprühen. Er hat auch schon ganz zärtlich den Arm um ihre Schultern gelegt. Ich glaube, die werden bald ..."

„Sei ruhig! Mach lieber deinen Job und überprüfe, ob dieser Typ eine Gefahr werden kann." Im nächsten Moment beendete Nick das Gespräch.

Gegen Mitternacht erhob Lea sich von ihrem Barhocker. „Danke für den schönen Abend, aber ich gehe jetzt besser!"

„In Ordnung! Sehen wir uns morgen wieder?", fragte Rafael hoffnungsvoll.

„Ich denke schon!" Lea genoss seine Gesellschaft, vor allem, nachdem jetzt die Fronten zwischen ihnen geklärt waren. Rafael akzeptierte, dass sie kein Abenteuer, sondern nur ein paar nette Abende mit ihm verbringen wollte. Spontan umarmte sie ihn, woraufhin er ihr einen flüchtigen Kuss auf die Wange gab.

„Gute Nacht, Lea!"

„Gute Nacht, Rafael!"

Sie ging auf ihr Zimmer und überlegte für einen Moment, Nick anzurufen. Sie hätte gerne mit ihm gesprochen, wusste jedoch, dass er am nächsten Morgen früh aufstehen musste und jetzt vermutlich schon schlief.

Kapitel 20

Vor einer Woche

Der maskierte Mann öffnete die schwere Tasche, welche er zuvor geräuschvoll auf den Boden geworfen hatte. Er zog ein Metzgermesser, zwei großen Flaschen Wasser, ein Küchenhandtuch sowie eine kleine silberne Dose heraus und legte alles fein säuberlich neben den Stuhl, auf welchem Sarah saß. Als er sich erhob, schlug er mit seinem Fuß kräftig gegen eines der Stuhlbeine, so dass Sarahs Körper auf der Sitzfläche bebte.

„Wach endlich auf, du Miststück!", schrie er sie an.

Sarah öffnete die Augen und erschrak beim Anblick der grinsenden Vendetta-Maske. Unsicher, wie sie sich verhalten sollte, schielte sie zu Lea.

„Ich habe nicht den ganzen Tag Zeit, deshalb bringen wir es am besten gleich hinter uns. Heute gibt es ja besonders viel zu tun!" Er bückte sich und hob das etwa fünfzehn Zentimeter lange und relativ schmale Messer vom Boden auf.

In diesem Moment war Lea klar, dass sie keine Gelegenheit haben würde, zu fliehen. Er würde seine Tat ebenso schnell durchführen, wie bei Silke Ulmen und Paula Sägebrecht.

„Warum tun Sie das?", stieß Lea hervor, obwohl diese Frage in ihrer Sinnhaftigkeit nicht unbedingt an erster Stelle stand.

„Warum? Du weißt doch warum! Du hast in deinem kleinen Interview fast alles richtig erklärt, aber eben nur *fast* alles!" Sie spürte, wie seine Augen durch die dunklen Schlitze der Maske blitzten.

„Lassen Sie sich doch helfen! Es gibt Psychotherapien, die solche Kindheitserlebnisse aufarbeiten können. Warum bringen Sie weiterhin unschuldige Frauen um?" Blitzschnell schob er sein Gesicht nur Zentimeter vor ihres. Durch die hochgezogenen Barthaare wirkte die Maske freundlich, aber hinter ihr verbarg sich das Grauen.

„Die Frauen sind nicht unschuldig! Und du auch nicht!" Die Klinge des scharfen Messers strich langsam über Leas Hals und verharrte an ihrem Kinn.

Plötzlich sah Sarah sich veranlasst ihrer Leidensgenossin zu helfen. „Ich habe Ihnen nichts getan! Ich kenne Sie doch überhaupt nicht! Warum wollen Sie mich umbringen?" Sie erreichte damit ihr Ziel. Er wandte sich von Lea ab und stand mittig zwischen den beiden Frauen.

„Du hast Recht! Du hast mir nichts getan! Aber deine Tochter muss möglicherweise irgendwann unter dir leiden!"

„Meine Tochter? Aber …"

„Halt den Mund!", unterbrach er Sarah streng.

„Würden Sie uns bitte etwas zu trinken geben? Wir haben schrecklichen Durst!" Lea versuchte ihr Glück, glaubte jedoch nicht an sein Nachgeben.

„Natürlich! Ich bin doch kein Unmensch! Durst ist eines der größten Bedürfnisse eines Menschen. Ich spreche aus Erfahrung!" Er hob eine der Wasserflaschen auf und öffnete sie. Aber anstatt Lea loszubinden, um ihr das eigenständige Trinken zu ermöglichen, hielt er die Flasche einige Zentimeter über sie und schüttete die Flüssigkeit langsam über ihr Gesicht. Lea trank einige Schlucke, dann wandte sie den Kopf ab. Ohne zu fragen goss er das klare Wasser auch über Sarah, welche gierig den Mund öffnete und trank.

„Ich muss auf die Toilette!" Leas zweiter Versuch, von ihren Fesseln befreit zu werden, ging ebenfalls ins Leere.

„Lass es einfach laufen! Mich stört es nicht!" Er griff erneut zu seinem Messer und trat auf Sarah zu. Diese rutschte unruhig auf ihrem Stuhl umher und blickte hilfesuchend zu Lea.

In Leas Kopf wüteten die Gedanken so schnell wie Blitze. Er hatte sie auf ihr Interview angesprochen. Offensichtlich funktionierte ihre Taktik und sie konnte ihn durch ihre Worte aus der Reserve locken. Allerdings tauchte die Tatsache, dass er sie entführt hatte, nicht in ihren Plänen auf. Lea überlegte krampfhaft, was sie den Reportern alles erzählt hatte. Womit hatte sie ihn derart verletzt, dass er sie umbringen wollte?

Der Entführer trat vor Sarah und riss ihre Bluse auf.

Lea wusste, dass ihr nur noch wenig Zeit blieb. „Dein Vater hat dich offenbar zu diesem Schwein gemacht, welches du heute bist. Er war sicher genauso verdorben wie du! Hat er dich nur geschlagen oder auch missbraucht? Hat er dich zu sich ins Bett geholt, wenn deine Mama nicht da war? Hat er unanständige Spielchen mit dir getrieben?" Lea redete sich in Rage. Sie wollte ihn einfach nur von Sarah ablenken. „Hat es dir nicht gefallen, was er mit dir gemacht hat? Oder hat es dir so gut gefallen, dass du jetzt unschuldige Frauen umbringst, um die Gefühle erneut hervorzurufen? Sag schon! WO IST DEIN VERDAMMTES PROBLEM?" Lea schrie ihm die

Worte gnadenlos entgegen. Sarah riss erschrocken die Augen auf. Drehte Lea gerade durch oder gehörte das zu ihrer Taktik?

Langsam drehte Vendetta sich um. Er legte seinen Kopf schief und hielt das Messer vor sein Gesicht. „Vielleicht sollte ich doch zuerst dich erledigen? Du redest zu viel!"

„Du bestrafst die falschen Personen! Warum bringst du nicht deinen perversen Vater um? Würde dir das nicht viel mehr Genugtuung geben?"

Plötzlich war es totenstill im Raum. Keiner bewegte sich mehr, keiner atmete mehr. Lea hörte ihr eigenes Blut in den Ohren rauschen.

Als Vendetta sich zu ihr hinunter beugte, spürte sie die spitze Klinge an ihrem Bauch. *Jetzt wird er jeden Moment zustoßen! Ich habe es zu weit getrieben! Ich habe Sarahs und mein Leben auf dem Gewissen!*

Sie hörte seine Stimme. Dunkel, leise und voller Schmerz. „Es war nicht mein Vater, der mir das angetan hat. Es war meine Mutter!"

Kapitel 21

Vor vielen Jahren

Benno lag in seinem Kinderbett, neben ihm seine Mutter, die ihm seine Lieblingsgeschichte vorlas. Er vergötterte seine Mutter. Sie schenkte ihm all ihre Aufmerksamkeit, vor allem wenn sein Vater auf Montage und die ganze Woche nicht zu Hause war. Sie unternahm viel mit ihm, kochte ihm stets seine Lieblingsspeisen und las ihm jeden Abend vor dem Schlafengehen eine Geschichte vor. Zweimal in der Woche badeten sie gemeinsam, was für Benno stets ein besonderer Spaß war, weil er nach Herzenslust auf seiner Mutter rumhüpfen durfte. Irgendwann entdeckte er, dass er hervorragend von ihrem rundlichen Bauch, welcher von dem Badeschaum ganz glitschig war, ins Wasser rutschen konnte. Er lachte und jauchzte und seine Mutter genoss das Spiel ebenso wie er. Doch plötzlich, als er fünf Jahre alt war, änderte sich etwas.

Nachdem seine Mutter ihm die abendliche Geschichte vorgelesen hatte, verließ sie das Zimmer. Wenige Minuten später öffnete sich erneut seine Türe. Als er die eintretende Person erblickte, erschrak er dermaßen, dass er unwillkürlich aufschrie.

Ihn grinste ein weißes Gesicht mit schwarzem Schnauzer an.

Schnell zog seine Mutter die Maske vom Kopf und lächelte ihren Sohn an.

„Das ist doch nur eine Maske! Du musst keine Angst davor haben. Darunter bin immer noch ich, deine Mama!"

Irgendwann hatte er zwar keine Angst mehr vor der Maske, aber davor, was diese Maske von ihm verlangte.

Ab diesem Zeitpunkt bekam Benno keine Süßigkeiten mehr von seiner Mutter. Nur wenn sie die Maske trug und nachts zu ihm kam, dann durfte er die köstlichen Süßigkeiten von ihrem Bauch lecken. Es dauerte nicht lange, da brachte seine Mutter diese weißen Blüten mit, mit welchen sie ihren Oberkörper bedeckte, während ihr Sohn an den übrigen Körperteilen beschäftigt war. Er hatte nie erfahren, was es mit diesen Blumen auf sich hatte, er wollte auch nie danach fragen. Aber sie waren schnell Bestandteil der Zeremonie, welche er nun regelmäßig ertragen musste.

Bereits am ersten Abend, als seine Mutter mit der Maske in sein Zimmer kam und sich nackt auf sein Bett legte, wies sie ihn zurecht. „Wenn ich diese Maske trage, dann nennst du mich nicht mehr Mama, verstanden? Ich bin dann dein Meister. Du darfst mich nur noch Meister nennen, andernfalls müsste ich dich bestrafen!"

Was für Benno anfangs sehr verwirrend war, wurde bald zur Routine. Er hasste jeden einzelnen Besuch des Meisters und fühlte sich mit den Jahren immer schlechter, als er plötzlich eigene Gefühle bei den Spielen entwickelte.

Benno war 13 Jahre alt, als sein Vater bei einem Verkehrsunfall starb. Er war sein Rettungsboot, sein Anker, sein Licht am Ende des Dunkels. Wenn sein Vater am Wochenende zu Hause war, wusste Benno, dass der Meister nicht erscheinen würde. Er konnte ohne Angst schlafen und ein ganz normaler Junge sein. Doch mit diesem einen Tag änderte sich alles. Seltsamerweise wurde die Beziehung zu seiner Mutter dadurch noch intensiver. Sie hatte nur noch ihren Sohn und sie zeigte ihm ihre Liebe jeden Augenblick. Als Mutter war sie überfürsorglich. Er konnte sich kaum selbständig entwickeln, weil sie ihm alles abnahm. Sie bevormundete ihn nicht nur, sondern sie beherrschte ihn. Wenn Benno es einmal zu viel wurde und er ihre klammernde Art von sich wies, brach sie umgehend in Tränen aus und warf ihm vor, dass sie nur noch ihn hätte, nachdem sein Vater gestorben war. Über die Jahre hinweg entwickelte sich der Meister für Benno als eigenständige Person. Nicht seine Mutter tat ihm diese schrecklichen Dinge an, sondern der Mann mit der weißen Maske. Erst als er älter wurde konnte er sein Bewusstsein nicht mehr betrügen. Es war zwar der Meister, der ihn missbrauchte, aber Benno wusste, dass der Bauch und die intimen Stellen, welche er küssen musste, seiner Mutter gehörten. Er war in einem Zwiespalt gefangen.

Er hasste den Meister!

Aber trotzdem liebte er seine Mutter!

Als schließlich seine blutigen Fantasien zu stark wurden und er bereit war, sie am Meister auszuleben, kam es zum Eklat. Er packte seine Tasche und verließ seinen Heimatort.

Kapitel 22

Vor einer Woche

Lea starrte ihren Entführer entsetzt an. *Seine Mutter?* Nachdem er seine Erzählung beendet hatte, erhob er sich und stand mit erschlafften Armen vor Lea. Offenbar war es ihm ein Bedürfnis, seine Geschichte endlich jemandem erzählen zu können.

„Warum hat Ihr Vater nichts dagegen unternommen?" Sie war schockiert. Von der Unglaublichkeit der Taten einer liebenden Mutter.

„Wie denn? Er war nie da! Wenn er am Wochenende kam, wollte er alles nachholen, was er verpasst hatte. Die wenige Zeit mit ihm war so schön, dass ich sie nicht durch die grausamen Taten des Meisters verderben wollte. Wenn mein Vater da war, war ich ein anderer Mensch."

„Ich verstehe aber immer noch nicht, warum Sie unschuldige Frauen ermorden müssen", warf sie ihm entgegen.

„Sie sind nicht unschuldig!"

„Doch! Sie haben weder Ihnen noch ihren Kindern etwas angetan. Das nennt man unschuldig! Warum diese Frauen? Warum Silke Ulmen und Paula Sägebrecht? Warum Sarah König?"

„Das würden Sie nicht verstehen!"

Lea bemerkte, dass er sie mittlerweile siezte, was sie für ein gutes Zeichen hielt, da er offenbar nicht mehr in seinem gestörten Verhalten gefangen war.

„Dann erklären Sie es mir!"

„Wozu? Ich werde euch beide töten!"

„Dann gewähren Sie mir diesen letzten Wunsch! Ich möchte wissen, warum Sie sich gerade diese Opfer ausgesucht haben!" Lea meinte jedes Wort ernst.

„Genau das ist das Problem! Ich habe mir diese Opfer nicht ausgesucht, sondern durch ihr Verhalten wurden sie zu meinen Opfern!" Seine Stimmlage wurde wieder etwas verwirrter. Er wartete auf Leas Reaktion. Nachdem diese ausblieb, fuhr er fort. „Silke Ulmen war mit ihrem kleinen Sohn in einem Bekleidungsgeschäft und hat ihn gezwungen, bei ihr zu bleiben, obwohl er lieber in den Spielzeugladen nebenan laufen wollte."

„Und das allein reichte Ihnen als Grund, um die Frau umzubringen?" Fassungslos schüttelte Lea den Kopf.

„Sie hat den Jungen zwischen ihre Schenkel gepresst. Er hat sich gewehrt, aber sie hat einfach noch fester zugedrückt! Wahrscheinlich hatte sie Spaß dabei und irgendwann würde sie merken, dass sie mit ihrem Sohn noch ganz andere Sachen machen konnte und dann …"

„Nein! Das ist Blödsinn!", schrie Lea. Sie wollte nicht wahrhaben, dass er eigentlich überhaupt keinen Grund hatte, die Frau zu töten.

Benno schaute sie durch die hohlen Augen der Maske an, bevor er fortfuhr. „Paula Sägebrecht hat ihren Sohn beschimpft und von ihm verlangt, das Brot zu essen, welches zuvor am schmutzigen Boden lag. Sie hat mich stark an meine dominante Mutter erinnert."

Lea war sprachlos. Reichte tatsächlich das schon aus, um einem Massenmörder zum Opfer zu fallen?

Plötzlich meldete sich Sarah zu Wort. „Was habe ich getan? Warum wählten Sie mich aus?"

Benno drehte sich blitzschnell zu Sarah um. „Du hast deiner Tochter im Bus aus einem kleinen Buch vorgelesen."

„Richtig und weiter? Ich habe sie weder bevormundet, noch geschlagen! Was war mein Fehler?"

„Du hast nichts falsch gemacht, lass dir das nicht einreden!", mischte sich Lea ein.

„Meine Mutter hat mir abends immer vorgelesen – aber danach kam der Meister!"

„Ich verstehe immer noch nicht, warum Sie diese Frauen umbringen mussten! Sie wissen doch, dass Ihre Mutter die Böse in diesem Spiel war! Keines Ihrer Opfer wollte ihrem Kind Schaden zufügen!"

Vendetta ging nicht mehr auf Leas Einwand ein. Er wandte sich an Sarah und schnitt ihr die Fußfesseln durch. „Steh auf!"

Lea versuchte Blickkontakt zu Sarah herzustellen, da dies ihre gemeinsame Chance war. Wenn Sarah sich wehrte, käme Lea möglicherweise an das Messer heran und könnte sich befreien.

Der Mann packte Sarah am Oberarm, zog sie grob vom Stuhl und warf sie auf den Boden. Sie wand sich unter ihm, während er sich auf ihre Oberschenkel setzte und ihr somit jegliche Möglichkeit nahm, sich zu befreien.

Mist! Ich muss ihr irgendwie helfen! Leas Gedanken arbeiteten auf Hochtouren. Sie wippte auf ihrem Stuhl, um diesen zu Fall zu bringen, als sie im nächsten Moment einen dumpfen Schrei hörte.

Nein!!! Lea war wie gelähmt. Die Klinge des Messers bohrte sich in Sarahs Unterleib. Mit einem kräftigen Zug schnitt der Mann den Bauch der Länge nach bis unter die

Rippen auf. Obwohl Lea die Leichen der beiden ersten Opfer gesehen hatte, kam diese Aktion völlig überraschend für sie. Das Blut, der Geruch ... das alles war so irreal. Lea hätte jetzt gerne Vendettas Gesichtsausdruck gesehen. Empfand er Ekel? Schmerz? Freude? Ekstase? Seinem schweren Atmen konnte sie keine eindeutige Emotion zuordnen.

Benno legte das Messer zur Seite, öffnete die kleine Dose und entnahm ihr einige weiße Blüten. Andächtig verteilte er sie einzeln auf dem nackten Oberkörper seines Opfers. Anschließend griff er mit seinen Fingern vorsichtig in die Wunde, zog sie langsam auseinander und vergrub seine Hände komplett im Bauch der bewusstlosen Frau. Dabei ging sein Atem stoßweise, kam einer Ekstase immer näher. Lea sah dem Schauspiel fassungslos zu. Sie ahnte, was als Nächstes geschehen würde. Sie hatte die Bilder der beiden ersten Opfer präsent vor ihren Augen.

Mit einem schmatzenden Geräusch zog Benno die Gedärme aus Sarahs Bauchraum und legte sie neben ihrem Körper ab. Lea musste ihren Würgreiz unterdrücken.

Schließlich ließ er seine Hände erneut in die blutige Höhle gleiten und zog weitere Innereien heraus. Unter der Maske drangen leise Stöhngeräusche hervor. Lea drehte ihren Kopf angeekelt zur Seite. Sie wollte und konnte Sarah nicht beim Sterben zusehen. Außerdem wusste sie, dass ihr das gleiche Szenario bevorstand. Er würde auch sie wie ein Tier ausweiden und sie anschließend verbluten lassen. Aber bevor er sie aufschlitzte, würde sie ihn noch fragen, warum er sie ausgewählt hatte. War es wegen dem Interview? Weil sie seinen Vater des sexuellen

Missbrauchs beschuldigt hatte? Wenn solch ein unbedeutender Grund bereits für so eine Tat ausreichte, dann war keine Frau mehr vor ihm sicher.

Plötzlich kam Lea ein Gedanke. Sie musste Nick irgendeinen Hinweis geben. Wenn sie sich selbst und Sarah nicht retten konnte, dann würde sie wenigstens versuchen, weitere Frauen vor diesem Schicksal zu bewahren. Wie konnte sie Nick über den Täter informieren?

Bevor sie den entscheidenden Einfall hatte, geschah jedoch das Unvorstellbare!

Völlig unerwartet sprang Benno hektisch auf und starrte auf die blutigen Innereien. „Das darf nicht sein! Das wollte ich nicht! Das darf nicht sein! Das wollte ich nicht!" Er schlug sich mehrfach mit der flachen Hand auf seinen Kopf und stapfte verwirrt durch den Raum, während er stoisch diese beiden Sätze wiederholte.

Was war passiert? Lea beobachtete ihn, aber er nahm ihre Anwesenheit nicht mehr wahr. Im nächsten Moment stürmte er aus der Tür und entfernte sich hörbar von dem Kellerraum. Das war Leas Chance! Sie entdeckte das Messer, welches nur wenige Zentimeter von ihr entfernt am Boden lag. Da ihre Hände am Rücken gefesselt waren, musste sie sich mitsamt dem Stuhl umwerfen, um an die Waffe zu gelangen. Ohne lange zu überlegen begann sie zu wippen. Nach dem dritten Anlauf kippte ihr Stuhl zur Seite und landete krachend auf dem Boden. Leas Schulter schmerzte, während ihr Kopf unsanft auf dem harten Betonboden aufschlug. Trotz der stechenden Schmerzen schaffte sie es, zur Seite zu robben und das Messer zu greifen. Hektisch schnitt sie ihre Handfesseln durch und befreite anschließend ihre Füße von den Kabelbindern. Bevor sie den Raum verließ, blickte sie auf Sarah. Sie war tot. Der Blutverlust war zu groß. *Warum ist er weggelaufen? Was hat ihn so erschrocken?* Lea betrachtete die Gedärme und versuchte irgendetwas Auffälliges zu erkennen.

Als sie es plötzlich sah, wurde sie kreidebleich. *Oh mein Gott!* Lea wandte sich zur Seite und erbrach sich auf dem kahlen Boden.

Zwischen den dunkelroten Innereien lag ein kleiner Mensch! Ein Embryo von etwa fünf Zentimetern Länge!

Kapitel 23

Vor zwei Jahren

Es war gerade zwei Monate her, dass Lea und Nick ihr Liebeswochenende im Wellnesshotel verbrachten, als sich die Ereignisse überschlugen.

Lea bemerkte seit einigen Wochen ein unangenehmes Ziehen im Unterleib, welches sie durch ihren Frauenarzt abklären lassen wollte. Als dieser noch während der Untersuchung zu lächeln begann, ahnte sie bereits, was er ihr sagen würde.

„Herzlichen Glückwunsch! Sie sind schwanger!"

„Schwanger?" An Leas Stimme war unzweifelhaft zu erkennen, dass sie sich nicht über das Ergebnis freute. „Wie konnte das passieren?"

„Ich glaube nicht, dass ich Ihnen das erklären muss."

„Nein! Natürlich nicht! Aber ich nehme doch die Pille! Wie …?" Plötzlich fiel es ihr wieder ein. Das Wochenende im Hotel! Sie hatte tatsächlich vergessen, ihre Pille einzupacken. Aber es waren doch nur zwei Nächte! Sie hatte zuvor schon öfters mal eine Nacht mit der Einnahme ausgesetzt, wenn sie und Nick spontan woanders übernachtet hatten. Aber nie war etwas passiert!

„Kann es sein, dass Sie vor etwa zwei Monaten Durchfall hatten oder sich erbrechen mussten? Dann ist es durchaus möglich, dass die Pille nicht wirkt", klärte sie der Arzt auf.

„Ich habe sie zweimal vergessen, aber …"

„Das kann schon reichen! Wenn in diesem Moment, durch das fehlende Einwirken des Hormons, eines der Follikel springt, ist es passiert!"

„Wie weit bin ich schon?" Obwohl sie sich bereits selbst die Antwort darauf gegeben hatte, wollte sie Gewissheit vom Arzt.

„Mal sehen." Der Arzt griff erneut zum Ultraschallstab und führte ihn in Lea ein. Er drückte mehrere Knöpfe an seinem Bildschirm und maß einen dunklen Schatten ab.

„Der Embryo ist etwa fünf Zentimeter groß. Sie sind bereits in der 11. Schwangerschaftswoche!"

Stumm nickte Lea, während sie auf den Bildschirm starrte. Der Arzt zog eine Broschüre aus seiner Schublade und reichte sie Lea.

„Ich hoffe nicht, dass es soweit kommt, aber sollten Sie einen Abbruch wünschen, müssten Sie sich bis nächste Woche dazu entscheiden. Danach dürfen wir einen solchen Eingriff nicht mehr vornehmen."

Als Lea wieder in ihrem Auto saß, blätterte sie in dem bildreichen Prospekt und entdeckte für jede Entwicklungsstufe ein Foto des Embryos. In der 11. Schwangerschaftswoche war das Kind bereits vollständig entwickelt. Es hatte alles, was ein Mensch brauchte, nur eben im Miniformat. Sie erinnerte sich an ihre Beziehung mit Samuel. Er wollte unbedingt ein Kind, sie zog ihre Karriere vor. Wie war es heute? Wollte sie mit Nick ein gemeinsames Kind und auf ihren Traumberuf als Kommissarin verzichten? Sie wusste es nicht. Sie war bereits seit zwei Jahren in München und es hat sich noch keine Stelle im Außendienst für Lea ergeben. Sie saß noch immer hinter dem Schreibtisch und unterstützte die ermittelnden Kommissare. Und momentan sah es auch nicht danach aus, als würde in naher Zukunft eine Stelle frei werden. Nick hatte seinen Kollegen Hannes, mit dem er seit acht Jahren zusammenarbeitete und beide waren erst Ende Dreißig. Auf deren Pensionierung konnte sie also nicht hoffen. Neben den beiden gab es nur noch ein weiteres Paar Kommissare, die im Außendienst arbeiteten. Beide waren ebenfalls erst Mitte Vierzig und hatten noch einige Jahre bis zu ihrer Rente.

Warum also sollte sie es nicht einfach wagen? Sie liebte Nick und er liebte sie. Und sie wusste aus früheren Gesprächen, dass Nick irgendwann Kinder wollte. Möglicherweise war sie eine tolle Mutter und konnte, wenn das Kind nach einigen Jahren in den Kindergarten ging, auch wieder arbeiten.

Sie beschloss, am Abend mit Nick darüber zu reden. Aber sie konnte sich bereits denken, wie er reagieren würde. Er würde sich wahnsinnig freuen!

Doch dann kam alles anders.

Nick und Hannes arbeiteten seit einigen Wochen an einem Fall, in welchem eine junge Frau mehrere Männer zuerst finanziell ausgenommen und anschließend umgebracht hatte. Dabei ließ sie es jedes Mal wie einen Selbstmord aussehen. Jedoch schon beim ersten Opfer wiesen eindeutige Hinweise darauf hin, dass es sich um keinen Selbstmord handeln konnte.

„Wir müssen ihr eine Falle stellen", sagte Hannes, während er Nick in seinem Büro gegenübersaß. „Anders kommen wir nicht an sie heran."

„Wie willst du das anstellen? Willst du dich etwas als Lockvogel zur Verfügung stellen?" Nick lachte über seinen unrealistischen Vorschlag.

„Gute Idee! Warum bin ich nicht selbst darauf gekommen!"

„Das ist jetzt nicht dein Ernst? Hannes, das war ein Witz! Die Frau ist gefährlich! Die bringt Männer um!" Nick konnte nicht glauben, dass Hannes auch nur für eine Sekunde daran dachte, diesen verrückten Vorschlag umzusetzen.

„Ich glaube, das könnte klappen!" Nachdenklich lehnte Hannes sich in seinem Stuhl zurück und starrte an die Decke.

Oh nein! Nick wusste, wenn Hannes diesen Blick aufsetzte, war er vollständig im Tunnel. Meistens hatte er danach unglaubliche Ideen, welche mehrfach schon zur Ergreifung eines Täters geführt hatten.

„Hannes! Wir wissen nichts von ihr! Wir wissen nur, dass sie ihre Opfer in einer Bar aufgabelt, sie durch einen Drink betäubt, deren Bankkonto abräumt und sie anschließend tötet."

„Und das nicht einmal sehr geschickt!", ergänzte Hannes lapidar.

„Spielt das eine Rolle? Du wirst auf keinen Fall als Lockvogel agieren! Eher stelle ich mich zur Verfügung!"

„Klar! Lea wird auch äußerst begeistert davon sein, dass du mit einer fremden Frau flirtest und ins Bett steigst. Natürlich nur aus Berufsgründen!"

„Soweit muss es ja nicht kommen!", entgegnete Nick.

„Doch! Muss es! Weil wir sonst nichts gegen sie in der Hand haben!"

„Ich kann das trotzdem übernehmen!"

„Nein, kannst du nicht!", widersprach Hannes.

„Und warum glaubst du, dass ich das nicht schaffe?"

„Weil du noch ganz frisch mit deiner Lea zusammen und bis über beide Ohren in sie verliebt bist. Ich dagegen bin Single!"

Hannes starrte erneut an die weiße Decke des Büros und tauchte in seine Gedankenwelt ein. Nick griff sich währenddessen die Akte der *Promillekillerin*, wie sie auf der Dienststelle genannt wurde, und las erneut die Berichte durch.

Das erste Opfer war ein Geschäftsmann, 50 Jahre alt, welcher sein Feierabendbier in einer der Szenebars in München genießen wollte. Durch Zeugenaussagen konnte rekonstruiert werden, dass eine junge Dame, blonde Haare, schlanke Figur, Mitte zwanzig, sich zu ihm setzte und ihn in ein Gespräch verwickelte. Wenige Minuten später verließen sie gemeinsam die Bar. Offensichtlich begaben sie sich in die Wohnung des Opfers, wo sie Sex hatten, was zwei benutzte Kondome bewiesen. Anschließend musste die Täterin den Mann mit K.O.-Tropfen betäubt haben, da sich Spuren dieses Mittels in einem der benutzten Gläser fand. Und schließlich schlitzte sie ihm die Pulsadern mit einem Küchenmesser auf, wobei sie nicht darauf achtete, ob er Rechts- oder Linkshänder war. Dummerweise erwischte sie den falschen Arm. Als sie schließlich die Wohnung ihres Opfers verließ, räumte sie sein Konto am Geldautomaten ab. Sie war so klug, die erste Zahlung in Form des Höchstbetrages kurz vor Mitternacht abzuheben und sich in einer anderen Filiale gegen 1.00 Uhr nachts die zweite maximale Summe auszahlen zu lassen. Als die Putzfrau ihren Auftraggeber am nächsten Tag tot in seiner Wohnung vorfand, war schnell klar, dass es sich um Mord handelte. Auch, weil an der Pinnwand in der Küche ein Flugticket hing, welches auf zwei Tage nach dem Mord ausgestellt war. Der Geschäftsmann wollte seine Kinder in Amerika besuchen, die nach der Scheidung mit ihrer Mutter dorthin gezogen waren.

Bei dem zweiten Opfer war nicht von vorneherein klar, dass es sich um dieselbe Täterin handelte. Die Bar lag in einem anderen Stadtteil und der Barkeeper sagte aus, dass es sich um eine schwarzhaarige und etwas füllige Frau handelte. Bei der Vorgehensweise in der Wohnung des Opfers fanden die Beamten allerdings wieder Gemeinsamkeiten mit dem ersten Fall. Ausgiebiger Sex mit mehreren Kondomen, das Glas mit dem Betäubungsmittel und das abgeräumte Konto des Opfers. Bei der Todesursache handelte es sich dieses Mal um ertrinken. Das hätte durchaus als Selbstmord durchgehen können, wäre da nicht ein entscheidendes Detail gewesen. In der Badewanne, in welcher man den nackten Mann vorfand, befand sich so wenig Wasser, dass das Opfer, selbst wenn es bewusstlos war, nicht unwillkürlich ertrunken wäre. Offensichtlich war die Täterin in Eile, um die erste Geldabhebung noch vor Mitternacht durchführen zu können und vergaß dabei zu überprüfen, ob der

Wasserstand in der Badewanne ein Ertrinken möglich machte.

Bei dem dritten Opfer wählte die Täterin erneut die erste Bar aus. Dieses Mal war sie ebenfalls schwarzhaarig und füllig. Ihr Opfer, ein reicher Arzt, wohnte in einem Haus am Rande der Stadt. Dass er auf die Betäubungstropfen reinfiel, erstaunte Nick und Hannes anfangs. Jedoch wurde ihnen von Kollegen bestätigt, dass die K.O.-Tropfen nur schwer durch ihren Geschmack zu erkennen waren, vor allem nicht im Zusammenhang mit Bier oder anderen bitteren Getränken. Nachdem der Arzt sein Bewusstsein verloren hatte, erstickte die Promillekillerin ihn mit einem Kissen und drehte anschließend den Gashahn auf, um so einen Selbstmord vorzutäuschen. Leider übersah sie, dass in mehreren angrenzenden Räumen die Fenster geöffnet waren und somit das tödliche Gas durch einen leichten Luftstrom aus dem Haus gezogen wurde. Der Arzt konnte also keinesfalls durch Gasvergiftung gestorben sein.

„Sie macht viele Fehler!", murmelte Nick vor sich hin.

„Eben! Und wenn wir ihr einen Schritt voraus sind, dann können wir sie schnappen, bevor sie ihr nächstes unschuldiges Opfer tötet!" Hannes beugte sich auf seinen Tisch und betrachtete erwartungsvoll seinen Partner.

„Aber wir wissen nicht, wo und wann sie das nächste Mal zuschlägt!" Nick fand die Idee seines Partners nach wie vor zu riskant.

„Nicht wann, aber wo! Sie wird wieder in die Bar ihres zweiten Opfers kommen. Und zwar als blonde, schlanke Frau."

„Da spricht wohl eher dein Wunsch, als dein Verstand!" Nick konnte sich ein Lächeln nicht verkneifen.

„Ich meine es ernst, Nick! Ich bin kein Anfänger! Ich werde jede Sekunde auf der Hut sein. Und ich bin auch keine Zwanzig mehr, dass mein Hirn in die Hose rutscht, wenn ich eine scharfe Frau sehe! Ich kann mich sehr gut auf das Wesentliche konzentrieren. Lass mich diesen Job ausführen und dieses Miststück endlich hinter Gitter bringen!"

„Du brauchst meine Erlaubnis dafür nicht!"

„Ich weiß! Aber ich brauche deine Unterstützung! Du musst mich observieren, denn man weiß schließlich nie was schief gehen kann!"

„Und wenn sie nicht auftaucht? Wie lange willst du das durchziehen?", gab Nick zu bedenken.

„Sie hat bisher immer unter der Woche zugeschlagen. Wenn wenig Publikum in der Bar war."

„Lea wird sehr erfreut sein, wenn ich jeden Abend in meinem Auto vor der Bar sitze, um dich zu beschatten!"

„Dann sag doch einfach, wir müssen länger arbeiten! Ich bin fest überzeugt, dass die Täterin nicht mehr lange wartet, bis sie wieder zuschlägt. Ich spüre das!" Hannes hatte bereits des Öfteren bewiesen, dass sein kriminalistisches Gespür gut funktionierte.

„Aber wir sollten vorher Vogl fragen, ob er mit diesem Einsatz einverstanden ist", erklärte Nick verantwortungsbewusst.

„Ich glaube nicht, dass unser Chef meine Idee gutheißen wird. Mir wäre es lieber, wir würden es außerdienstlich erledigen."

„Außerdienstlich?"

„Naja, ich gehe schließlich am Abend, nach Dienstschluss, in die Bar. Warum sollen wir unseren Chef da mit reinziehen?"

„Und du bist dir sicher, dass du das machen willst?", hakte Nick unsicher nach.

„Absolut sicher! Wir beide haben schon ganz andere Täter geschnappt, da sollte diese junge Frau das kleinste Problem sein!"

„Dein Wort in Gottes Ohren!"

Am nächsten Abend ging es los.

Während Hannes die kleine Bar betrat, saß Nick einige Meter entfernt in seinem Auto und beobachtete den Eingang. Die nächsten zwei Stunden betraten mehrere Frauen und Männer das Lokal, wobei nur wenige es wieder verließen. Als plötzlich eine blonde Frau aus einem Taxi ausstieg und alleine die Bar betrat, war Nick alarmiert. Das musste sie sein!

Hannes saß auf seinem Barhocker und nippte an seinem Bier. Er ließ es langsam angehen, schließlich wollte er sich nicht betrinken. Er nahm diesen Einsatz sehr ernst, auch wenn Nick ihn diesbezüglich gerne aufzog. Hannes hatte kein Problem, eine Frau für eine Nacht zu finden, wenn er dies wollte. Er war also keineswegs auf eine Serienmörderin angewiesen, die nur mit ihm ins Bett stieg, um ihn anschließend kaltblütig zu ermorden. Als er zur

Tür sah, bemerkte er die blonde Frau, die sich suchend umblickte und im nächsten Moment auf ihn zusteuerte.

„Hallo! Darf ich mich zu Ihnen setzen?", fragte sie mit ihrer freundlichen Stimme.

„Gerne! Sind Sie auch alleine hier?"

„Nein! Ich erwarte noch eine Freundin, aber bis sie kommt, finde ich es angenehmer, nicht alleine hier rumzusitzen", erklärte sie aufrichtig.

Hannes überlegte für einen Moment, ob es nicht besser wäre, wenn er alleine warten würde, denn falls die Promillekillerin noch auftauchen sollte, würde sie ihn nicht ansprechen, wenn er sich bereits mit einer anderen Frau unterhielt.

„Ist es Ihnen unangenehm, wenn ich hier sitze? Sie sagten doch, sie sind alleine hier", fragte die Frau irritiert.

„Nein, nein! Alles gut! Ich bin Hannes und ich freue mich, dass Sie die Zeit mit mir überbrücken wollen."

„Ich heiße Rosi!"

Lächelnd reichten sie sich die Hände. „Rosi? Da fällt mir glatt ein Lied dazu ein." Lächelnd betrachtete Hannes die hübsche Frau neben sich.

„Um Gottes Willen!" Im nächsten Moment lehnte sie sich vor und flüsterte ihm ins Ohr. „Ich bin keine Prostituierte, falls du das meinst." Lachend nahm sie wieder Abstand.

„Sorry! Das wollte ich damit nicht sagen. Ich …"

„Rosi kommt von Rosamunde." Sie wartete seine Reaktion ab, die jedoch ausblieb. „Jetzt darfst du lachen! Über den Namen lachen alle!"

„Ich nicht! Ich freue mich, dass nicht Ersteres zutrifft!", antwortete Hannes ehrlich.

Sie unterhielten sich über eine Stunde lang, dann piepste Rosis Handy. Sie sah auf das Display und öffnete die Nachricht.

„Mist! Meine Freundin hat abgesagt. Sie macht heute was mit ihrem Freund", erklärte sie enttäuscht.

„Kommt das häufiger vor, dass Ihre Freundin sie wegen ihres Lovers versetzt?" Hannes würde nicht im Traum einfallen, seinen besten Kumpel wegen seiner Freundin zu versetzen.

„Nein! Sie ist eine ganz liebe, aber sie hatte Stress mit ihm und sie wollte sich eigentlich bei mir über ihn ausheulen. Jetzt haben sie sich offenbar wieder versöhnt, da will ich dem jungen Glück nicht im Wege stehen."

Unter diesen Umständen verstand Hannes die Reaktion der Freundin. Versöhnung ging immer vor!

Nick saß in seinem Wagen und wunderte sich, dass es so lange dauerte, bis Hannes mit der blonden Frau herauskam. Die letzten Opfer hielten sich höchstens 30 bis 50 Minuten in der Bar auf, bevor sie gemeinsam mit der Täterin das Lokal verließen. Hannes war bereits seit über zwei Stunden da drin. Vielleicht war es doch nicht ihre gesuchte Täterin, die zuvor das Lokal betrat. Es war fast Mitternacht, weshalb Nick sich sicher war, dass sie nicht mehr auftauchen würde. Serientäter änderten ihre Muster in der Regel nicht. Er würde Hannes Bescheid sagen, dass sie für heute abbrechen konnten. Er stieg aus, ging über die Straße und öffnete die Tür des Lokals.

Bereits von weitem erkannte er Hannes, der sich angeregt mit der blonden Frau am Tresen unterhielt. Sein Kollege bemerkte nicht einmal sein Eintreten.

Nick trat an Hannes heran und klopfte ihm auf die Schulter. „Mensch, alter Kumpel! Was machst du denn hier? Wir haben uns ja schon ewig nicht mehr gesehen!" Jetzt hätte sich Hannes, wenn er es wollte, charmant von der jungen Frau verabschieden können, ohne dass es peinlich wäre. Aber offensichtlich wollte er dies nicht.

„Hey Nick! Das ist Rosi. Rosi, das ist Nick, mein … äh ein guter Freund!", stellte Hannes die beiden vor.

„Kommst du noch mit zum Billard?", fragte Nick.

„Ein anderes Mal! Rosi wurde von ihrer Freundin versetzt und ich bringe es nicht übers Herz, sie hier alleine sitzen zu lassen."

Rosi merkte, dass Nick die Gesellschaft seines Freundes einforderte. „Ich muss jetzt sowieso gehen. Ich wollte gar nicht so lange bleiben." Sie stand auf und reichte Hannes die Hand.

„Darf ich dich nach Hause begleiten, oder bist du mit dem Auto da?", wollte Hannes neugierig wissen. Er war sich mittlerweile sicher, dass Rosi nicht die gesuchte Täterin war, sondern er einfach nur Glück und eine nette Frau kennengelernt hatte.

Nick dagegen war auf Rosis Antwort gespannt. Er hatte gesehen, wie sie mit dem Taxi ankam. Würde sie lügen, um Hannes loszuwerden?

„Ja, ich …", stotterte sie.

Sie lügt!, dachte Nick.

„Dann bringe ich dich zu deinem Wagen, wenn es dir recht ist!", bot Hannes freundlich an.

„Nein!" Rosi schüttelte schnell den Kopf. „Ich meine, ich habe kein Auto, aber du darfst mich gerne nach Hause bringen, wenn du willst!" Sie fing Nicks Blick ein und ergänzte schnell. „Aber wenn du lieber mit deinem Freund etwas …"

„Nein! Ich fahre dich natürlich!" Hannes war freudig erregt.

„Ich gehe nur noch schnell auf die Toilette, bin gleich wieder da!", sagte Rosi schnell und verschwand in dem hinteren Teil der Bar.

„Glaubst du, das ist eine gute Idee?", fragte Nick unsicher.

„Warum? Sie ist nicht unsere Täterin! Du weißt genau, dass die ganz anders vorgegangen wäre. Es ist fast Mitternacht, sie würde die erste Geldabhebung nicht mehr schaffen!" Damit sprach Hannes genau Nicks Gedanken aus. Jedoch war sich dieser plötzlich nicht mehr so sicher, dass er seiner Theorie vertrauen konnte.

„Ich weiß, aber vom Aussehen her passt sie genau in das Täterprofil."

„Das ist aber auch die einzige Übereinstimmung! Außerdem fahren wir nicht zu mir, sondern ich bringe sie nach Hause! Du kannst uns ja gerne verfolgen, wenn du willst. Aber wundere dich nicht, wenn ich die Nacht dort bleibe!" Mit einem verschwörerischen Augenzwinkern versuchte er seinen Kollegen zu beruhigen.

„Ich lasse dich nur unter einer Bedingung mit ihr gehen. Du bist vorsichtig und du trinkst bei ihr nichts!"

„Nick! Nur weil ich ein Mädchen nett finde, vergesse ich nicht, dass eine Serientäterin dort draußen rumläuft. Sie ist es nicht, aber ich bin vorsichtig, das weißt du! Ich werde nichts trinken und ich werde heute auch nicht mit ihr schlafen! Denn wenn sie die Täterin ist, dann wird sie mich kein zweites Mal treffen wollen."

„Bist du dir sicher?"

„Nick! So nötig habe ich es auch wieder nicht!"

„Das meinte ich nicht."

„Ich weiß! Verfolge uns bitte unauffällig!", flüsterte Hannes, weil in diesem Moment Rosi zurückkam.

Kapitel 24

Vor einer Woche

Wie gelähmt starrte Lea auf den toten Embryo. Ein Stückchen Fleisch, welches ein süßes rundliches Baby werden sollte. Die Erinnerungen kamen in ihr hoch und drohten sie zu überschwemmen. Schnell schüttelte sie die schmerzenden Gedanken ab und wandte sich von Sarah ab. *Wo war er? Stand er vor der Tür und wartete darauf, dass sie ihm in die Arme lief?* Plötzlich hörte sie seine leise Stimme. „Das wollte ich nicht! So war das nicht geplant! Nicht das Baby, nicht das Baby!"

Vorsichtig näherte sich Lea der Tür, steckte ihren Kopf durch den Spalt und blickte sich auf dem kahlen Flur um. Keine Spur von dem Entführer! Er musste sich in einem angrenzenden Kellerbereich aufhalten. Aber in welche Richtung sollte sie laufen? Nach rechts oder links? Sie hatte keine Ahnung, wo der Ausgang war, oder ob sie mit den nächsten Schritten dem Täter direkt in die Arme lief. *Los, entscheide dich schon!* Sie entschied sich für die linke Seite. Leise schlich sie den Gang entlang, dann bog sie nach links ab und … lief direkt in die Arme des Maskenmannes. Wie hypnotisiert standen sie sich gegenüber. Keiner sprach ein Wort oder bewegte sich. Lea sah hinter dem Täter eine Treppe, welche nach oben führte. Das war ihre einzige Chance. Doch bevor sie ihn zur Seite schupsen konnte, griff er nach ihrem Arm und hielt ihr das Messer an die Kehle.

„Ich bin noch nicht fertig mit dir! Du wirst dafür büßen, was du über meinen Vater gesagt hast! Er, der einzig gute Mensch in meinem Leben, hat es nicht verdient, von dir in den Dreck gezogen zu werden!"

Lea musste nicht lange überlegen, um die seit Jahren eingeübten Verteidigungsgriffe anwenden zu können. Blitzschnell packte sie sein Handgelenk und drehte es zur Seite. Im selben Moment rammte sie ihm ihr Knie zwischen seine Beine und stellte mit Genugtuung fest, dass er mit einem schmerzhaften Aufschrei zu Boden ging. Sie sprintete die Treppe hinauf, fand den Ausgang und stand schließlich auf einem verlassenen Grundstück. Sie erkannte das Gebäude, das einst zu einer Kaserne gehörte, welche seit Jahren stillgelegt wurde. So schnell sie konnte, rannte sie zur Straße und bestieg ein Taxi.

Nick saß an seinem Schreibtisch und starrte aus dem Fenster. Der Fall machte ihm zu schaffen. Selten hatten sie so wenige Anhaltspunkte, wie dieses Mal. Die einzige Gemeinsamkeit, welche die beiden Morde aufwiesen, war das Einkaufszentrum. Aber dort hatte der Täter seine Opfer offensichtlich wahllos ausgesucht. Es gab keinen gemeinsamen Nenner bei den beiden Frauen. Außer, dass sie beide Mütter waren.

Er vermisste Lea. Seit sie privat nicht mehr zusammen waren, freute er sich jeden Tag auf Dienstbeginn. Hier hatte er sie wenigstens um sich, konnte mit ihr lachen und scherzen. Außerdem waren sie wirklich ein gutes Team. Er schob die betrübenden Gedanken beiseite und beschäftigte sich wieder mit dem aktuellen Fall.

Als plötzlich seine Zimmertüre aufgerissen wurde, zuckte er kurz zusammen. Er blickte auf und sah Lea, die völlig aufgelöst vor ihm stand.

„Nick!", flüsterte sie und fiel ihm im nächsten Moment in die Arme.

„Was ist los? Was ist passiert?" Er verstand nicht, warum sie so aufgelöst war. Erst bei genauerem Betrachten erkannte er, dass sie eine dicke Beule am Kopf hatte und ihre Kleidung leicht verschmutzt war. Er führte Lea zu einem der Stühle und wartete neugierig auf ihre Erklärung.

„Er hat es wieder getan! Es war so furchtbar! Sarah war schwanger! Und das ganze ..."

„Moment! Wer hat es wieder getan? Der Narzissenkünstler?" Nick ahnte mittlerweile das Schlimmste.

„Ja! Er hat mich gestern Nacht entführt!" Lea konnte ihre Tränen nicht mehr zurückhalten. Die ganze Angst, die Wut und die Trauer um Sarah flossen ungefiltert heraus.

„Er hat dich entführt? Warum?"

„Warum? Ist das deine einzige Sorge?" Lea blickte ihn fassungslos an. Sie war nur knapp einem grausamen Tod entgangen und Nick interessierte lediglich der Grund, warum der Täter sie entführt hatte?

„Tut mir leid! Bist du in Ordnung?" Er legte die Hände auf ihre Schultern und betrachtete sie besorgt.

„Au! Ich bin auf die Schulter geknallt. Aber ich glaube, sie ist nur geprellt!"

„Jetzt erzähle mir bitte von Anfang an, was passiert ist."

Als Lea ihre Erzählung beendet hatte, beobachtete Nick sie kritisch. Er konnte es nicht fassen. Während er seelenruhig in seinem Bett schlief, war Lea in Lebensgefahr.

„So geht das nicht weiter!"

„Was hast du jetzt vor?", fragte Lea neugierig.

„Zuerst bringe ich dich ins Krankenhaus. Anschließend informiere ich die Spurensicherung, dass wir ein neues Opfer haben und fahre selbst zum Tatort."

Eigentlich wollte Lea vorschlagen, mitzukommen, aber sie wusste, dass Nick das nicht zulassen würde. Außerdem hatte sie Kopfschmerzen und spürte ein unangenehmes Pochen in ihrer rechten Schulter.

Auf dem Weg ins Krankenhaus wollte Nick noch weitere Einzelheiten erfahren. „Hat er noch irgendetwas erwähnt, was uns weiterbringen könnte? Du sagst er trug keine Handschuhe?" Lea bestätigte dies mit einem Nicken. „Dann müssten wir seine Fingerabdrücke finden und mit etwas Glück sind sie in der Datenbank registriert."

Als Nick sie am Abend vom Krankenhaus abholte, hatte er bereits schlechte Nachrichten. „Wir haben zwar Fingerabdrücke gefunden, aber sie sind allesamt nicht in der Datenbank hinterlegt. Das Opfer bringt uns auch nicht weiter. Sie war offenbar nicht einmal im Einkaufszentrum."

„Nein! Er ist im Bus auf sie aufmerksam geworden und hat sie dann nach Hause verfolgt. Nick, der Typ ist vollkommen gestört! Er wurde von seiner Mutter jahrelang missbraucht und sucht jetzt ein Ventil, um diesen Schmerz zu verarbeiten. Er wird weitermorden, da bin ich mir sicher." Lea blickte nachdenklich auf die vorbeiziehenden Häuser, während das Auto sich durch den Verkehr schlängelte. „Ich hätte einfach besser reagieren müssen. Wenn ich ihm die Maske abgezogen hätte, dann könnten wir ein Phantombild erstellen und ..."

„Lea! Gib dir nicht die Schuld! Wenn du ihm nicht entkommen wärst, dann lägest du jetzt neben Sarah tot auf dem Boden. Dann hätte es uns auch nichts genützt, dass du zuvor sein Gesicht gesehen hättest. Also hör bitte auf mit den Selbstzweifeln. Irgendwann begeht er einen Fehler und wir bekommen ihn."

„Ich habe da eine Idee! Aber sie wird dir nicht gefallen!", setzte Lea an.

„Vermutlich deshalb, weil deine Ideen meistens nicht ganz ungefährlich sind."

„Als ich ihm entkommen bin, hat er mir etwas nachgerufen."

„Und was?" Nick blickte auffordernd zum Beifahrersitz.

„Du entkommst mir nicht! Ich finde dich, egal wo du bist! Du wirst dafür büßen!"

„Das heißt, er wird nach dir suchen!", schloss Nick aus ihren Worten.

„Richtig! Und wenn wir ihm eine Falle stellen, dann ..."

„Vergiss es!"

„Aber das ist unsere einzige Chance, ihn schnell zu erwischen!", flehte Lea ihn an.

„Auf keinen Fall werde ich dich als Lockvogel einsetzen! Hast du vergessen, was mit Hannes passiert ist?"

„Aber das ist doch eine völlig andere Situation! Wenn ihr mich überwacht ..."

„NEIN!", schrie Nick unbeherrscht und schlug mit der Hand auf sein Lenkrad. „Du bist suspendiert, hast du das vergessen?"

„Ich muss doch nicht im Dienst sein, um auf unseren Täter aufmerksam zu werden. Er weiß sicher wo ich wohne, er wird mir eh auf den Fersen sein, also wäre es doch nur vernünftig, wenn mich jemand beschattet!"

Mit einem Mal wusste Nick genau, was er zu tun hatte. „Du bleibst nicht zu Hause! Das ist zu gefährlich! Du packst ein paar Sachen zusammen und kommst heute Nacht mit zu mir. Ab morgen früh bleibst du tagsüber in einer der Zellen, da bist du am sichersten."

Ungläubig starrte Lea ihren Partner an. „Ist das dein Ernst? Du willst mich einsperren, bis ihr ihn gefasst habt?"

„Nur tagsüber, am Abend kannst du dann bei mir wohnen!", erklärte Nick versöhnlich.

„Nein! Das will ich nicht!"

„Bei mir wohnen oder in die Zelle?"

„Beides nicht! Warum siehst du nicht ein, dass es die vernünftigste und schnellste Methode ist, dem Narzissenkünstler das Handwerk zu legen?"

„Und warum siehst du nicht ein, dass die Gefahr unüberschaubar ist? Er kann dich jederzeit und überall überraschen. Das nächste Mal wird er sich nicht damit zufriedenstellen dich zu entführen. Er wird dich sofort umbringen!"

„Ich kann mich wehren!"

Sie hatten Leas Wohnhaus erreicht und Nick hielt an. Er wollte einfach nicht glauben, was er hörte. „Glaubst du das wirklich?" Er schüttelte ungläubig den Kopf. Plötzlich hatte er eine Eingebung. „Ich lasse mich auf keine weitere

Diskussion mit dir ein. Du hast genau zwei Möglichkeiten - entweder du gehst in die Zelle oder …"

„Oder was? Ich ziehe zu dir?"

„… oder du fährst in den Bayerischen Wald."

„Was? Was soll ich da?"

„Erinnerst du dich an das Wellnesshotel, in welchem wir vor zwei Jahren waren?"

Wie könnte sie das jemals vergessen? „Natürlich!"

„Dort bist du sicher! Der Täter wird dich dort nicht finden! Das ist doch ein Kompromiss, oder? Du musst nicht in die Zelle und kannst ein paar schöne Tage im Luxus genießen."

„Dann nimm ich lieber die Zelle!" Beleidigt verschränkte sie die Arme vor der Brust.

„Gib zu, du willst in der Nacht nur bei mir in der Wohnung schlafen?" Nick versuchte sie aufzumuntern, da er es hasste, wenn Lea sauer auf ihn war.

„Ganz bestimmt nicht! Da ich weiß, wie hartnäckig du sein kannst, habe ich eh keine andere Wahl, stimmt's?"

„Richtig! Ich buche dir ein Zimmer!"

Kapitel 25

Vor zwei Jahren

Vor der Bar verabschiedete sich Nick von Hannes und Rosi und ging schlendernd die Straße entlang. Hannes öffnete Rosi die Beifahrertür seines Autos und stieg anschließend selbst ein. Sie fuhren in den Osten Münchens, zu der Adresse, die Rosi ihm nannte.

„Wie kommt es, dass du in eine Bar im Westen gehst, wenn du so weit im Osten wohnst?", wunderte sich Hannes.

„Meine Freundin wohnt dort. Ich wollte ihr einen Gefallene tun, damit sie nicht so weit fahren muss."

Diese Erklärung leuchtete Hannes ein. Wenige Minuten später erreichten sie die von Rosi genannte Adresse.

„Soll ich dich noch nach oben begleiten?", fragte er aufmerksam.

„Lieber nicht! Ich muss morgen früh raus! Eigentlich war geplant, dass ich bei meiner Freundin übernachte. Wir arbeiten im selben Büro und hätten morgen früh gemeinsam hinfahren können. Ich konnte ja nicht ahnen, dass sie sich plötzlich wieder mit ihrem Typen versöhnt!" Gespielt verdrehte Rosi ihre Augen. „Aber wenn du willst, können wir uns gerne wieder treffen?" Hoffnungsvoll blickte sie ihn an.

„Sehr gerne! Wie wäre es mit Freitag?", schlug Hannes vor.

Rosi nickte. „Hier um die Ecke befindet sich eine nette Bar", schlug sie vor.

„Perfekt! Um acht Uhr?" Hannes freute sich, dass sie ihn wiedertreffen wollte.

„Bis Freitag!" Rosi beugte sich zu ihm und gab ihm einen flüchtigen Kuss auf die Lippen, bevor sie das Fahrzeug verließ und zu dem Hochhaus mit der Hausnummer 15 lief. Als sich die Haustüre hinter ihr schloss, stieg Hannes aus und ging zu Nick, der einige Meter hinter ihm parkte.

„Ist dein Date etwa schon zu Ende?", zog Nick ihn grinsend auf.

„Sie ist nicht unsere Täterin. Es gibt auch noch anständige Frauen in dieser Stadt. Wir wollen uns am Freitag wieder treffen."

Nachdenklich krauste Nick seine Stirn. „Freitag ist schlecht, da habe ich mit Lea schon etwas fest ausgemacht. Aber dann muss ich es eben absagen."

„Rede keinen Blödsinn! Du brauchst mich nicht mehr zu observieren! Vielleicht sollten wir uns lieber auf die Bar konzentrieren. Wir werden jeden Tag unter der Woche abwechselnd vor dem Eingang Wache stehen und wenn wir sehen, dass ein Mann, der zuvor alleine das Lokal betrat, mit einer jungen Frau wieder herauskommt, dann verfolgen wir ihn. So können wir unsere Täterin schnappen."

„Ich dachte, du wolltest den Lockvogel spielen? Keine Lust mehr dazu?" Nick zog die Augenbrauen nach oben.

„Nein! Ich finde Rosi echt nett und ich möchte sie näher kennenlernen. Soll ich ihr etwa erklären, dass ich täglich in der Bar sitze, weil ich darauf warte, von einer Serienmörderin angesprochen zu werden?"

„Tja! So schnell können sich die Prioritäten ändern. Wo trefft ihr euch eigentlich am Freitag?", fragte Nick beiläufig.

„Hier um die Ecke ist eine Bar. Dort sind wir um acht Uhr verabredet. Gute Nacht Nick! Bis morgen!" Hannes klopfte auf Nicks Autodach und ging zurück zu seinem Wagen.

Die letzten zwei Tage observierten Nick und Hannes abwechselnd die Bar im Westen von München, ohne jedoch einen alleinstehenden Mann ausmachen zu können, welcher mit der potentiellen Täterin das Lokal verließ.

Als der Freitagabend herannahte wandte Hannes sich aufgeregt an seinen Kollegen. „Drück mir die Daumen, dass das Date mit Rosi gut läuft!"

„Was meinst du damit? Dass sie mit dir ins Bett steigt?" Nick konnte es einfach nicht lassen, seinen Freund aufzuziehen.

„Du bist nicht lustig, Nick! Ich sehe in Rosi kein Abenteuer für eine Nacht! Sie ist echt nett und wir können uns super unterhalten. Sie hat den gleichen Humor, wie ich."

„Tut mir leid! Mir geht nur nicht aus dem Kopf, dass …"

„Sie ist es nicht! Und das werde ich dir beweisen!"

„Wie? Indem du morgen noch lebst? Das finde *ich* jetzt nicht komisch, Hannes! Vielleicht unterschätzt du die Gefahr", erklärte Nick ernsthaft.

„Welche Gefahr? Möglicherweise haben wir zu oft mit kranken Serienkillern zu tun, dass wir nicht mehr erkennen, wenn eine Frau einfach nur nett ist und es ernst meint. Wir können doch nicht hinter jeder neuen Bekanntschaft eine gefährliche Person vermuten."

Nick wollte seinem Freund nicht den Abend verderben, deshalb beschloss er, sein Vorhaben im Geheimen auszuführen. Hannes musste nichts davon erfahren. „Du hast Recht! Genieße den Abend!"

Vier Stunden später stand Nick in einer Parklücke schräg gegenüber der Bar im Osten von München. Er hatte sich einen Leihwagen besorgt, da Hannes seinen BWM sofort erkannt hätte. Auch wenn sein Kollege anscheinend blind vor Liebe war, wollte Nick nichts riskieren. Er war nach wie vor der Meinung, dass Rosi perfekt in das Täterprofil passte, auch wenn sie sich momentan anders verhielt.

Plötzlich erkannte er Hannes Wagen, der einige Meter vor ihm hielt und parkte. Hannes stieg aus und lief, ohne sich weiter umzublicken, über die Straße und in die Bar. Wenige Minuten später erschien auch Rosi. Sie trug ein weißes Spitzenkleid und eine schwarze Lederjacke. Nachdem sich die Türe der Bar hinter ihr geschlossen hatte, machte es Nick sich in seinem Sitz bequem. Es gab zwei Optionen - entweder kamen beide in wenigen Minuten wieder raus und fuhren zu ihm nach Hause, oder sie verbrachten mehrere Stunden in dem Lokal. Während Nick den Eingang der Bar beobachtete, schweiften seine Gedanken ab. Er hatte die Verabredung mit Lea abgesagt, obwohl sie sich seit Wochen darauf freute.

„Wir haben das seit drei Wochen geplant!", jammerte Lea, als sie von Nicks Planänderungen erfuhr.

„Ich weiß! Und es tut mir wirklich leid, aber ich kann Hannes nicht im Stich lassen!"

„Und du kannst mir auch nicht sagen, um was es geht?"

„Nein! Ich erkläre es dir später. Und das Musical schauen wir uns ein anderes Mal an, versprochen!"

Lea begnügte sich mit dieser Antwort, da sie Nick voll und ganz vertraute. Er hatte sicher wichtige Gründe, wenn er die Gesellschaft seines Kollegen ihrer vorzog. Sie war weder der Typ für Eifersuchtsszenen noch kannte sie Neid.

Erst nach über drei Stunden verließen Hannes und Rosi die Bar. Hannes legte seinen Arm um ihre Schultern und sie gingen gemeinsam zu seinem Auto.

Nick schoss das Adrenalin ins Blut. Jetzt ging es los! Er wusste zwar, wo Hannes wohnte, trotzdem musste er sie unauffällig verfolgen, da sie möglicherweise einen anderen Ort, als seine Wohnung ansteuerten. Nick duckte sich in seinem Fahrzeug, um auf keinen Fall entdeckt zu werden.

Rosi lehnte sich an Hannes Fahrzeug und zog ihn zu sich heran. Sie küssten sich innig und leidenschaftlich.

Los! Steigt endlich ein! Hebt euch das für später auf!, dachte Nick ungeduldig.

Völlig unerwartet entfernten die beiden sich Hand in Hand von dem Fahrzeug und gingen die Straße entlang. *Wo wollen die hin? Gehen sie etwa zu ihr nach Hause?* Nick überlegte krampfhaft, ob er sie mit dem Auto oder zu Fuß verfolgen sollte. Er entschied sich für die unauffälligere Art und stieg aus seinem Fahrzeug.

Auf leisen Sohlen huschte er hinter dem verliebten Pärchen her, bis sie wenige Minuten später erneut vor dem Hochhaus mit der Hausnummer 15 stehen blieben. Erneut küssten sie sich innig, flüsterten miteinander und trennten sich schließlich. Rosi sperrte die Haustüre auf, gab Hannes einen letzten Kuss und verschwand im Inneren des Hauses. Erst als das Licht im Flur wieder ausging, drehte Hannes sich um. Mit schnellen Schritten ging er zur Straße, direkt auf Nick zu, der sich hinter einem der parkenden Autos versteckte.

„Du kannst rauskommen Nick, sie ist weg!", rief er gelangweilt.

Langsam stand Nick auf. „Woher wusstest du …"

„Ich bin Polizist – und das schon seit einigen Jahren. Ich habe ein Gespür dafür, wenn ich beobachtet werde. Da nützt es auch nichts, wenn du dir einen Wagen von Drive Now ausleihst."

Damit hatte Nick nicht gerechnet. Er war der Meinung, er hätte es mittlerweile gelernt, sich absolut unsichtbar zu machen und Observationen durchzuführen, ohne entdeckt zu werden. „War ich wirklich so schlecht?"

Hannes legte den Arm um Nicks Schultern und zog ihn die Straße entlang Richtung der geparkten Fahrzeuge. „Nein! Du warst sogar sehr gut! Rosi hat zum Glück nichts bemerkt, aber mich führst du eben nicht hinters Licht!" Hannes war nicht wütend auf seinen Kollegen, er wusste, dass dieser sich nur Sorgen um ihn machte. „Bist du jetzt überzeugt davon, dass sie nicht unsere Täterin ist?"

„Was ist geschehen? Ich meine, warum …"

„Heute wollte ich nicht! Es ist wirklich nicht sehr erregend, wenn man weiß, dass der eigene Partner einen bei jedem Schritt beobachtet."

„Du hast sie nach Hause geschickt, obwohl Sie mehr wollte?" Nick kannte seinen Partner nur als charmanten Draufgänger.

„Tja, da lernst du endlich mal neue Seiten an mir kennen. Wenn ich eine Frau wirklich mag, dann lasse ich die Beziehung langsam angehen."

„Ihr trefft euch also wieder?", hakte Nick neugierig nach.

„Natürlich! Aber dieses Mal erfährst du von mir nicht den Zeitpunkt! Wenn du brav bist, erzähle ich dir am nächsten Morgen wie es war." Hannes grinste verschwörerisch.

„Ich glaube, das will ich überhaupt nicht wissen. Genieße dein Sexualleben! Ich konzentriere mich währenddessen auf unseren Fall. Wäre nett, wenn du mir dabei helfen könntest, dass wir unsere Täterin vielleicht doch noch schnappen."

„Schönes Wochenende Nick! Und kümmere dich endlich um Lea, die hat es verdient!"

Hannes stieg in sein Auto und startete den Motor. Nick sah ihm noch nach, bis er aus seinem Blickfeld verschwand. Er konnte nicht ahnen, dass es das letzte Mal war, dass er seinen Freund und Kollegen lebend sah.

Kapitel 26

Heute

Beim Frühstück ließ Lea suchend Ihre Blicke über die anderen Gäste gleiten. Seltsam, dass Rafael auch heute nicht im Frühstücksraum erschien. Vermutlich ging es seiner Mutter immer noch nicht besser. Stattdessen lief ihr allerdings Neller und seine Frau über den Weg.

„Guten Morgen, Frau Rieder!", begrüßte Karen sie freundlich. Lea erwiderte den Gruß und erkannte, dass Antonio Neller schüchtern zur Seite blickte. *Der muss gar nicht den Harmlosen spielen! Ich bekomme schon noch raus, was er vorhat!*

Lea beendete ihr ausgiebiges Frühstück und ging auf ihr Zimmer, um sich umzuziehen. Trotz ihrer Angst der vergangenen Tage und Nellers stetiger Anwesenheit, war sie nicht gewillt, sich in ihrem Zimmer einzuschließen. Sie hielt sich an ihre liebgewonnene Routine des Tagesablaufs und ging zuerst zum Fitnesstraining und anschließend ins Schwimmbad. Bevor sie die Sauna besuchte, wollte sie erneut einen Spaziergang unternehmen. Vielleicht traf sie ja unterwegs auf Rafael und seine Mutter? Sie glaubte kaum, dass sich die ältere Dame den ganzen Tag im Hotelzimmer aufhalten wollte. Um 16.00 Uhr hatte Lea dann eine Kosmetikbehandlung, worauf sie sich bereits jetzt schon freute. Sie liebte es, sich von einer Masseurin oder Kosmetikerin verwöhnen zu lassen.

Auf ihrem Spaziergang durch den angrenzenden Wald traf sie weder Rafael noch Neller. Ihr kamen lediglich ein paar andere Hotelgäste entgegen, denen sie bereits bei den Mahlzeiten ein paar Mal begegnet war. Nach einem kurzen Mittagessen besuchte sie dann noch die Sauna, wobei sie es dieses Mal vorzog einen Aufguss mitzumachen. Es befanden sich an die dreißig Gäste in der geräumigen Sauna. Obwohl Lea solche Massenaufläufe nicht mochte, schätzte sie die Anonymität einer solchen Veranstaltung. Trotzdem konnte sie nicht verhindern, dass sie sich suchend umsah. Keine Spur von Neller und seiner Frau!

Pünktlich um vier Uhr saß sie vor dem Empfang des Spa-Bereichs.

„Frau Rieder?", wurde sie von einem jungen Mädchen aufgerufen. Lea folgte ihr in einen der Behandlungsräume und legte sich auf die bereitgestellte Liege. Die Behandlung dauerte insgesamt 70 Minuten, wobei Lea bewusst war, dass sie einen Großteil der Zeit unter einer Dampfmaske liegen und die Einwirkzeit gewisser Lotionen abwarten würde. Für die angenehme Massage des Gesichts, der Hände und der Arme, war leider nur wenig Zeit eingeplant.

Das junge Mädchen begann mit einer heißen Dampfdusche, welche die Poren öffnen sollte. Anschließend reinigte sie das Gesicht und begann sodann mit dem Einmassieren verschiedener Lotionen. Zum Schluss legte sie noch feuchte Pads auf Leas geschlossene Augen und ein warmes Tuch auf ihr Gesicht.

„Liegen Sie bequem? Ich lasse Sie für einige Minuten alleine, ich komme dann gleich wieder, in Ordnung?" Das freundliche Mädchen vergewisserte sich fürsorglich, dass ihre Kundin sich wohl fühlte und breitete eine leichte Decke über Leas Körper aus.

Lea nickte stumm und versuchte sich nicht zu stark zu bewegen, weil sie befürchtete, dass die Augenpads und das weiche Tuch sonst verrutschen könnten. Die Tür schloss sich und an Leas Ohren drang nur noch die leise Musik, welche auch in den Ruheräumen aus den Boxen drang. Ihre Gedanken schweiften ab – zu Neller, der sie im Schwimmbad unter Wasser drückte – in die Sauna, wo sie vergeblich versuchte, aus der Hitze zu fliehen – und zum Narzissenkünstler, der ihr schwor, er würde sie finden und umbringen. Mit einem Mal fühlte sie sich unwohl, sie fühlte sich ausgeliefert. Sie lag mit geschlossenen Augen in einem Raum, der für Jedermann zugänglich war. Obwohl Lea genau wusste, dass dies nicht so war, da den Spa-Bereich nur das Personal mit dem jeweiligen Gast betrat, überlegte sie, wie ein Täter hier vorgehen könnte. Als sie sich gerade die verschiedenen Techniken eines Übergriffs ausmalte, hörte sie, wie sich leise die Türe öffnete. *Gut! Sie ist zurück, dann kann es ja weitergehen!* Beruhigt atmete sie aus, als sie völlig unerwartet zwei Hände an ihrem Hals spürte. Sie erkannte sofort, dass diese Berührung nicht zur kosmetischen Behandlung gehörte, sondern ein Angriff auf ihr Leben darstellte. Die Hände schlossen sich fest um ihre Kehle und drückten zu. Im nächsten Moment bekam sie keine Luft mehr. Reflexartig griff sie nach den fremden Fingern und versuchte sie auseinanderzuziehen, um den Druck auf ihre Luftröhre zu entlasten. Verzweifelt strampelte sie die Decke von ihrem Körper und wollte das Tuch von ihrem Gesicht reißen, um ihren Angreifer zu identifizieren. Sie traute sich aber nicht, ihre Hände von denen des Eindringlings zu nehmen, da dieser sodann ungehindert zudrücken konnte. Sie merkte, wie die Luft in ihren Lungen knapp wurde. Sie versuchte, ihre Beine um seinen Körper zu schlingen, um sich so zu verteidigen, was ihr jedoch nicht gelang.

Völlig unerwartet ließ der Druck nach und die Hände verschwanden. Im nächsten Moment hörte sie erneut die Türe. Sie riss das Tuch sowie die Pads von ihren Augen und schaute in das verwunderte Gesicht der Kosmetikerin.

„War Ihnen zu warm? Weil Sie die Decke abgestreift haben?"

„Haben Sie ihn gesehen? Den Mann, der gerade hier war?", fragte Lea ängstlich.

Verwirrt blickte die Angestellte zur Tür. „Hier war niemand! Das hätte ich gesehen!"

„Doch! Er war hier! Vielleicht dachten Sie, er wäre ein Gast, oder …"

„Frau Rieder, beruhigen Sie sich! Sie waren die ganze Zeit alleine hier! Warum sollte ein anderer Gast zu Ihnen kommen? Vielleicht sind Sie nur eingeschlafen?", schlug die junge Frau vor.

Lea wurde bewusst, dass die Kosmetikerin nicht verstehen würde, woraus Leas Angst resultierte. Sie wollte es ihr auch nicht erklären müssen. Sie war alleine mit ihren Ängsten und sie musste alleine damit fertigwerden.

Als sie wenig später den Spa-Bereich verließ, erkannte sie Karen Neller, die im Wartebereich saß und sie anlächelte. Vielleicht war ihr Mann gerade in Behandlung? Dann war es ihm durchaus möglich, von seinem Raum aus in ihren zu huschen. Sie hatte endlich genug von diesem Zwangsaufenthalt. Sie wollte Nick mitteilen, dass sie morgen früh abreisen würde. Lieber verbrachte sie die Tage in einer Zelle, als weiterhin von Neller angegriffen zu werden.

Als sie in ihrem Zimmer ankam und zum Handy griff, sah sie, dass Nick bereits zweimal versucht hatte, sie anzurufen. Sie rief ihn umgehend zurück.

„Hallo Nick! Ist etwas passiert?"

„Er hat wieder zugeschlagen!", antwortete Nick.

„Verdammt! Es ist erst eine Woche her, dass …".

„Ich weiß! Aber wir konnten dieses Mal DNA-Material von ihm sicherstellen. Das Opfer konnte sich, bevor es betäubt wurde, wehren und hat ihn verletzt. Wir haben Haut unter ihren Fingernägel und etwas Blut auf ihrem Shirt gefunden."

„Ist er in der Datenbank registriert?"

„Leider nicht, aber eine Zeugin hat ihn gesehen, als er das Haus des Opfers betrat."

„Hat er keine Maske getragen?", wunderte sich Lea.

„Doch! Aber er hat sie erst aufgesetzt, als er den Vorgarten betrat, die Nachbarin hatte ihn bereits zuvor beobachtet. Die Kollegen gehen jetzt Videoaufzeichnungen im Einkaufszentrum mit ihr durch, vielleicht erkennt sie ihn wieder."

„Und anhand der Gesichtserkennung könnten wir dann seine Identität feststellen", ergänzte Lea konzentriert.

„Richtig! Und mit der sichergestellten DNA können wir ihm eindeutig die Tat nachweisen."

„Was glaubst du wie lange das noch dauert? Ich kann hier nicht mehr länger bleiben, Nick! Ich gehe lieber in die Zelle, als mich hier ständig bedroht zu fühlen!" Lea wollte nicht jammern, aber ihre Verzweiflung brach in diesem Moment aus ihr heraus.

„Ist etwas passiert?", fragte Nick alarmiert.

„Du glaubst es mir eh wieder nicht!"

„Erzähl es mir! Du weißt, dass ich dir immer glauben werde! Auch wenn es sich ab und zu abwegig anhört, hast du mein volles Vertrauen!"

„Ich wurde vorhin bei der Kosmetikbehandlung angegriffen. Es war jemand in meinem Raum und hat versucht mich zu erwürgen!"

„Bist du sicher?"

„Was ist das denn für eine Frage? Glaubst du mir etwa nicht? Wie schon im Schwimmbad und in der Sauna?" Verzweifelt schrie sie ihn an.

„Doch! Natürlich glaube ich dir. Und du glaubst, dass es wieder Neller war?"

„Wer denn sonst? Ich habe das Gefühl, ich werde paranoid! Bilde ich mir das alles nur ein?"

„Hast du die Kosmetikerin darauf angesprochen? Hat sie jemanden in der Nähe deines Raumes gesehen?" Nick nahm ihre Angst ernst.

„Sie sagt, da wäre niemand gewesen! Sie meinte, ich wäre vielleicht nur eingeschlafen, aber…"

„Wenn Neller tatsächlich bei dir im Behandlungszimmer war, dann hätte ihn doch irgendjemand bemerkt. Du weißt, dass dort ständig die Angestellten herumlaufen."

„Ich weiß! Mein Kopf sagt mir auch, dass es nicht sein kann, aber ich weiß, was ich gefühlt habe. Zwei Hände haben mich gewürgt! Das bilde ich mir doch nicht ein!", erklärte Lea mit Nachdruck.

„Ich würde dich ja sofort nach Hause holen, aber solange der Narzissenkünstler noch rumläuft..."

„Ja, richtig! Der will mich ja auch umbringen! Warum hat es eigentlich die ganze Welt auf mich abgesehen?"

„Lea, du bist durcheinander, das verstehe ich, aber ..."

„Nein! Ich bin nicht durcheinander! Ich bin total verwirrt, ängstlich und verstört! Und soll ich dir was sagen? Ich steige jetzt in mein Auto und komme nach Hause!"

„Lea!", schrie Nick in den Apparat.

„Was?", antwortete sie in gleicher Lautstärke.

„Wir arbeiten hier auf Hochtouren! Ich bin mir sicher, dass wir unseren Täter bald schnappen. Bitte halte solange noch durch!"

„Ich kann zu Hause auch darauf warten, bis ihr ihn gefunden habt."

„Aber ich kann nicht ruhig arbeiten, wenn ich dich nicht in Sicherheit weiß!", entgegnete Nick leise.

„In Sicherheit? Ich bin hier nicht in Sicherheit!"

„Doch! Das bist du!", presste er wütend heraus.

Plötzlich war es totenstill. Keiner sprach mehr ein Wort.

„Wie kannst du dir da so sicher sein?"

„Ich schicke ab morgen einen Kollegen als Tagesgast ins Hotel, der dich bewacht. Dann kann dir weder Neller noch sonst jemand etwas antun."

„Auf keinen Fall! Ich will nicht wie ein kleines Kind auf jedem Schritt überwacht werden! Ich habe keine Lust, nackt in der Sauna zu sitzen, während mich mein Bodyguard die ganze Zeit anstarrt!"

„Ich würde den Job ja selbst übernehmen, aber ich muss hier noch etwas Wichtiges erledigen."

„Du kannst dir den Bodyguard sparen. Ich bleibe die restlichen Tage in meinem Zimmer. Ich gehe nur zu den Mahlzeiten hinunter, da kann Neller mir nichts antun. Ihr habt jetzt eine Augenzeugin, da kann es nicht mehr lange dauern, bis ihr den Narzissenkünstler schnappt. Die paar Tage halte ich noch durch."

„Wir beeilen uns hier, das verspreche ich dir." Nick hatte erreicht, was er wollte.

„Nick? Ich merke gerade, dass mein mühsam aufgebautes Gerüst zusammenfällt. Ich bin nirgends mehr sicher!" Lea war den Tränen nahe.

„Du schaffst das! Bleib in deinem Zimmer, da bist du sicher! Ich halte dich auf dem Laufenden!", verabschiedete sich Nick.

Kapitel 27

Vor zwei Jahren

Lea war aufgeregt. Sie war im Begriff, einen neuen Lebensabschnitt mit Nick zu beginnen. Sollten sie wirklich Eltern werden? Sie konnte es sich eigentlich nicht vorstellen, da ihr Herz nach wie vor für ihre Arbeit als Kommissarin schlug. Sie fand keine Erfüllung im Windelwechseln und Fläschchengeben. An ihrer damaligen Einstellung hatte sich eigentlich nichts geändert. Sie hielt es nach wie vor für unverantwortlich ein Kind in die Welt zu setzen, wenn man einen Beruf wie den ihren ausführte. Allerdings galt das eher für den Außendienst, im Innendienst konnte ihr ja nichts passieren. Wie auch immer sie es drehte, sie kam zu keinem eindeutigen Ergebnis. Deshalb wartete sie gespannt auf Nicks Rückkehr. *Wo bleibt er überhaupt?* Er wollte eigentlich schon lange zurück sein. Gewöhnlich gab er ihr Bescheid, wenn er sich verspätete.

Neugierig kramte sie ihr Handy aus der Tasche. Als sie es entsperren wollte, stellte sie fest, dass das Handy aus war. *Mist! Wie konnte das denn passieren?* Sie achtete stets darauf, dass sie genug Akku hatte, um immer erreichbar zu sein. Rasch steckte sie das Handy an ihr Ladegerät und wartete einige Sekunden, bis sie es starten konnte. Noch bevor sie die Texte las, hörte sie die Signaltöne der drei eingegangenen Nachrichten.

Es ist etwas passiert, ich komme später. LG Nick.

Wo bist du? Ich kann dich nicht erreichen. Nick.

Ruf mich bitte sofort zurück, ich kann dir das nicht schreiben.

Mit zitternden Händen wählte Lea Nicks Nummer und wartete, bis er abnahm. *Hoffentlich ist ihm nichts passiert! Vielleicht hatte er einen Unfall? Oder er wurde angeschossen?* Sie hörte das Freizeichen und ... wurde weggedrückt. Das stetige Tuten des Besetztzeichens hallte an ihr Ohr. *Was soll das?*

Im nächsten Moment hörte sie den Schlüssel im Schloss. Die Tür öffnete sich und Nick trat ein. Sie erkannte an seinem Gesichtsausdruck sofort, dass etwas Schlimmes geschehen sein musste. Besorgt lief sie ihm entgegen. „Nick!" Sie fiel ihm um den Hals und drückte sich an ihn. „Geht es dir gut? Es tut mir leid, mein Handy war aus, ich habe es ..."

Kopfschüttelnd schob er sie von sich weg. Er ließ sich auf das Sofa fallen, warf sein Handy auf den Wohnzimmertisch und sackte in sich zusammen. Erst als Lea sich ihm näherte, sah sie, dass er weinte.

„Nick! Was ist geschehen? Bitte, rede mit mir!", forderte sie ihn behutsam auf. Sie kniete sich neben ihn und legte ihre Hand auf seinen Oberschenkel. Sie ließ ihm die Zeit, die er brauchte, um sich zu beruhigen. Anfangs schluchzte er, dann wurde er ruhiger. Die Tränen versiegten und er blickte Lea starr an. Schließlich brach er sein Schweigen.

„Hannes ist tot!"

„Hannes? Aber … wie …?", stotterte sie. Entsetzt ließ sie sich zu Boden fallen. Sie kannte Hannes zwar nicht so gut wie Nick ihn kannte, aber in den zwei Jahren, seit sie in München war, hatten sie sich öfters zu Dritt getroffen und etwas unternommen. Er war ein erfahrener, loyaler und gutgelaunter Kollege, dessen Tod sicher die ganze Dienststelle erschütterte.

„Wie konnte das passieren?", fragte Lea erneut.

„Es war die Promillekillerin!", presste Nick wütend heraus.

„Die Promillekillerin? Warst du dabei? Warum habt ihr keine Verstärkung geholt?"

Nick sah Lea durch seine geröteten Augen an. Dann sagte er den Satz, den kein Polizist jemals in seiner Laufbahn gerne aussprach.

„Ich bin schuld an seinem Tod!"

Lea kochte Tee, brachte Nick in Schlafzimmer und deckte ihn fürsorglich zu. Sie bot ihm auch Beruhigungstabletten an, die er aber ablehnte. Sie kuschelte sich an ihn und wartete geduldig, bis er zu näheren Erklärungen bereit war. Bevor sie jedoch Gewissheit bekam, schlief Nick ein.

Als ihr Handy klingelte, eilte sie leise ins Wohnzimmer und hob ab.

„Frau Rieder? Hier Vogl von der Dienststelle!" Ihr Chef hatte eine geschäftsmäßige Stimmlage angenommen. „Ich wollte sie nur davon unterrichten, dass … Herr Kern heute tot in seiner Wohnung aufgefunden wurde." Sie merkte, dass es ihm nicht leicht fiel, diese Nachricht zu überbringen. Hannes wurde von allen Kollegen sehr geschätzt. Er war beliebt und sehr kollegial.

„Nick hat es mir schon erzählt. Können Sie mir sagen, was passiert ist? Nick meinte, er habe Schuld an Hannes Tod." Lea erhoffte sich mehr Informationen von ihrem Chef.

„Herr Lörrach? Warum sollte der schuld sein? Nein! Es war Selbstmord!", entgegnete Vogl.

„Selbstmord? Warum sollte Hannes sich umbringen?" Entsetzt riss sie die Augen auf.

„Das wissen wir noch nicht. Wir haben auf Hinweise von Herrn Lörrach gehofft, aber der war den ganzen Nachmittag nicht wirklich ansprechbar. Vielleicht bringen Sie etwas Licht ins Dunkel, Frau Rieder. Könnten Sie mit Herrn Lörrach darüber sprechen?"

„Natürlich! Er schläft gerade, aber sobald er aufwacht, werde ich mit ihm reden."

„Halten Sie uns dann bitte auf dem Laufenden. Wir können uns das auch nicht erklären. Wir sind momentan völlig ratlos!" Herr Vogl verabschiedete sich zurückhaltend und legte auf.

Selbstmord? Warum sollte Hannes Selbstmord begehen? Lea überlegte. Am Freitag sagte Nick, er könne Hannes nicht im Stich lassen und müsse ihm helfen. Heute war Montag und Hannes war tot. Da musste doch ein Zusammenhang bestehen! Lea ging zurück ins Schlafzimmer und legte sich neben Nick. Sie war selbst von dem Ereignis so schockiert, dass sie an ihre Schwangerschaft überhaupt nicht mehr dachte.

Zärtlich streichelte Lea Nick über die Wange und strich ihm einige Haarsträhnen aus dem Gesicht.

Langsam öffnete er seine Augen. „Lea!" Er schlang seine Arme um sie und küsste sie. Anfangs zärtlich und liebevoll, im nächsten Moment stürmisch und verlangend.

„Nick!" Lea schob ihn von sich. „Nick, hör bitte auf!"

Traurig blickte er sie an. „Es war so furchtbar! All das Blut und … ich bin schuld daran!"

Für Lea war es irreal, Nick so zu sehen. Er war immer der starke Mann, der konzentrierte Kommissar, der selbstsichere Partner. Jedoch nie zuvor hatte sie erlebt, dass er beim Anblick einer Leiche mit viel Blut zusammenbrach.

„Ich weiß! Vogl hat mich gerade angerufen. Es war Selbstmord!", sagte Lea leise.

„Nein!", schrie Nick plötzlich. „Es war kein Selbstmord! Sie hat es nur so aussehen lassen. Und dieses Mal hat sie offenbar keine Fehler begangen. Sie hat es optimal inszeniert und ist vollkommen von ihrer üblichen Vorgehensweise abgewichen."

„Wer? Von wem sprichst du da?", fragte Lea verwirrt.

„Die Promillekillerin! Wir haben sie gefunden, Lea! Wir wollten ihr eine Falle stellen, aber sie hat uns eine Falle gestellt. Sie hat uns durchschaut und den Spieß umgedreht. Vielleicht hat Hannes ihr auch von unserem Fall erzählt, und ihr berichtet, welche Fehler die Promillekillerin machte. Und sie hat daraus gelernt und dieses Mal alles anders gemacht."

„Was redest du da? Ihr habt die Täterin gefunden? Warum habt ihr nicht Bescheid gesagt? Warum habt ihr keine Einheit hingeschickt, um sie festzunehmen?" Lea schüttelte fassungslos den Kopf.

„Das konnten wir nicht! Wir hatten doch keine Beweise! Wir mussten sie außerdienstlich stellen!", flüsterte Nick verzweifelt.

„Hat Vogl Bescheid gewusst?"

„Nein! Hannes wollte das selbst durchziehen!"

„Außerdienstlich? Und da hast du mitgemacht? Nick!" Tadelnd blickte sie ihn an.

„Hannes dachte, sie wäre es nicht. Er hat sich ein paar Mal mit ihr getroffen, aber er ließ sich von ihr blenden. Er sah nur noch ihre Freundlichkeit und verliebte sich in sie."

„Aber wenn es kein Selbstmord war, dann finden die Kollegen von der Spurensicherung doch sicher etwas." Lea glaubte nach wie vor an die erfolgreiche Polizeiarbeit.

„Nein! Sie war dieses Mal zu gründlich. Sie hat ihn nicht betäubt und hat auch kein Geld von seinem Konto abgehoben. Sie hat einfach seine Waffe genommen und ihm in den Kopf geschossen", erzählte Nick emotionslos.

„Kennst du ihren Namen? Oder ihre Adresse?", hakte Lea nach.

„Sie nannte sich Rosi. Ihre Adresse haben wir bereits überprüft. Dort wohnt sie nicht. Wir wissen nicht, woher sie den Schlüssel zu dem Wohnhaus hatte." Plötzlich kam Nick ein Gedanke. „Sie wusste, dass er Polizist ist! Deshalb hat sie ihn umgebracht. Möglicherweise wusste sie es vom ersten Abend an und hat sich deshalb anders verhalten. Sie wusste, dass wir ihr auf den Fersen waren. Sie war uns immer einen Schritt voraus." Nick fühlte sich noch schlechter, als zuvor. Weder er noch Hannes hatten bemerkt, dass Rosi ein Spiel mit ihnen trieb, welches für Hannes von vorneherein verloren war.

„Du kannst doch nichts dafür! Hannes hat sich in sie verliebt, sagtest du."

„Aber der Vorschlag war von mir! Ich habe ihm erlaubt, den Lockvogel zu spielen!", schrie er sie ungerechtfertigt an.

„Ich habe eine Idee! Hast du ein Foto von der Frau?"

Nick zog sein Handy heraus und öffnete die Fotomediatek. Er zeigte ihr ein dunkles Bild von einer blonden Frau in einem weißen Kleid mit schwarzer Lederjacke.

„Das müsste gehen. Schick es mir bitte und gib mir die Adresse des Wohnhauses", forderte sie ihn konzentriert auf.

„Was hast du vor? Die Kollegen haben die Mieter bereits überprüft. Dort wohnt keine Frau in diesem Alter."

„Lass mich mal machen. Wenn du dir sicher bist, dass Hannes keinen Selbstmord begangen hat, dann müssen wir das beweisen."

Am nächsten Tag machte sich Lea auf den Weg zu der genannten Adresse. Ihr Blick fiel auf ein Hochhaus mit mehr als 50 Parteien. Sie begann systematisch mit den Besuchen der einzelnen Mieter. Sie stellte sich vor, zeigte ihre Dienstmarke und hielt den Bewohnern das schemenhafte Foto der Täterin unter die Nase. Keiner der Bewohner kannte die Frau. Als sie an der 22. Türe klingelte, öffnete eine ältere Dame die Tür. Lea sagte ihren Text auf, zeigte das Foto und rechnete mit einer Absage, als die Mieterin sich plötzlich äußerte. „Ja, das ist doch die Simone! Warum haben Sie denn ein Foto von der?"

„Sie kennen die Frau?" Lea war schlagartig hellwach.

„Natürlich! Die Simone war über ein Jahr lang mit meinem Enkel zusammen."

„Und wo ist Ihr Enkel jetzt?", hakte Lea behutsam nach. Sie wollte die alte Dame nicht verschrecken oder ihr Angst einjagen.

„Der ist in der Arbeit, der kommt so gegen Fünf!"

„Er wohnt noch hier?"

„Natürlich! Er kann sich eine eigene Wohnung nicht leisten. Eigentlich wollte ich ihn nur vorübergehend bei mir aufnehmen, aber wenn die jungen Dinger sich mal wo eingenistet haben, dann wird man sie nicht mehr los."

„Und die Simone? Wissen Sie wo die jetzt wohnt?"

„Nein!" Die Frau schüttelte heftig den Kopf. „Ich bin froh, dass die wieder ausgezogen ist. Die hat hier auch gewohnt, wissen Sie! Und den Schlüssel hat sie uns bis heute noch nicht zurückgebracht!"

Bingo! Somit hatte Lea ihre Antworten.

„Kennen Sie vielleicht auch den Nachnamen von dieser Simone?"

„Ja! Die hieß … warten Sie … Köster … oder nein … Kärcher."

„Kärcher? Sind Sie sicher?"

„Ja, Kärcher."

„Ein Geburtsdatum wissen Sie nicht zufällig?" Lea wollte ihr Glück nicht überstrapazieren.

„Doch! Die hat am 12. Mai Geburtstag. Genau einen Tag vor mir, deshalb kann ich mir das merken. Und sie ist ein Jahr jünger als mein Enkel! Warten Sie, der ist 1993 geboren, dann müsste Simone 1994 geboren sein. Hilft Ihnen das weiter?"

„Sie haben mir unsagbar geholfen, Frau ... Maier",
ergänzte Lea mit Blick auf das Klingelschild. „Vielen
Dank und schönen Tag noch!"

Über die diversen Meldebehörden und die Agentur für
Arbeit konnte die Polizei die aktuelle Adresse von Simone
Kärcher ausfindig machen. Eine Gegenüberstellung mit
Nick brachte das erhoffte Ergebnis. Nick konnte Simone
Kärcher eindeutig als Rosi identifizieren und durch die
Befragung eines hierfür ausgebildeten Beamten brach
Simone irgendwann ihr Schweigen und gab alle vier
Morde zu. Doch für Nick war das noch nicht genug. Er
wollte genau wissen, was mit Hannes in jener Nacht
geschehen ist. Er beschritt dieses Mal den Dienstweg und
fragte seinen Chef um Erlaubnis.

„Herr Vogl, darf ich die Angeschuldigte selbst
befragen?"

„Aber sie hat doch mittlerweile alle Morde gestanden.
Das reicht völlig für eine Verurteilung zu lebenslanger
Haft mit anschließender Sicherheitsverwahrung."

„Das weiß ich, aber ich habe einige persönliche Fragen
an die Täterin."

„Gerade deshalb sollte ich Sie nicht zu ihr lassen. Sie
sind persönlich in den Fall involviert. Wenn sie ausrasten,
haben Sie ein Disziplinarverfahren am Hals."

„Das ist mir bewusst. Ich bitte Sie trotzdem um Ihr
Einverständnis, dass ich sie befrage."

„In Ordnung, aber benehmen Sie sich!" Vogl war von
solchen Aktionen nicht begeistert, konnte aber die
Beweggründe seines Hauptkommissars nachvollziehen.
An seiner Stelle würde er der Täterin an die Gurgel gehen.

Nick betrat den kleinen Verhörraum. Er blickte auf die getönte Scheibe, mit dem Wissen, dass dahinter ein Beamter sowie Lea saßen, die sofort einschreiten würden, wenn er sich unangemessen verhalten würde.

„Hallo Rosi!", begrüßte er die blonde Frau.

„Ich wusste von Anfang an, dass ihr Bullen seid", warf sie ihm gelangweilt entgegen.

„Warum hast du die Treffen mit Hannes dann nicht beendet? Warum hast du es riskiert, aufzufliegen?"

„Vielleicht, weil das den gewissen Reiz beim Spielen ausmacht? Ich hätte Hannes bereits am ersten Abend erledigt, wenn du nicht aufgetaucht wärst."

„Das macht Sinn! Und wie wolltest du ihn umbringen? Er hatte ja seine Waffe nicht dabei!"

„Ist doch egal! Das ist mir immer spontan eingefallen! Außerdem bei ihm zu Hause hätte er die Waffe doch gehabt, oder?" Simone wirkte ausdruckslos und blass.

„Und beim zweiten Treffen?", fragte Nick neugierig.

„Da warst du bereits in dem Leihwagen gesessen, als ich ankam. Ihr solltet bei der Polizei eine extra Schulung für unauffällige Observierungen erhalten! Deine Anwesenheit hat man meilenweit gerochen!"

„Aber Hannes meinte, es war seine Idee, dass er dich nach Hause brachte und sich mit der Beziehung noch Zeit ließ." Nick erinnerte sich an das Gespräch mit seinem Kollegen.

„Ihr Männer seid so leicht zu manipulieren! Ich habe ihm gesagt, dass ich finde, eine gute Beziehung könne nur entstehen, wenn man mindestens dreimal ausginge, bevor man im Bett landet. Daraufhin meinte er, er würde noch gerne warten."

„Warum gerade Hannes?"

„Er war ein Mann wie jeder andere. Nach dem Sex mit ihm hat er mir von der Promillekillerin erzählt. Ich musste mir echt das Lachen verkneifen. Wie kommt ihr auf so einen bescheuerten Namen für mich? Er erzählte ausgiebig, welche Fehler sie beging und warum ihr nie an Selbstmord geglaubt habt. Tja, da war auch mein Ehrgeiz geweckt. Schade, dass ich sein Bankkonto nicht abräumen durfte, aber dann hätte ich ja den gleichen Fehler wieder begangen. Ich achtete auch darauf, dass Hannes Rechtshänder war, bevor ich ihm seine Waffe in den Mund gesteckt und abgedrückt habe."

Nick schloss die Augen. Er musste sich zurückhalten, um ihr nicht an die Gurgel zu springen. „Hast du ihn betäubt?"

„Klar! Hätte er mich sonst an seine Waffe gelassen? Der Wirkstoff der K.O.-Tropfen ist im Blut nicht nachweisbar. Und das Glas, aus welchem er getrunken hatte, habe ich säuberlich abgespült. Es wäre alles perfekt gewesen, wenn nicht deine kleine Schlampe zu der alten Maierin gerannt wäre und ihr meinen Namen rausgequetscht hätte!"

Nicks rechter Fuß zuckte, er spürte, wie sich das Adrenalin in ihm anstaute und zu explodieren drohte.

„Dich hätte ich auch gerne genommen, wenn du den Lockvogel gespielt hättest!" Lasziv leckte sie sich über die Oberlippe. „Oder deine kleine Schlampe! Dann hättet ihr mich nie erwischt!"

Jetzt reichts! Blitzschnell sprang Nick auf, warf sich auf den Tisch und packte Simone an ihrem Shirt. Er wollte nur eines - ihr seine nackte Faust ins Gesicht schlagen. Er holte aus und spürte im nächsten Moment, wie ihn zwei Arme umschlangen und von der Täterin wegzogen.

„Nick! Hör auf! Sie ist es nicht wert! Du riskierst ein Diszi!" Der junge Kollege, der mit Lea hinter der Scheibe wachte, redete behutsam auf ihn ein.

„Schon gut! Ich weiß!" Nick befreite sich aus dem Haltegriff und stürmte aus dem Raum.

„Du hättest mich nicht verteidigen müssen", sagte Lea zu Nick, als sie am Abend nebeneinander im Bett lagen.

„Sie hat dich Schlampe genannt", verteidigte sich Nick mit einem Lächeln auf den Lippen.

„Trotzdem – du hast ein Disziplinarverfahren riskiert! Wer soll denn die Bösen jagen, wenn du auch noch ausfällst?"

„Wie wäre es mit dir?", schlug Nick vor.

„Wie meinst du das?" Irritiert schaute Lea ihn an.

„Ich werde dich bei Vogl als meine neue Partnerin vorschlagen."

„Aber ..."

„Ich weiß, es ist noch etwas zu früh. Wir sollten erst in Ruhe um Hannes trauern. Außerdem ist er unersetzbar! So gut, wie die Zusammenarbeit mit ihm funktioniert hat, wird sie mit keinem anderen Partner klappen. Aber ich finde, du hast lange genug auf deine Chance gewartet und du verdienst es, endlich in den Außendienst versetzt zu werden."

„Nick, ich ..."

„Das wolltest du doch, oder? Du redest seit wir zusammen sind von nichts anderem!" Verständnislos blickte Nick sie an.

„Ja, aber …". Lea brach ab. Sie konnte ihre Gedanken momentan nicht sortieren. Ein leichtes Ziehen im Unterleib erinnerte sie daran, dass sie bereit war, einen anderen Weg einzuschlagen. Aber möglicherweise war der schreckliche Tod von Hannes ihre einzige Chance, ihren Berufswunsch zu erfüllen. Für einen Moment überlegte sie, ob jetzt der richtige Zeitpunkt wäre, Nick von ihrer Schwangerschaft zu berichten, entschied sich jedoch dagegen. Wenn sie tatsächlich die Chance bekam, als Kommissarin im Außendienst zu arbeiten, musste sie sich entscheiden, was ihr wichtiger war. Die Karriere oder das ungeborene Kind? Sie konnte Nick nicht um seinen Rat fragen, denn wenn er von seiner zu erwartenden Vaterschaft erfahren würde, hätte sie keine Option mehr, die Schwangerschaft zu beenden. Denn dies würde Nick nie im Leben zulassen!

Kapitel 28

Vor zwei Jahren

Einen Tag nach der Beerdigung packte Lea ihren Koffer. Sie wollte in die Schweiz zu ihrem Vater fahren, um dort endlich die entscheidende Frage beantworten zu können. Wollte sie das Kind oder nicht?

„Soll ich dich wirklich nicht begleiten?", bot Nick erneut an.

„Es ist besser, wenn ich alleine zu ihm fahre. Die Ärzte meinen, er hat gerade eine Lebenskrise und er würde ständig nach mir verlangen. Ich glaube, dass du da nicht viel helfen könntest."

„Dann richte ihm wenigstens schöne Grüße von mir aus. Ich habe ihn ja erst einmal kennengelernt. Es wäre doch für euch beide viel besser, wenn er hier in der Nähe in einem Pflegeheim wäre."

„Das musst du nicht mir erzählen! Ich habe schon so oft auf ihn eingeredet und es ihm mit allen möglichen Argumenten erklärt. Aber er will eben unbedingt in diesem Heim bleiben. Er fühlt sich dort wohl, denn er liebt die Natur und die Berge. Er ist zwar ein Pflegefall, aber er ist nicht geistig eingeschränkt. Ihm meinen Willen aufzuzwängen würde ihn todunglücklich machen. Das will ich nicht!"

„Ich weiß, dass dein Vater dir sehr viel bedeutet. Und gerade deshalb wäre es doch schöner, wenn er in deiner Nähe wäre. Rede einfach nochmal mit ihm!" Nick kannte die Lebensgeschichte ihres Vaters und bewunderte ihn dafür. Er war ein ausgesprochen guter Streifenpolizist. Bis ein Schlaganfall ihn aus dem Leben riss.

Lea verabschiedete sich von Nick und ging zu ihrem Auto. Sie hasste sich dafür, dass sie ihn anlog. Aber sie konnte ihm nicht sagen, dass ihr Vater keinerlei Probleme in dem Sanatorium machte, sondern sie sich dazu entschlossen hatte, in die Schweiz zu fliehen, um über das Leben ihres ungeborenen Kindes zu entscheiden.

Auf der langen Fahrt gingen ihr viele Gedanken durch den Kopf. Sie dachte an Hannes, der so unnötig sein Leben verloren hatte. Sie dachte an Nick, dem sie verschwieg, dass er Vater werden könnte, wenn sie es zulassen würde. Schließlich dachte sie an ihren Vater, der mit seinen 72 Jahren nach einem Schlaganfall ins Pflegeheim musste. Er war ihr Vorbild, er war der Grund, warum sie zur Polizei ging. Sie bewunderte ihn für seine Tätigkeit und sein Engagement für die Bürger seiner Stadt. Als ihre Mutter vor zehn Jahren in Hamburg an Krebs starb, war ihr Vater wie erschlagen. Aber glücklicherweise hatte er einen großen Bekanntenkreis und viele Kollegen, die ihn schätzten. So fand er schnell zurück in den Alltag und lernte, diesen ohne seine Ehefrau zu bestreiten. Drei Jahre später kam dann der nächste Schicksalsschlag. Er erlitt einen Schlaganfall und musste anschließend rund um die Uhr betreut werden. Anfangs leistete dies Lea, bis ihr Vater ihr diese Bürde abnehmen wollte und selbständig das Pflegeheim in der Schweiz aussuchte. Lea wunderte sich bereits damals, dass er über tausend Kilometer von ihr entfernt leben wollte. Aber ihr Vater hatte eine einleuchtende Erklärung.

„Ich will nicht, dass du dich ständig um mich sorgst und um mich kümmern musst. Ich bin dort gut aufgehoben und du kannst dein eigenes Leben führen. Wenn du ein paar Tage Urlaub nötig hast, dann kommst du mich einfach besuchen. Ich zahle dir den Flug, am Geld soll es nicht liegen. Aber du musst dich auf deine Karriere konzentrieren. Ich will deinem Glück nicht im Wege stehen!"

Er war immer für sie da. Selbst als Samuel sich von ihr trennte, reiste sie zu ihrem Vater und bat ihn um Hilfe. Er gab ihr den eindeutigen Rat, so weit wie möglich Abstand von Samuel zu gewinnen und ihn aus ihrem Leben zu streichen. Schließlich war sie noch jung und würde einen neuen Mann finden. Obwohl er sie nicht verurteilte, dass sie keine Kinder wollte, erwähnte er mehrmals, dass er sich irgendwann über Enkelkinder freuen würde. Lea war ein Einzelkind, weshalb die Erfüllung dieses Wunsches wohl auf ihren Schultern lastete.

Lea freute sich darauf, ihren Vater wieder zu sehen. Sie versuchte, ihn mehrmals im Jahr zu besuchen, letztes Jahr schaffte sie es aber nur zweimal, weil die Arbeit sie derart einspannte, dass ihr jedes Mal, wenn sie die Fahrt in die Schweiz plante, etwas dazwischen kam. Sie telefonierten zwar regelmäßig miteinander, jedoch war das aufgrund der undeutlichen Aussprache ihres Vaters oft schwierig. Durch den Schlaganfall war neben einem Großteil seiner motorischen Fähigkeiten auch das Sprachzentrum eingeschränkt. Wenn sie ihm gegenübersaß war dies für beide wesentlich angenehmer.

Als sie einige Stunden später die Auffahrt des Sanatoriums befuhr, kribbelte es vor Aufregung in ihrem Bauch. Schnell stieg sie aus und lief in das große, gepflegte Haus. Im ersten Stock fand sie das Zimmer ihres Vaters. Sie klopfte an.

„Herein!", nahm sie seine dunkle Stimme wahr.

Als sie die Tür öffnete sah sie einen schlanken Mann, der in seinem Rollstuhl saß und ihr erwartungsvoll entgegenblickte.

„Lea!", rief er glücklich und versuchte, ihr seine Arme entgegenzustrecken, was ihm aber nur bedingt gelang.

„Papa!" Sie lief ihm entgegen und umarmte ihn liebevoll. „Wie geht es dir?", fragte sie atemlos.

„Bestens! Und dir? Ist etwas passiert, oder warum tauchst du so spontan hier auf?"

Lea konnte ihrem Vater nichts vormachen. Er hatte den Verstand eines Fuchses. Auch wenn die Worte nur undeutlich aus seinem Mund drangen, so hatten sie noch den gleichen Ausdruck wie vor dem Schlaganfall.

„Wollen wir im Garten darüber reden?", schlug Lea vor, da sie die große Gartenanlage des Pflegeheims liebte.

Sie verließen das Haus auf der Rückseite und gingen den gepflasterten Weg ein Stück entlang, bis sie zu einem kleinen See kamen, an welchem sich mehrere Parkbänke befanden. Peter Rieder lenkte seinen elektrischen Rollstuhl neben die Bank, auf welche Lea sich setzte.

„Also schieß los! Warum bist du wirklich hier?", wollte ihr Vater unmissverständlich wissen.

„Erinnerst du dich an Samuel?", fing sie behutsam an.

„An den Spinner? Der dich wegen einer Jüngeren verlassen hat? Natürlich! Bist du etwa wieder mit ihm zusammen?"

„Nein! Aber du weißt, dass er Kinder wollte und ich nicht."

„Deshalb hat er dich ja verlassen! Ich habe ein Gedächtnis wie eine Festplatte, nur die Tastatur funktioniert nicht mehr so richtig", gab er schmunzelnd zu.

„Ich bin doch jetzt mit Nick zusammen … und …"

„Kleines! Was ist los? Bist du schwanger? Oder hast du mit Nick das gleiche Problem wie mit Samuel?"

Mit großen Augen sah Lea ihren Vater an. Warum traf er das Problem immer mitten auf den Punkt? Wie machte er das nur?

„Sag es mir endlich direkt, dann bleibt uns anschließend mehr Zeit, über das Problem zu diskutieren!", ergänzte Peter Rieder mitfühlend.

Typisch! Für ihn war es nach wie vor die Erfüllung eines jeden Gesprächs, wenn man über ein Thema diskutieren konnte. Am besten über mehrere Stunden oder Tage!

„Ich bin schwanger, aber ich weiß nicht, ob ich das Kind behalten soll!" Jetzt war es endlich raus. Sie erkannte in seinen Augen ein freudiges Aufblitzen und ahnte bereits, dass sie das Contra der Diskussionsrunde vertreten würde.

„Erklär mir deinen Standpunkt! Warum willst du es nicht behalten?", forderte Peter seine Tochter auf.

„Ich habe nicht gesagt, dass ich es nicht behalten will, ich …"

„Stopp! Geh das Problem sachlich an! Was spricht dafür und was spricht dagegen? Aber verteidige dich niemals für deine Entscheidung! Wenn du dich entschieden hast, dann ist es so. Es ist dein Leben, dein Körper und deine Zukunft! Also?"

Lea erinnerte sich plötzlich, warum sie in der Vergangenheit bestimmten Diskussionen mit ihrem Vater aus dem Weg gegangen war. Er war anstrengend! Aber er war auch der beste Mentor, den man sich wünschen konnte. Er kam weder mit sentimentalen Argumenten noch mit Sprüchen wie *Du wirst es eines Tages bereuen* oder *Du wirst noch an meine Worte denken*. Er trieb seinen Diskussionspartner dazu, auf den innersten Wunsch zu hören und absolut sachliche Entscheidungen zu fällen. Jedoch wusste sie nicht, ob sie das bei dem Thema Kind fertigbrachte.

„Ich liebe Nick! Er wünscht sich eine Familie und ich möchte eigentlich auch Kinder mit ihm. Aber vor einer Woche ist sein Partner im Einsatz gestorben und jetzt wurde mir diese Stelle angeboten."

„Im Außendienst?", hakte Peter ruhig nach.

„Ja! Das war immer mein Traum – als Kommissarin im Außendienst tätig zu sein. Aber ich möchte mein Kind nicht von vorneherein in eine Kindergrippe abschieben und außerdem ist es im Außendienst nun einmal viel gefährlicher als im Büro. Ich habe so lange auf diesen Job gewartet und ich glaube nicht, dass ich als Mutter erneut die Gelegenheit bekomme meinen Traumberuf auszuüben."

Peter Rieder nickte langsam und betrachtete seine Tochter. Ein Lächeln huschte über seine Lippen. „Da hast du die Antwort!"

„Was? Nein! Ich wollte dich um Rat fragen. Wie soll ich mich entscheiden? Soll ich das Kind wirklich abtreiben lassen?"

„Du hast dir die Antwort selbst gegeben! Du liebst deinen Beruf und du arbeitest seit Jahren auf diese Chance hin."

„Aber ich bin bereits 35 Jahre alt! Vielleicht bekomme ich keine Chance mehr auf ein Kind!"

„Jeder Mensch steht irgendwann im Leben vor einer Gabelung und muss sich für einen Weg entscheiden."

„Und wenn es der Falsche ist?"

„Das wirst du nie erfahren, weil du den Weg nicht mehr zurückgehen kannst. Du hast nur die Möglichkeit an einer anderen Kreuzung erneut abzubiegen, um einen neuen Weg einzuschlagen. Aber du wirst nie erfahren, wie dein Leben auf dem damals abgelehnten Weg verlaufen wäre."

„Ich soll also das Kind abtreiben? Ich würde ein unschuldiges Lebewesen umbringen!"

„Es ist momentan ein Zellhaufen mit Herzschlag. Jeder Abtreibungsgegner würde mich für diese Aussage steinigen, aber das ist eben meine Meinung. Was hätte dein Kind davon, wenn du es austrägst und es täglich deine Unzufriedenheit spüren müsste? Möglicherweise würdest du indirekt deinem Kind die Schuld für dein berufliches Versagen geben. Glaubst du, irgendwer würde davon profitieren?"

„Falls ich mich gegen das Kind entscheide – soll ich es dann Nick sagen?"

„Er ist dein Freund, nicht meiner! Nur du weißt, wie er reagieren wird, wenn du ihm davon erzählst."

„Verurteilst du mich dafür? Ich weiß, dass du dir Enkelkinder wünschst." Entschuldigend sah sie zu ihrem Vater auf.

„Natürlich wünsche ich mir Enkelkinder! Aber ich habe bereits die beste Tochter der Welt! Du hast mich schon so stolz gemacht, dass deine Kinder das nicht mehr übertreffen könnten. Du hast mit vier Jahren deinen Berufswunsch geäußert und daran festgehalten, bist du ihn erreicht hast. Und ich weiß, dass ich der Auslöser dafür war. Was also könnte mich stolzer machen?"

Lea hatte Tränen in den Augen. Sie erinnerte sich an die Zeit, von welcher ihr Vater sprach.

Sie saß mit ihrem Papa im Auto. Er hatte sie gerade vom Kindergarten abgeholt, als sie an einer Bushaltestelle vorbeikamen. Die vierjährige Lea erkannte einen Mann, der an der Handtasche einer alten Frau zerrte. Diese hatte sich die Tasche jedoch um den Körper geschlungen, weshalb der Dieb sie nicht losreißen konnte. Wütend schrie der Mann die wehrlose Frau an und schlug ihr brutal mit der Faust ins Gesicht. Leas Vater hielt sofort an. Er sprang aus dem Auto und stürmte auf den Täter zu. Mit einem geschickten Griff brachte er ihn zu Fall und fixierte seine Hände mit einer Schnur auf dessen Rücken. Anschließend rief er seine Kollegen, um den Angreifer festzunehmen. Die alte Frau bedankte sich bei Peter Rieder und kam sogar zu Lea ans Auto. „Dein Papa ist ein Held! Er hat mich gerettet!"

Ab diesem Tag sah Lea ihren Vater mit anderen Augen. Sie sprach ihn immer wieder auf seine Arbeit an und hörte bewundernd seinen Geschichten zu. Ein paar Jahre später recherchierte sie im Internet über die Polizeiarbeit und wollte schließlich einen Selbstverteidigungskurs besuchen. Je älter sie wurde, desto ausführlicher diskutierte ihr Vater mit ihr über seine Arbeit. Ihre Mutter beäugte dies mit Argusaugen. Sie hatte sich für ihre Tochter einen ungefährlicheren Beruf gewünscht. Aber gegen die Macht der Bewunderung kam sie nicht an. Lea verfolgte konsequent ihr Ziel, bis sie es schließlich erreichte.

„Danke für deine Unterstützung", sagte Lea zu ihrem Vater und umarmte ihn. „Ich muss leider heute noch zurück, ich habe nur noch bis morgen Zeit!"
„Ich wünsche dir alles Gute! Glückwunsch auch zur Beförderung in den Außendienst! Und bringe das nächste Mal ruhig wieder Nick mit."
„Soll ich dich reinbringen?"
„Nein! Ich bleibe noch etwas hier draußen. Fahr vorsichtig, meine Kleine!"

Erleichtert ging Lea auf das Hauptgebäude zu. Obwohl sie immer noch nicht sicher war, dass ihre Entscheidung die Richtig war, hatte sie einen Entschluss gefasst. Sie würde sich zuerst auf ihre Karriere konzentrieren und etwas später, wenn sie einige Jahre in ihrem Traumberuf gearbeitet hatte, die Familienplanung in Angriff nehmen. Völlig in ihre Gedanken versunken betrat sie das Gebäude des Pflegeheims, als sich ihr plötzlich ein junger Mann in den Weg stellte. „Hallo Lea!"

Erschrocken sah sie auf. „Gabriel? Du bist immer noch da? Ich dachte, du wolltest nur ein Praktikum im Heim absolvieren und anschließend studieren?"

„Die Pläne haben sich geändert. Wie geht es dir?", wollte der junge Pfleger mit Blick auf Leas Bauch wissen.

„Gut! Und dir?", fragte sie verwundert.

„Du bist immer noch mit diesem Nick zusammen, stimmt's?"

„Geht dich das etwas an?", fauchte sie gereizt.

„In gewisser Weise schon. Du hast mich damals ziemlich verletzt, weißt du? Du warst meine große Liebe und ich war für dich … nur ein Spielzeug!

Genervt verdrehte Lea die Augen. Jetzt fing das wieder an! Gabriel versuchte sie immer noch zurückzugewinnen. Vor zwei Jahren, als sie die Krise mit Samuel hatte und ihren Vater besuchte, ließ sie sich mit dem zehn Jahre jüngeren Gabriel ein. Sie hatten eine kurze aber heftige Affäre, welche sie vor ihrem Vater geheim hielt. Als sie wenig später nach München zog erhielt sie laufend Nachrichten von Gabriel. Er schrieb ihr, dass er sie vermisste und wollte wissen, wann sie wieder in die Schweiz käme. Einmal stand er sogar vor ihrer Haustüre in München. Sie versuchte ihm mehr als einmal zu erklären, dass sie nur eine Affäre hatten und keine Beziehung. Gabriel sah das aber anders. Dass er selbst nach zwei Jahren noch so an ihr hing, fand sie nicht nur lästig, sondern auch verstörend.

„Was willst du?", fragte Lea ihn direkt.

„Ich will, dass du mit Nick Schluss machst."

„Das mache ich sicher nicht! Was ist dein Problem?" Fassungslos schüttelte sie den Kopf.

„Ich liebe dich! Und ich ertrage es nicht, wenn du mit einem anderen Mann zusammen bist."

„Aber ich liebe dich nicht! Und wir werden auch nie wieder zusammenkommen!"

„Wenn ich dich nicht haben kann, soll dich auch kein anderer haben!"

„Das hast sicher nicht du zu entscheiden! Ich liebe Nick und ich werde ihn nicht verlassen! Dagegen kannst du nichts unternehmen! Lass mich in Ruhe!" Sie wollte sich an ihm vorbeischieben, wurde aber durch seine unnachgiebige Anwesenheit zurückgehalten.

„Ich rate dir dringlich mit Nick Schluss zu machen!" Gabriels Worte wurden eindringlicher.

„Warum sollte ich?" Auffordernd schaute Lea ihn an.

„Weil sonst zwei unschöne Dinge geschehen. Erstens werde ich deinem Nick erzählen, dass du sein Kind abgetrieben hast und zweitens ..."

„Was? Wie kommst du darauf?"

„Ich konnte ein paar Fetzen eures Gespräches auffangen."

„Du hast uns belauscht? Dafür kannst du deinen Job verlieren!", fauchte Lea wütend.

„Kann ich nicht! Ich bin hier sehr angesehen und beliebt. Frage doch deinen Vater!"

„Vielleicht erzähle ich Nick selbst davon, dann hast du überhaupt nichts gegen mich in der Hand!" Mit einem kräftigen Stoß schob Lea Gabriel zur Seite und wollte gehen. Blitzschnell griff er nach ihrem Arm und zog sie zur Seite.

„Und zweitens, werde ich deinen Vater umbringen!" Entsetzt starrte Lea ihn an. „Bist du verrückt?"

„Er wird an einem weiteren Schlaganfall sterben, nicht nachweisbar ob Fremdverschulden vorliegt. Ich mache den Job mittlerweile lange genug, dass ich mich auskenne, verlass dich darauf. Wenn du denkst, du könntest deinen Nick oder sonstige Bullen auf mich hetzen, liegst du falsch. Du hast nichts gegen mich in der Hand. Ich bin weder vorbestraft noch aggressiv oder böswillig zu den Bewohnern."

„Nein! Du bist nur aggressiv mir gegenüber. Selbst wenn ich meine Beziehung zu Nick beenden würde, käme ich niemals zurück zu dir. Das ist dir doch klar, oder?"

„Mir reicht es schon, wenn dich kein anderer Mann anfasst. Und wenn du dich fragst, wie ich das kontrollieren will … ich kenne viele Leute, die in München wohnen. Die werden dich beschatten und mir berichten, ob du mit Nick noch zusammen bist oder nicht. Wenn ja, dann sehe ich dich das nächste Mal bei der Beerdigung deines Vaters. Und Nick wird von seinem abgetriebenen Kind erfahren, wenn er es nicht bereits von dir weiß!"

„Du drohst mir?"

„Nein! Ich erpresse dich! Ich glaube nämlich fest daran, dass wir irgendwann wieder zusammenkommen, wenn du lange genug Single bist. Schließlich warst du vor zwei Jahren auch ganz verrückt nach mir, nachdem mit diesem Samuel Schluss war."

„Und wie lange willst du das durchziehen?" Lea konnte nicht glauben, dass sie dieses Gespräch mit ihm führte.

„Bis ich sterbe!"

„Vielleicht sollte ich dich dann einfach umbringen, dann bin ich meine Probleme auf einen Schlag los!", zischte sie ihn an.

„Du hast ja schon Schwierigkeiten deinen ungewollten Balg entfernen zu lassen! Wie willst du es dann bei einem erwachsenen Menschen schaffen?"

Das saß! Lea schlug seinen Arm zur Seite und stürmte aus dem Haus. Sie stieg in ihr Auto und raste auf die Autobahn.

Ich habe wirklich genug eigene Probleme, da brauche ich nicht noch diesen Spinner, der mich bedroht!

In München ging sie zur Beratungsstelle und anschließend in die Klinik, um die unerwünschte Schwangerschaft abzubrechen. Nick erzählte sie nichts davon. Sie führte weiterhin eine Beziehung mit ihm, da sie nicht bereit war, sich von Gabriel einschüchtern zu lassen.

Als sie zwei Wochen später ihren neuen Dienst an Nicks Seite antrat, plagte sie ihr schlechtes Gewissen immer mehr. Sie war mehrmals nahe dran, Nick von ihrer ungeplanten Schwangerschaft zu erzählen, jedoch kam ihr immer etwas dazwischen. Sie hatte plötzlich Probleme, eine unbeschwerte Beziehung mit ihm zu führen. Wenn er ihr nach dem Sex liebevoll über den Bauch strich und von der gemeinsamen Zukunft sprach, in welcher er sie beide mit zwei wunderschönen Kindern sah, fühlte sie sich wie eine Verräterin. In diesen Momenten war sie sich plötzlich nicht mehr sicher, ob sie die richtige Entscheidung getroffen hatte. Aber sie war diesen Weg gegangen und konnte nicht mehr umkehren.

Eines Abends klingelte ihr Telefon, als das Pflegeheim ihres Vaters anrief. Lea war sofort alarmiert.

„Ist etwas mit meinem Vater?"

„Wir wissen es nicht genau. Es geht ihm momentan nicht so gut. Vielleicht ist es nur ein Virus, aber wir wollten Sie auf jeden Fall unterrichten."

„Danke! Ich komme so schnell wie möglich vorbei."

Als sie am nächsten Tag in die Schweiz fahren wollte, bekamen sie die Nachricht, dass eine Kinderleiche am Ufer der Isar gefunden wurde. Ihr erster gemeinsamer Fall! Lea war hin- und hergerissen, wem sie ihre Priorität schenken sollte. Schließlich rief sie ihren Vater an.

„Wie geht es dir?", fragte sie besorgt.

„Gut! Warum sollte es mir schlecht gehen?"

„Weil die Ärztin meinte, du hättest einen Virus!", erklärte Lea verwundert.

„Ach das! Alles wieder gut! Vermutlich hat mir irgendeine Aushilfskraft ein falsches Medikament gegeben. Die werden ja immer unzuverlässiger! Ich bin fit, wie geht es dir?"

„Auch gut! Wir haben unseren ersten Fall!" Lea war froh, dass es ihrem Vater wieder besser ging.

„Na dann halte dich ran! Viel Erfolg bei der Aufklärung!"

Lea wusste nicht, ob Gabriel der Grund für den schlechten Zustand ihres Vaters war, aber sie wollte nichts riskieren. Es reichte, dass sie ein unschuldiges Leben auf dem Gewissen hatte! Sie wollte nicht auch noch ihren Vater durch ihre Sturheit verlieren.

An diesem Abend machte sie mit Nick Schluss.

„Was soll das heißen, du glaubst es ist besser, wenn wir uns trennen?" Verständnislos blickte Nick sie an.

„Ich finde es nicht gut, wenn wir den ganzen Tag zusammen arbeiten und dann auch noch privat zusammen sind. Das hält eine Beziehung doch nicht lange aus. Deshalb mache ich lieber jetzt Schluss, solange wir uns noch gut verstehen. Wenn wir uns erst streiten, dann können wir auch keine guten Partner mehr sein!"

„Hast du diesen Blödsinn in einem Glückskeks gelesen? Wir streiten doch gar nicht!"

„Ach ja? Und was machen wir jetzt gerade?"

Nick schüttelte fassungslos den Kopf. „Das ist doch etwas ganz anderes! Du machst mit mir aus unerfindlichen Gründen Schluss! Soll ich das etwa so hinnehmen? Ich liebe Dich!"

„Ich … das spielt keine Rolle!"

„Hast du einen anderen?", wollte Nick wissen.

Lea überlegte blitzschnell. Das wäre die einfachste Erklärung für ihr Verhalten.

„Ja!"

„Kenne ich ihn?" Nick musste sich zusammenreißen, um nicht auszurasten. Warum hatte er nichts davon bemerkt?

„Nein!"

Abwartend betrachtete Nick seine Partnerin. „Kannst du auch mehr als nur Ja und Nein sagen? Willst du es mir nicht erklären? Seit wann gehst du fremd?"

„Ich gehe nicht fremd!" Schockiert riss sie ihre Augen auf. „Ich … es ist noch nichts Ernstes. Aber es könnte was werden."

Nick verstand die Welt nicht mehr. Wann wollte sie einen neuen Mann kennengelernt haben? Sie waren in ihrer Freizeit jede Minute zusammen.

„Ich erkläre es dir irgendwann, aber nicht jetzt. Ich bin müde, würdest du bitte gehen?"

Sie war keine gute Schauspielerin und befürchtete, dass er, wenn er noch länger blieb, ihre Scharade durchschauen würde. Nick schnappte sich seine Jacke und warf die Tür hinter sich ins Schloss.

Lea fiel aufs Sofa und ließ ihren Tränen freien Lauf. Es zerriss ihr das Herz, aber ihr Verstand zwang sie zu dieser Handlung.

Kapitel 29

Heute

Angespannt ging Lea zum Abendessen. Sie wusste, dass Nick recht hatte. Sie war hier sicherer, als in München, wo der Täter immer noch frei herumlief und möglicherweise nach ihr Ausschau hielt. Hier fühlte sie sich zwar von Neller bedroht, aber mit Abstand betrachtet, ließen sich alle Situationen als harmlos erklären. Sie hatte Neller bei der Kosmetikbehandlung nicht gesehen. Vielleicht war er wirklich nicht in ihrem Zimmer und sie hatte es nur geträumt? *Aber ich habe doch seine Hände an meinem Hals gespürt!* Das konnte sie sich doch nicht einbilden! Oder doch? Sie hatte jedenfalls nicht vor, sich erneut einer Behandlung im Spa-Bereich zu unterziehen. Sie würde ab jetzt in ihrem Zimmer bleiben. Möglicherweise könnte sie an einem weiteren Aufguß teilnehmen. Da waren so viele Menschen in der Sauna, dass ihr keine Gefahr durch Neller drohte. Aber sie würde es vermeiden, alleine Spaziergänge zu unternehmen, im Ruheraum zu liegen, Sport zu treiben oder in eine leere Sauna zu gehen. So bekam Neller keine Möglichkeit mehr, sie anzugreifen. In ihrem Zimmer war sie jedenfalls sicher! Ebenso beim Frühstück und beim Abendessen. Und in der Bar war sie mit Rafael zusammen, was ihr ebenfalls ein Gefühl der Sicherheit gab. Sie würde also die weiteren Tage überstehen, ohne einen erneuten Angriff von Neller befürchten zu müssen. Davon war sie überzeugt!

Wie bereits die beiden Tage zuvor, begab sich Lea nach dem Abendessen in die Bar. Sie wollte sich mit Rafael treffen, da sie seine Anwesenheit wirklich genoss. Wäre er nicht mit seiner Mutter im Hotel, hätte sie sich auch tagsüber mit ihm treffen können und wäre so möglicherweise von den bedrohlichen Ereignissen verschont geblieben.

Als sie den dunklen Raum betrat, fehlte von Rafael noch jede Spur. Sie setzte sich auf einen freien Barhocker und bestellte ihren Lieblingscocktail. Sie musste fast eine Stunde lang warten, bis er endlich auftauchte.

„Hallo Lea, entschuldige, dass ich so spät komme!", begrüßte er sie mit einer freundschaftlichen Umarmung.

„Ich habe mir schon Sorgen gemacht!", stieß Lea belustigt aus.

„Wirklich? Warum? Dachtest du, ich hätte mir eine neue Bekanntschaft zugelegt?", fragte er mit einem schelmischen Grinsen.

Verwirrt blickte Lea auf. „Nein! Ich dachte, deiner Mutter würde es vielleicht nicht so gut gehen!"

„Achso! Der geht es blendend!"

Die einsetzende Musik der Liveband unterbrach das seltsame Gespräch.

„Darf ich bitten?" Rafael reichte Lea seine Hand. Gemeinsam gingen sie auf die Tanzfläche und bewegten sich im Einklang des Taktes. Lea genoss es, von Rafael im schnellen Tempo über das Parkett gewirbelt zu werden. Er führte so gut, dass es für sie keine Schwierigkeit darstellte, mit seinen ausgefallenen Schritten mitzuhalten. Als das Lied zu Ende war, ertönten die ruhigen Klänge eines Liebessongs. Selbstbewusst zog Rafael seine

Tanzpartnerin an sich und bewegte sich langsam zur Musik. Dabei wanderten seine Hände behutsam über ihren Rücken. Obwohl Lea bereits am Vortag deutlich machte, dass ihr Herz einem anderen gehörte und sie auf keine Affäre aus war, genoss sie seine Berührungen. Am Ende des Tanzes führte Rafael sie zurück an die Bar. Entgegen ihrer Gewohnheit bestellte sie sich einen zweiten Cocktail, obwohl sie bereits die Wirkung des ersten deutlich spürte.

„Willst du dich heute etwa betrinken?", fragte Rafael verwundert.

„Ich glaube schon!" Den Grund hierfür ließ sie unkommentiert.

„Wie war dein Tag heute? Gab es wieder einen beunruhigenden Vorfall?", wechselte er völlig unerwartet das Thema.

Konzentriert beobachtete Lea ihn. Wie meinte er das? Wollte er etwa, dass sie bedroht wurde? Oder war das nur seine seltsame Art Konversation zu betreiben?

„Wie kommst du darauf?", fragte sie vorsichtig.

„Ich meine nur, weil du doch gestern in die Sauna gesperrt wurdest! Vielleicht hat dieser Typ es heute wieder versucht?"

„Nein! Es ist nichts dergleichen vorgefallen!" Lea beschloss spontan, ihm nichts von ihrem Erlebnis bei der Kosmetikbehandlung zu erzählen. Vielleicht war es besser, keine Fremden einzuweihen. „Ich habe dich heute übrigens wieder nicht im Hotel gesehen. Du sagtest doch, deiner Mutter würde es besser gehen."

„Richtig! Aber wir waren den ganzen Tag unterwegs. Sie wollte unbedingt zum Großen Arber fahren und anschließend über die Grenze nach Tschechien zum Shoppen."

Lea nickte nachdenklich, fand es aber trotzdem seltsam, dass sie sich weder beim Frühstück noch beim Abendessen über den Weg liefen. Schnell schüttelte sie die aufkommenden Gedanken ab. Sie nahm einige große Schlucke ihres zweiten Cocktails und genoss die betäubende Wirkung des starken Alkohols. *Ich will nicht mehr an Neller denken! Ich will an gar nichts mehr denken!*

„Kennst du den Spruch, mit welchem das Hotel wirbt?", wollte Rafael völlig überraschend wissen.

Lea schüttelte neugierig den Kopf.

„Ein Abenteuer für die Seele! Was wollen die einem damit wohl suggerieren?"

„Richtig! Das habe ich am Eingang gelesen! Ich denke, sie meinen damit, dass die Seele vom Alltagsstress Abstand gewinnen kann und man neue Eindrücke gewinnt! Schließlich kann man sich hier super erholen und abschalten", erklärte Lea und spürte, dass ihre Zunge langsam schwer wurde.

„Glaubst du nicht, dass man durch diesen Spruch animiert wird, etwas zu tun, was man eigentlich gar nicht will?"

„Ich glaube, ich verstehe nicht, worauf du hinaus willst. Was meinst du?" Nicht nur Leas Zunge wurde schwerfällig, auch ihre Gedanken funktionierten nur noch wie zähflüssige Masse.

Rafael bemerkte, dass Leas Augen glasig wurden, es war zu spät, um ein sachliches Gespräch mit ihr zu beginnen. Vielleicht sollte er den Abend einfach nur mit ihr genießen, anstatt über die Vergangenheit zu grübeln und seine verstörenden Gedanken mit ihr zu teilen.

Die Band begann ihre nächste Musikrunde mit einem flotten Discofox. Lea sprang auf, griff nach Rafaels Hand und zog ihn auf die Tanzfläche. Vergnügt bewegten sie sich zum Rhythmus, bis sie drei Lieder später atemlos an die Bar zurückkehrten.

„Mir ist total schwindlig! Ich glaube, ich habe zu viel getrunken!", bemerkte Lea lallend. Die übermäßige Bewegung und der dadurch resultierende starke Sauerstoffaustausch entfalteten explosionsartig die Wirkung des Alkohols. Sie hatte vergessen, dass sie bei übermäßigem Verzehr dieser Droge anhänglich und liebesbedürftig wurde. Sie wünschte sich Nick herbei. Gabriels Drohungen verschwanden als unbedeutendes Detail in der hintersten Ecke ihrer Vernunft. Lea legte ihren Kopf auf die Theke und schloss die Augen. *Was soll ich jetzt machen?*

„Was ist los? Geht es dir nicht gut?" Besorgt strich Rafael ihr über den Rücken.

„Doch! Aber meiner Seele geht es momentan nicht gut!"

Verständnislos blickte Rafael ihr in die Augen. „Was meinst du damit? Ist dir schlecht? Musst du dich übergeben?"

Mit einem Mal sah sie nicht mehr Rafael, sondern Nick vor sich. Ihre Sehnsucht nach ihm überrollte sie mit aller Macht. „Bringst du mich nach oben?", fragte sie schnell, während sie sich bereits erhob.

„Natürlich!" Rafael war sich sicher, dass ihr schlecht war und sie schnell in ihr Zimmer wollte, um sich dort übergeben zu können. Besorgt legte er den Arm um sie und zog sie zu den Fahrstühlen.

Sie bemerkten beide nicht, dass sie beobachtet wurden. Antonio Neller saß mit seiner Frau in einem der abgelegenen Lounge-Sessel und registrierte nachdenklich, dass das Paar die Bar gemeinsam verließ. Unauffällig erhob sich Toni und nahm die Verfolgung auf.

Vor Zimmer 203 blieb Lea stehen. Sie zog ihre Schlüsselkarte aus der Hosentasche und öffnete die Tür.

„Gute Nacht!", sagte Rafael freundlich und wollte sich gerade abwenden.

„Willst du noch mit reinkommen?" Leas Blick verriet, was sie vorhatte.

„Ich dachte, dir ist schlecht und du willst …"

„Nun komm schon!" Sie packte Rafael am Nacken und zog ihn in ihr Zimmer. Mit dem Fuß kickte sie die Türe zu und hing im nächsten Moment an seinen Lippen. Sie küsste ihn leidenschaftlich und zerrte gleichzeitig an seinem Hemd. Sie hatte zwei Jahre lang auf Sex verzichtet, jetzt konnte sie sich nicht mehr zurückhalten.

„Bist du dir sicher, dass …", murmelte Rafael völlig überrumpelt.

„Sei ruhig!" Sie umschloss erneut seinen Mund mit ihren Lippen und schubste ihn aufs Bett.

Sie wollte und konnte sich nicht eingestehen, dass sie einen Fehler beging. Sie schlug einen Weg ein, den sie in wenigen Stunden bereuen würde. Aber, wie ihr Vater bereits sagte – sie konnte es nicht mehr rückgängig machen.

Kapitel 30

Vor vielen Jahren

Nick Lörrach betrat sein Zimmer und blieb abrupt stehen.

„Conny! Geht's noch?" Sein Mitbewohner Konrad Leistner saß mit vier Freunden auf Nicks Bett und rauchte einen Joint. Das Zimmer war vom süßlichen Qualm des Tabaks erfüllt.

„Sorry, Kleiner! Aber du hast mir erlaubt, dass ich dein Zimmer benutzen kann, wenn meines zu klein wird. Das war Bestandteil unserer Abmachung, erinnerst du dich?"

Nick und Conny lernten sich zufällig bei einer Semesterparty kennen. Sie studierten beide Jura an der LMU in München. Nick war gerade 19 Jahre alt, Conny ein Jahr älter. Sie verstanden sich von Anfang an so gut miteinander, dass sie einige Monate später beschlossen, eine Wohngemeinschaft zu gründen. Die gefundene Zwei-Zimmer-Wohnung konnten sie sich gemeinsam gerade leisten. Bei Einzug vereinbarten sie, dass jeder die Hälfte der Kosten tragen würde. Da die Wohnung jedoch aus einem großen und einem relativ kleinen Zimmer bestand, war die Aufteilung der Räume schwierig. Conny bot sofort an, Nick das größere Zimmer zu überlassen, wenn er sich dort gelegentlich aufhalten dürfte. Beispielsweise, wenn seine Freunde kamen und sein eigenes Zimmer dann zu klein würde. Nick erklärte sich damit einverstanden. Normalerweise hätte er kein Problem damit gehabt, den kleineren Raum zu beziehen, allerdings besaß dieser nur ein sehr spärliches Fenster, was in Nick augenblicklich bedrückende Gefühle auslöste. So kam ihm Connys Vorschlag sehr recht und er ließ sich auf den Handel ein. Glücklicherweise machte Conny von dieser Vereinbarung nur selten Gebrauch.

„Klar, erinnere ich mich! Aber du könntest ja wenigstens die Fenster öffnen! Dafür sind die nämlich da!" Nick stieg über die abgestellten Schuhe und Taschen der Gäste und öffnete beide Fenster. „Wie lange braucht ihr noch? Ich muss noch für Zivilrecht lernen."

„Zehn Minuten, dann sind wir weg!" Conny hielt sich an Absprachen, das war für ihn Ehrensache.

Nick ging während dessen in die Küche, holte sich eine Flasche Wasser aus dem Kühlschrank und setzte sich auf einen der beiden Stühle. Bald wäre das alles Vergangenheit! Er hatte sich vor zwei Monaten bei der Polizei beworben und eine Zusage erhalten. Im Herbst konnte er dort anfangen und im Polizeiwohnheim unterkommen. Jura war ihm viel zu theoretisch. Er würde das Studium hinschmeißen und auf der Straße, mit echten Problemen und Menschen, arbeiten. Er zog auch den Beruf des Sozialarbeiters in Betracht, aber bei der Polizei hatte er so viel mehr Chancen. Er konnte sogar Kommissar werden und dürfte dann die wirklich schweren Mordfälle bearbeiten. Das war sein Ziel – das war seine Überzeugung!

Eine Stunde später saß er in seinem verlassenen Zimmer und blätterte in seinen Unterlagen. Obwohl er wusste, dass er das Studium nach diesem Semester beendete, wollte er die Prüfungen bestehen. Deshalb musste er sich jetzt noch einen Monat konzentrieren, um das Semester erfolgreich abzuschließen. Dann konnte er seine Karriere bei der Polizei starten.

Er schlug gerade etwas in seinem ZPO-Kommentar nach, als er zuerst die Türglocke und anschließend das laute Hämmern von Fäusten hörte. „Aufmachen, Polizei!" Schlagartig spannten sich seine Muskeln an. Polizei? Was wollten die hier? War das ein Zufall oder hatte das mit seiner Bewerbung zu tun? Vielleicht hatte Conny irgendetwas angestellt, ihm war alles zuzutrauen!

„Ich komme ja schon!", rief Conny aus seinem kleinen Zimmer und eilte zur Tür.

Und plötzlich ging alles ganz schnell. Nicks Tür wurde aufgerissen und drei Beamte stürmten in sein Zimmer. Bei der Behausung seines Mitbewohners verhielt es sich ähnlich.

„Was ist denn los? Warum …", wollte Nick erstaunt wissen. Er hatte keine Angst, aber ihm war auch nicht ganz wohl bei der Sache. Er wusste, dass die Polizei nicht ohne eindeutige Hinweise eine Wohnung stürmte.

Einer der Beamten stellte sich neben Nick und legte ihm eine Hand auf die Schulter. Dieser verstand die Geste sofort. Er sollte ruhig sitzen bleiben.

„Ihre Nachbarn berichteten von einem ungewöhnlichen Geruch, welcher aus dieser Wohnung kam", erklärte der Älteste der Beamten.

„Ein Geruch? Was für ein …". Nick hielt inne. Er konnte sich denken, um was es hier ging.

Plötzlich fingen die Beamten an, Decken, Kissen und seine Matratze zu durchsuchen. Auch den Kleiderschrank ließen sie nicht aus. Sie brauchten nicht lange, bis sie das Gesuchte fanden.

„Ich hab etwas!", rief einer der Beamten und hob eine kleine Plastiktüte in die Höhe. Mit großen Augen starrte Nick auf die dunkelbraune Masse, welche sich darin befand. Er erkannte auf Anhieb, dass dies mehr als die erlaubten sechs Gramm waren.

„Das gehört mir nicht!", erklärte Nick. Er wollte seinen Mitbewohner nicht verraten, aber er konnte sich eine öffentliche Anklage wegen Drogenbesitzes nicht leisten. Wenn er bei der Polizei angenommen werden wollte, musste er ein einwandfreies Strafregister vorweisen. Selbst eine Vorstrafe oder ein Freispruch waren vermerkt und würden sich negativ auf die Zusage der Polizeischule auswirken.

„Conny! Du Mistkerl!", rief Nick wütend durch die Wohnung.

Sein Zimmernachbar erschien mit unschuldigem Blick. „Was ist los?"

„Hast du das Zeug in meinem Zimmer gebunkert?", fauchte Nick ungläubig.

„Wie kommst du darauf? Ich habe dir schon so oft gesagt, dass du die Drogen hier nicht aufbewahren sollst. Jetzt haben sie dich doch erwischt!" Unschuldig zuckte Conny die Schultern und wandte sich ab.

Nick wurde in Handschellen abgeführt und in Untersuchungshaft gesteckt. Er konnte das alles nicht glauben! Seine gesamte Zukunft war durch einen Freund, der diese Bezeichnung nicht verdiente, zerstört worden.

„Wollen Sie ihren Anwalt anrufen?", fragte der Beamte durch die Zellentür.

Es war hoffnungslos. Was sollte ein Anwalt hier erreichen? Dass er mit Bewährungsstrafe davon kam? Dass er nur ein Jahr absitzen musste, anstatt drei oder vier Jahren? Vollkommen egal, seine Zukunft bei der Polizei war hiermit besiegelt. Es gab keine Zukunft!

„Ich hätte gerne einen Pflichtverteidiger!" Nick konnte sich keinen Rechtsanwalt leisten, deshalb nahm er das Angebot des Staates an, dass jeder Beschuldigte ein Recht auf einen Pflichtverteidiger hatte. Diese Rechtsanwälte waren nicht schlecht, sie bekamen nur weniger Geld für ihre Arbeit. Die wirklich guten Strafverteidiger übernahmen nur selten Pflichtverteidigungen, da sie bei ihren reichen Mandanten, mit welchen sie Honorarvereinbarungen abschlossen, oft das zehnfache der Gebühren erhielten.

Am nächsten Tag wurde Nick dem Haftrichter vorgeführt. Da er seine Unschuld nicht beweisen konnte, wurde durch den Richter die Untersuchungshaft angeordnet.

Am Nachmittag traf er im Verhörraum auf seinen Pflichtverteidiger. Er war Rechtsanwalt für Familienrecht, Verkehrsrecht, Zivilrecht und Strafrecht. Allein, dass er kein Fachanwalt für Strafrecht war, bereitete Nick schon Sorgen. Der Anwalt war etwa Mitte Dreißig, groß und hatte ein einnehmendes Lächeln, welches ihn trotz seines Berufes sympathisch wirken ließ.

„Guten Tag, Herr Lörrach. Mein Name ist Antonio Neller. Ich wurde vom Gericht als Ihr Pflichtverteidiger bestellt und vertrete Sie in Ihrem Verfahren. Können Sie mir ein paar Einzelheiten aus Ihrer Sicht erzählen?" Er hatte eine angenehme Stimme und freundliche braune Augen.

„Was soll das bringen? Ich war es nicht, aber ich kann es nicht beweisen. Wenn Conny nicht zugibt, dass das sein Haschisch ist, dann werde ich verurteilt. Ist doch so, oder?"

Nachdenklich betrachtete Toni Neller seinen Mandanten. „Sind Sie immer so pessimistisch? Wie sehen Sie Ihre Zukunft? Sie studieren Jura?", erklärte er mit Blick in seine Akte.

„Nicht mehr lange! Ich wollte im Herbst bei der Polizei anfangen, aber daraus wird jetzt wohl nichts mehr. Wenn ich vorbestraft bin, kann ich das vergessen!" Aus Nicks Worten war nur Hoffnungslosigkeit zu hören.

„Warum haben Sie sich einen Anwalt rufen lassen, wenn Sie keine Hoffnung haben?"

„Sie sind Pflichtverteidiger!", äußerte Nick abwertend.

„Achso! Ich bin also ein schlechterer Strafverteidiger, weil ich Menschen zu ihrem Recht verhelfen will, die sich einen der teuren Anwälte nicht leisten können? Glauben Sie das wirklich?"

„Nein! Ich glaube, dass mir hier überhaupt kein Rechtsanwalt helfen kann. Wenn Conny nicht redet, dann …"

„Warum wollen Sie es nicht versuchen?"

„Was versuchen?" Irritiert betrachtete Nick den Mann im dunklen Anzug.

„Erzählen Sie mir die Geschichte aus Ihrer Sicht! Ich werde Ihnen jedes Wort glauben und anschließend überlegen, wie ich Sie am besten verteidigen kann."

„Selbst wenn Sie gut sind, erreichen Sie bestenfalls einen Freispruch. Der reicht mir aber nicht, um bei der Polizei anfangen zu können."

„Richtig! Einen Freispruch können wir auch erreichen, wenn Ihnen die Tat nicht nachgewiesen werden kann. Das ist für die Polizei aber kein Unschuldszeugnis. Was wir benötigen, ist ein Freispruch durch einen Belastungszeugen. Wenn wir beweisen können, dass nicht Sie, sondern ihr Mitbewohner die Tat begangen hat, dann bekommen Sie auch keinen Eintrag ins Führungszeugnis!"

„Und wie wollen Sie das schaffen? Conny studiert Jura, der ist nicht blöd. Ihm kann eine Verurteilung nach dem Betäubungsmittelgesetz selbst schaden." Nick wollte seinen Anwalt wissen lassen, dass er nicht ganz unbelesen war.

„Wenn Sie mir nun endlich die Angelegenheit aus Ihrer Sicht erzählen könnten … ich habe in einer Stunde noch einen Termin vor dem Landgericht."

Nick erzählte dem Anwalt jede Einzelheit des Tages. Er erwähnte auch, dass Conny öfters sein Zimmer benutzte, wenn er Besuch hatte.

„Es wäre also durchaus möglich, dass einer von Connys Freunden das Haschisch bei Ihnen versteckt hat?", rekonstruierte Toni Neller sachlich.

„Möglich! Aber Sie werden keinen von denen dazu bringen, die Schuld auf sich zu nehmen!"

„Lassen Sie das mal meine Sorge sein." Der Anwalt verabschiedete sich von Nick und verließ den Verhörraum.

Zwei Tage später wurde Nicks Zellentür geöffnet. „Sie können gehen! Ihr Verfahren wurde eingestellt!"

Nick saß auf seiner Pritsche und starrte den Justizvollzugsbeamten ungläubig an. „Es wurde eingestellt? Warum das denn?"

Plötzlich trat ein Mann hinter dem Wachmann hervor. „Wollen Sie lieber hier drin bleiben, oder kommen Sie jetzt mit?" Antonio Neller grinste seinen Mandanten an.

Ohne ein weiteres Wort zu verlieren, sprang Nick auf, packte seine wenigen Habseligkeiten und stürmte aus der Zelle. Er begrüßte seinen Anwalt mit Handschlag und verließ mit ihm gemeinsam die Justizvollzugsanstalt Stadelheim.

Wenige Minuten später saßen sie sich in einem nahegelegenen Cafe gegenüber.

„Wie haben Sie das nur geschafft? Ich weiß nicht, wie ich Ihnen danken soll!", begann Nick überschwänglich.

„Es war nicht ganz einfach, aber … Ihr Mitbewohner war schließlich doch kooperativ."

„Conny? Er hat geredet? Freiwillig?" Nick konnte das immer noch nicht glauben.

„Naja, nicht ganz freiwillig! Aber Sie sind aus der Sache raus!", antwortete Neller grinsend.

„Und mein Führungszeugnis?", hakte Nick ungeduldig nach.

„Kein Eintrag! Conny hat sich schuldig bekannt und Sie von jedem Mitwissen freigesprochen. Somit wurde der Anfangsverdacht ausgeräumt und es gibt keinen Eintrag!"

„Du bist der Wahnsinn!", flüsterte Nick. „Oh, Entschuldigung! Ich wollte Sie nicht duzen."

„Kein Problem! Wir sind ja jetzt nicht mehr Anwalt und Mandant. Wir können uns ruhig duzen. Ich bin Toni!" Lachend reichte er seinem Gegenüber seine große Hand.

„Nick! Freut mich sehr!" Überglücklich schlug Nick ein. „Für einen Pflichtverteidiger bist du echt gut!", bemerkte er bewundernd.

„Das ist ein Irrglaube der Gesellschaft, dass Pflichtverteidiger schlechter arbeiten als Wahlverteidiger. Vielleicht liegt es bei mir daran, dass ich eine leicht kriminelle Ader in mir habe, die manchmal zum Vorschein kommt!"

„Wie meinst du das? Hast du Conny bedroht?" Nick riss gespannt die Augen auf.

Toni schwenkte abwägend den Kopf. „Nicht bedroht … eher … eingeschüchtert. Ich habe ihm erzählt, dass du ihn wegen Verführung Minderjähriger anzeigen würdest, wenn er nicht zugeben würde, dass das sein Haschisch ist."

„Wie bitte? Das ist Erpressung!" Nick wurde blass.

„Nein! Du hättest es ja nicht getan. Deshalb ist es keine Erpressung. Ich habe ihm nur eine Geschichte erzählt und er ist darauf reingefallen."

„Das glaube ich nicht. Conny ist doch nicht so dumm, dass er …"

„Doch, ist er! Ich glaube, er hatte tatsächlich mal etwas mit einem Mädchen, welches minderjährig war. Und zwar deutlich minderjährig! Er hat so etwas erwähnt!"

„Und seine Angst davor war größer, als wegen Drogenbesitz verurteilt zu werden?"

„Wer mit einem Mädchen unter 16 Jahren Sex hat, noch dazu, wenn er selbst schon volljährig ist, läuft immer Gefahr, dass er wegen Kindesmissbrauch angeklagt wird. Da nimmt Conny wohl lieber den Drogenmissbrauch in Kauf, was eigentlich recht klug von ihm ist."

„Du bist der Hammer! Wie kann ich dir das jemals danken?" Nick stand spontan auf und umarmte seinen ehemaligen Anwalt.

„Keine Ursache! Wenn du einmal ein berühmter und gut verdienender Polizist bist, kannst du mich ja auf ein Wochenende nach Mallorca einladen. Dann sind wir quitt!"

„Darauf komme ich gerne zurück."

Nicks und Tonis Freundschaft hielt über all die Jahre an, bis Nick eines Tages seinen Kumpel anrief. "Hey Toni! Erinnerst du dich noch, dass ich dir etwas schulde? Ich lade dich und deine Frau für zwei Wochen in ein Wellnesshotel ein. Du musst mir nur einen kleinen Gefallen tun."

Kapitel 31

Heute

Der Sex war gut, aber nur solange Lea ihre Augen geschlossen hielt und ausblendete, dass Rafael der Mann war, dem sie sich hingab. Als sie beide erschöpft nebeneinander lagen, überlegte Lea, wie sie ihm behutsam mitteilen konnte, dass sie den Rest der Nacht lieber alleine verbrachte. Der Rausch des Alkohols war mittlerweile verflogen, ebenso wie die Gier nach seinem Körper und seiner Anwesenheit.

Während Lea noch grübelte, welche Worte sie am besten wählte, stand Rafael plötzlich auf, zog sich an und gab ihr zum Abschied einen Kuss auf die Stirn.

„Danke für den tollen Sex, aber ich lasse dich jetzt lieber alleine!"

Stirnrunzelnd betrachtete Lea ihn. „Wirklich? Ich dachte ..."

„Was? Dass ich mehr will? Eine Affäre oder gar eine Beziehung?" Lachend schüttelte er den Kopf. „Nein, Lea! Nur Sex! Das ist das einzige, was Männer in diesem Hotel von den weiblichen Gästen wollen!" Er öffnete die Türe und verließ im nächsten Moment das Zimmer.

Nachdenklich blieb Lea in ihrem Bett zurück. Wie meinte er das? Seine letzten Sätze verwirrten sie. Jedoch war sie so übermüdet, dass sie nach wenigen Minuten einschlief.

Ein kräftiger Ruck weckte sie. Sie lag auf dem Bauch, während ihre Hände auf ihrem Rücken fixiert wurden. Sofort schossen ihr die Bilder des Narzissenkünstlers ins Gedächtnis. Sie konnte nicht schreien, da ihre Kehle wie zugeschnürt war. Sie rechnete fest damit, dass sie jeden Moment auf die grinsende Vendetta Maske blicken würde.

Als zwei kräftige Hände sie auf den Rücken drehten sah sie ihn. Sie war so überrascht, dass sie lediglich ein Flüstern zustande brachte. „Rafael? Was soll das?"

„Wenn du schreist, klebe ich dir sofort den Mund zu, verstanden? Bleib ruhig, dann kannst du auch durch den Mund atmen!" Mit strengem Ton gab er seine Anweisungen.

Lea war so verwirrt, dass sie nur langsam nickte. Sie verstand das nicht. Warum tat Rafael das? War er der Narzissenkünstler? Hatte er sie im Hotel ausfindig gemacht? Sie hatte tausend Fragen, brachte aber keine davon über ihre Lippen.

„Jetzt werden sie dafür bezahlen! Endlich bekommen sie ihre Strafe!", nuschelte er wütend vor sich hin.

Lea verstand kein Wort. „Wen meinst du? Ich verstehe überhaupt nichts!", flüsterte sie, um nicht zu riskieren geknebelt zu werden. Für einen Moment überlegte sie, laut um Hilfe zu schreien, glaubte jedoch nicht, dass um diese Uhrzeit irgendeiner der Gäste sofort darauf reagieren würde. Und zu einem zweiten Schrei hätte sie möglicherweise keine Gelegenheit mehr.

„Ich erzähle dir eine Geschichte, danach verstehst du mich sicherlich. Es waren einmal ein Mann und eine Frau, die sich liebten und schon viele Jahre verheiratet waren. Sie hatten zwei kleine Töchter, die von ihnen vergöttert wurden. Eines Tages verbrachte die Frau mit vier Freundinnen ein Wochenende in einem Wellnesshotel. Der Mann verstand, dass sie sich vom Alltagsstress erholen wollte und passte währenddessen auf die beiden Töchter auf. Ein Abendteuer für die Seele! Das hat die Frau wohl wörtlich genommen, denn sie hat in dem Hotel einen Mann kennengelernt und mit ihm eine Affäre begonnen. Sie trafen sich auch zu Hause noch regelmäßig, bis die Frau nach drei Monaten beschloss, ihren Ehemann zu verlassen. Sie nahm die Kinder mit, zog mit ihrem Liebhaber ans andere Ende von Deutschland und reichte die Scheidung ein."

Lea hörte aufmerksam zu und begriff schnell, dass es sich um Rafael und seine Frau handeln musste. Also war sie nicht gestorben, wie er erzählt hatte, sondern hatte ihn verlassen.

„Und was hat das mit mir zu tun? Ich habe keinen Mann, den ich mit dir betrogen habe."

„Darum geht es auch nicht! Es geht um das Hotel! Es soll dafür bezahlen, dass es die Frauen dazu verführt, sich in fremde Männer zu verlieben!"

Ungläubig riss Lea die Augen auf. *Das meint er doch nicht ernst? Spinnt der?*

„Glaubst du das wirklich? Das hätte doch überall passieren können. Das Hotel ist nur ein x-beliebiger Ort, an dem sich die beiden zufällig getroffen haben. Die Liebe …"

„Sprich nicht von Liebe! Dieses Hotel wirbt geradezu für ein Abenteuer! Meine Frau liebt mich, sie wurde von ihren Gefühlen nur getäuscht, weil das Hotel dies suggeriert!"

Skeptisch betrachtete Lea den Mann am Bettende, der sich mittlerweile in Rage sprach.

„Und was hast du jetzt vor?" Eigentlich wollte sie die Antwort gar nicht hören.

Er zog ein mittelgroßes Messer aus einer Tasche am Boden und drehte die Klinge im Licht. „Ich werde das Hotel vernichten. Sie werden den Skandal nicht verkraften!"

„Welchen Skandal?"

„Eine unschuldige Frau wird während ihres Aufenthalts grausam ermordet. Nach dieser Schlagzeile müssen sie den Laden dicht machen."

„Was?" Leas Atmung beschleunigte sich. Die Panik breitete sich schlagartig in ihrem Körper aus. „Und was glaubst du passiert danach? Deine Frau wird trotzdem nicht zu dir zurückkommen. Und du gehst lebenslang in den Knast!"

„Nur wenn sie mich schnappen."

Skeptisch betrachtete sie ihn. „Also bist du alleine im Hotel und hast deine kranke Mutter nur erfunden? Sie werden alle Gäste überprüfen. Du hast keine Chance!" Lea wollte Zeit gewinnen. Sie musste ihn weiter in ein Gespräch verwickeln.

„Ich habe kein Zimmer hier, wenn du das glaubst. Dann wäre ich ja registriert. Ich bin nur Tagesgast. Ich komme morgens und gehe am Abend wieder. Da muss ich weder einen Ausweis vorlegen, noch mich sonst irgendwie legitimieren. Es genügt, wenn ich meinen Aufenthalt täglich in bar bezahle."

Plötzlich ergab für Lea alles einen Sinn. Deshalb hatte sie ihn nie beim Frühstück oder Abendessen gesehen.

Tagsüber ist er ihr aus dem Weg gegangen, um nicht von anderen Gästen mit ihr in Verbindung gebracht zu werden. Aber was war am Abend? An der Bar?

„Du vergisst die Gäste und die Barkeeper, welche uns zusammen gesehen haben. Sie würden dich schnell ausfindig machen, glaube mir!"

„Schon möglich! Aber das ist mir egal! Mein Leben ist eh nicht mehr viel wert, ohne meine Frau und meine Kinder."

„Und ich bin dir auch egal? Du kannst doch nicht so gefühlskalt sein, dass du zuerst mit mir schläfst und mich eine Stunde später brutal umbringen willst, nur um dem Hotel zu schaden. Das ist krank!" Lea konnte ihre Emotionen kaum zurückhalten.

„Das sagst ausgerechnet du! Hattest du nicht das Gefühl, ein Gast hätte dich in der Sauna eingeschlossen? Warum hast du das nicht der Hotelleitung gemeldet? Weil du genau wusstest, dass dieser Vorfall nur deiner Fantasie entsprungen ist! Du bist nicht weniger krank als ich!"

„Nur der Unterschied besteht darin, dass ich keine anderen Menschen umbringen will!", spuckte sie ihm entgegen.

„Genug geredet! Lass uns zur Sache kommen!" Rafael schritt auf sie zu, während er das Messer vor sich hielt. Lea stockte der Atem. Die Bilder des Narzissenkünstlers tauchten vor ihrem Auge auf. Sie ahnte, was jetzt geschehen würde. Ängstlich wich sie zurück und rutschte bis an die Wand.

Bevor sie etwas unternehmen konnte, traf sie ein harter Schlag an der Schläfe und sie sank bewusstlos zur Seite.

Kapitel 32

Nick wälzte sich in seinem Bett. Er träumte von Lea. Sie lag auf dem Sofa in ihrer Wohnung und über ihr stand ein Mann mit einer Vendetta Maske. Er hielt ein großes Messer in seinen Händen und war im Begriff, ihr den Bauch aufzuschlitzen.

„Nein!!!", schrie er und riss die Augen auf. Völlig verschwitzt setzte er sich auf und schaute auf die Uhr. Es war drei Uhr morgens. Er stand auf und ging in die Küche, um ein Glas Wasser zu trinken. Anschließend öffnete er das Fenster und inhalierte die kühle Nachtluft, aber seine Unruhe flachte nicht ab. Er war innerlich aufgewühlt. Vielleicht nur von dem Traum, vielleicht aber auch wegen etwas anderem. Als Lea vom Narzissenkünstler entführt wurde, wachte er auch mitten in der Nacht auf und war schweißgebadet. Damals träumte er, dass Lea in einen dunklen Kerker gesperrt und gefangen gehalten wurde. Aber er glaubte nicht an einen Zusammenhang mit dem realen Leben. Er führte seinen Traum auf die Suspendierung seines Chefs zurück, der Lea von den Ermittlungen fernhalten wollte.

Dieses Mal jedoch wollte er die Hinweise seines Unterbewusstseins nicht übergehen. Er würde es kein zweites Mal riskieren, dass sein Albtraum ihm ein unterbewusstes Zeichen setzte und er es ignorierte. Er musste etwas unternehmen. Sofort!

Er griff nach seinem Handy und wählte eine Nummer. Es klingelte. Einmal. Zweimal. Dreimal. Dann ging die

Mailbox an. Nick legte auf und wählte erneut. Es klingelte. Einmal. Zweimal. Plötzlich wurde abgehoben.

„Nick? Weißt du eigentlich, wie spät es ist?", meldete sich Toni verschlafen.

„Das spielt jetzt keine Rolle! Du musst sofort überprüfen, wie es Lea geht!" Nicks Stimme überschlug sich fast.

„Was? Jetzt?"

„Ja, jetzt! Ich hatte einen Albtraum und ich glaube, dass ihr etwas zugestoßen ist."

Toni schloss müde die Augen. Sein Freund hatte einen Albtraum und weckte ihn deshalb mitten in der Nacht? Super!

„Nick! Sie liegt in ihrem Bett und schläft! Ich habe selbst gesehen, wie sie vor … drei Stunden in ihr Zimmer ging." Toni stellte den Wecker zurück auf den Nachttisch.

„Toni, bitte! Ich habe ein wirklich beschissenes Gefühl! Ich würde ja selbst nach ihr sehen, aber dafür habe ich nun einmal dich ins Hotel geschickt!", erinnerte er seinen Freund.

„Richtig! Kostenloser Hotelaufenthalt mit wichtiger Nebentätigkeit!", witzelte Toni.

„Du hast deinen Job bisher sehr gut gemacht, also …"

„Achja? Das hörte sich die letzten Tage aber ganz anders an. Du hast mich angeschrien, warum ich nicht vorsichtiger war, weil sie in der Sauna fast draufgegangen ist."

„Aber sie lebt noch, oder? Also hast du nicht versagt, sondern genau das erledigt, was ich von dir erwartet habe. Du sollst sie beschützen und dafür sorgen, dass ihr nichts zustößt! Der Narzissenkünstler läuft noch frei herum und ich weiß nicht, ob er dort ist, aber mein Gefühl …"

„Du hast ein Scheißgefühl, oder?"

„Kannst du jetzt bitte nachsehen, ob es ihr gut geht?"

„Nein!"

„Was? Warum nicht?", fragte Nick verstört.

„Ich kann dir sagen, warum du ein Scheißgefühl hast! Sie ist nicht allein auf ihr Zimmer gegangen."

„Was meinst du damit?"

„Erinnerst du dich an den Typen von der Bar? Sie sind sich heute Abend etwas … wie soll ich sagen … näher gekommen. Sie hat ihn mit auf ihr Zimmer genommen."

„Hat er sie dazu gedrängt? Hat er sie bedroht oder entführt?"

„So würde ich das nicht nennen! Eher …"

„Nun sag schon!", drängte Nick.

„Ich hatte den Eindruck, dass es von ihr ausging! Sie hat ihn regelrecht gepackt und ins Zimmer gezogen."

Nick schloss die Augen und versuchte sich zu sammeln. Er konnte und wollte sich das nicht vorstellen. Warum machte Lea so etwas? Warum nahm sie einen fremden Mann mit auf ihr Zimmer? Für den Bruchteil einer Sekunde war er enttäuscht und persönlich verletzt. Im nächsten Moment überwiegte jedoch wieder die Angst.

„Du musst trotzdem hin, bitte!"

Toni sackte in sich zusammen. Er wusste ja, dass Nick hoffnungslos in Lea verliebt war, sonst hätte er ihn nicht beauftragt, auf sie aufzupassen. Aber das ging jetzt eindeutig zu weit. Er würde nicht an Leas Zimmertüre klopfen, um anschließend von zwei halbnackten Personen angestarrt zu werden. Noch dazu war Lea, was Toni betraf, vorbelastet. Sie hatte Angst vor ihm.

„Alles klar, Nick! Mach dir keine Sorgen!", sagte Toni in beruhigendem Tonfall.

„Danke, Toni!"

Nachdem Toni aufgelegt hatte, drehte er sich zur Seite und schloss die Augen. Nick war manchmal einfach zu übereifrig. Im nächsten Moment schlief er wieder ein.

Fünf Minuten später läutete erneut sein Handy.

„Was denn noch?", säuselte er in den Apparat.

„Warst du bei ihr? Geht es ihr gut?", hörte er die aufgeregte Stimme seines Freundes.

Augenblicklich war Toni hellwach. *Mist! Was sage ich ihm jetzt?*

„Sie vögelt mit diesem Typen, also geht es ihr wohl gut!"

„Warst du dort? Hast du es gesehen?", hakte Nick ungläubig nach.

Toni konnte etwas verheimlichen, aber er konnte nicht lügen. Vor allem, wenn es Nick betraf, den er seit ihrer ersten Begegnung als seinen Schützling angesehen hatte.

„Nein! Glaubst du ich störe die beiden, wenn sie gerade Sex haben?"

„Warst du vor der Tür? Hast du es gehört?" Nick gab nicht auf.

„Nein! Ich hielt es nicht für nötig!", gab Toni kleinlaut zu.

„Toni, hör zu! Sollten sie es gerade wild treiben, dann entschuldige ich mich bereits jetzt bei dir, dass ich dich in diese Lage gebracht habe. Dann hast du noch einen

Hotelaufenthalt bei mir gut. Aber wenn du dir nicht tausendprozentig sicher bist, dass es Lea in diesem Moment gerade gut geht, dann geh jetzt bitte zu ihrem Zimmer und überprüfe es! Wecke sie auf!"

Toni lief ein Schauder über den Rücken, als er die Dringlichkeit in Nicks Stimme hörte. Ihm war es wirklich ernst!

„In Ordnung! Ich gehe gleich los!", erklärte er bestimmt.

„Danke und gib mir bitte Bescheid!"

Toni zog seinen weißen Bademantel über und begab sich ins Hauptgebäude, wo sich Leas Zimmer befand. Er überlegte angestrengt, wie er es rechtfertigen konnte, dass er mitten in der Nacht vor ihrer Tür stand und ihren Liebesakt störte. Aber irgendetwas würde ihm spontan schon einfallen. Schließlich brachte diese Begabung sein Beruf mit sich.

Als er schließlich vor ihrem Zimmer ankam, war diese unwichtige Frage wie aus seinem Gedächtnis gelöscht.

Er erkannte sofort die Blutspuren auf dem beigen Teppich, die eindeutig von Leas Zimmer wegführten. Schweiß brach ihm auf der Stirn aus und ein beunruhigendes Gefühl machte sich in seinem Bauch breit.

Nick hatte Recht! Hoffentlich komme ich nicht zu spät!

Kapitel 33

Ein kräftiger Schlag auf ihren Hinterkopf holte Lea aus ihrer Bewusstlosigkeit zurück. Als sie ihre Augen öffnete, drang gedämmtes Licht auf ihre Netzhaut. Sie erkannte den Flur, welcher zum Schwimmbad führte.

„Verdammt!", schimpfte Rafael leise, weil Lea ihm aus dem Griff geglitten und auf dem Boden aufgeschlagen war. Sie spürte, wie seine kräftigen Arme ihren Körper aufhoben und über mehrere Stufen nach oben zogen. Nur langsam kam die Erinnerung zurück. Ihr Blick fiel auf die weißen Fliesen, die von einer dichten Blutspur überzogen waren. *Meine Beine!* Entsetzt betrachtete sie ihre blutenden Gliedmaßen und spürte gleichzeitig den brennenden Schmerz der tiefen Wunden. Rafael hatte sie mit einem Messer an Oberschenkel, Waden und Fußsohlen verletzt, um eine Blutspur zum eigentlichen Hinrichtungsort zu legen. Sie bemerkte die Überwachungskamera, die in dem breiten Gang hing. *Warum ist mir die bisher noch nicht aufgefallen? Irgendwer muss uns doch sehen! Hilfe!* Ihre Gedanken überschlugen sich. Im nächsten Moment schlug ihr Körper auf dem harten Boden auf.

„Steh auf!" Rafaels eindringliche Stimme ließ sie erschaudern. Regungslos blieb sie liegen und überlegte krampfhaft, wie sie ihn von seinem Vorbringen abhalten konnte.

„Ich habe gesagt, du sollst aufstehen!" Ein schmerzhafter Tritt brachte ihren Körper zum Zittern.

Langsam stützte Lea sich auf ihre Arme und zog die Beine an. Noch bevor sie aus eigener Kraft aufstehen konnte, vergrub sich seine Hand in ihrem Haar und zog sie nach oben.

„Stell dich an den Beckenrand", befahl er, während er sie grob von sich schob.

„Warum ...."?

„Das habe ich dir bereits erklärt. Jetzt ist keine Zeit mehr für Gespräche, jetzt ist die Zeit für Handlungen!"

Sie blickte ihm direkt in die Augen, suchte nach einem Funken Freundlichkeit, erkannte in diesem Moment aber nur Entschlossenheit und ... Hass.

Er hob seine Waffe und richtete sie auf ihren Oberkörper.

Wo hat er die Pistole her?, schoss es ihr durch den Kopf.

Er stand nur einige Meter von ihr entfernt und ihr war bewusst, dass er kein guter Schütze sein musste, um sie tödlich zu treffen.

„Rafael! Das ist nicht die Lösung des Problems! Ich kann ..."

„Halt die Schnauze! Ich will nichts mehr hören!", schrie er unvermittelt.

Seine Hand zitterte, als er langsam den Hebel zog.

„Bitte, nicht!" Sie wusste, dass sie keine Chance hatte, wenn er abdrückte. Durch die Wucht des Einschlags würde sie ins Wasser fallen und dort, falls die Kugel sie nicht sofort tötete, ertrinken.

Ein letztes Mal schaute sie ihm in die Augen, versuchte durch nicht vorhandene hypnotische Fähigkeiten ihn von seinem Vorhaben abzubringen.

Bevor sie den Schuss hörte, spürte sie den Eintritt des Projektils. Ihr Körper wurde nach hinten gerissen und fiel in das warme Wasser. Im nächsten Moment umhüllte sie die erlösende Schwärze.

Kapitel 34

Toni folgte im Laufschritt den blutigen Spuren. Als er die Stimmen hörte, blieb er abrupt stehen und spähte durch die Glastür ins Schwimmbad. Er erkannte Lea, die nur mit einem Slip und einem kurzen Top bekleidet am Beckenrand stand. Ihre Beine waren blutüberströmt und er sah ihr an, dass es ihr Schmerzen bereitete, sich aufrecht zu halten. Vor ihr stand der Mann aus der Bar und hielt eine Pistole in der Hand. *Da hat sich Lea wohl den Wolf im Schafspelz in ihr Bett geholt!* Selbst in dieser kritischen Situation konnte Toni seinen Humor nicht unterdrücken. Plötzlich hob der Mann im Schwimmbad die Waffe und zielte auf Lea. Verdammt! Toni musste etwas unternehmen! Und zwar sofort! Er bekam augenblicklich weiche Knie. Schließlich war er Rechtsanwalt und kein Polizist! Er blickte sich um und suchte nach einem geeigneten Gegenstand, welchen er als Waffe benutzen konnte.

Plötzlich fiel ein Schuss! Toni zuckte schreckhaft zusammen. Durch einen vorsichtigen Blick vergewisserte er sich, dass seine Befürchtungen eingetreten sind. Lea verschwand unter der Wasseroberfläche, während der Täter sich auf den Rand des Beckens zubewegte und auf sein Opfer hinabblickte.

Verdammt! Verdammt! Verdammt! Toni war kein Held aus einem Actionfilm, aber genau den musste er momentan verkörpern. Er wusste nicht, welche Angst momentan größer war. Die vor dem Täter – oder die vor Nick, wenn er erfahren würde, dass Toni versagt hatte.

Hektisch wanderte sein Blick über das Wandregal, welches die kahle Mauer vor dem Eingang zum Schwimmbad verzierte. Er bemerkte eine handliche, aber massive Statue. Blitzschnell griff er danach, öffnete die Glastür und schlich leise auf den Mann mit der Waffe zu. Toni hatte Glück! Er wurde nicht bemerkt. Mit einem schnell ausgeführten Schlag attackierte er den Täter, der mit einem lauten Seufzer zu Boden ging. Erleichtert atmete Toni aus und steuerte auf die am Boden liegende Waffe zu, um sie aufzuheben, als ihn plötzlich eine Hand am Fußknöchel packte.

Verdammt! Warum ist er nicht bewusstlos? Im Kino klappte das doch immer!

Noch bevor Toni weglaufen konnte, wurde er von seinem Opfer zu Fall gebracht. Rafael überwältigte den wehrlosen Rechtsanwalt und schlug mit seinen Fäusten auf ihn ein. Für einen Moment ließ er von ihm ab, suchte nach seiner Pistole, nahm sie auf und zielte damit auf Tonis Gesicht. Neller schloss verzweifelt die Augen und erwartete jeden Moment den tödlichen Schuss.

Plötzlich und völlig unerwartet schrie Rafael auf, zuckte kurz und fiel anschließend zur Seite. Als Toni seine Augen öffnete, blickte er in Karens Gesicht.

Seine Frau stand mit einem Elektroschocker bewaffnet vor ihm und grinste ihn siegessicher an. „Ich dachte, wenn wir schon auf geheimer Mission unterwegs sind, könnten wir den vielleicht brauchen."

Kapitel 35

Nachdem seine Frau den Täter außer Gefecht gesetzt hatte, sprang Toni auf und hechtete ins Wasser. Er zog Lea an die Wasseroberfläche und legte sie, mit Hilfe seiner Frau, auf eine der bequemen Liegen. Konzentriert überprüfte er den Puls und ihre Atmung, jedoch war mittlerweile beides nicht mehr vorhanden. Während er die reglose Lea beatmete, führte Karen die Herz-Druck-Massage durch.

„Komm schon, Lea! Atme oder Nick bringt mich höchstpersönlich um!", flüsterte Toni ängstlich. Dabei konnte er sich dieses Mal ohne Weiteres eingestehen, dass es sich um einen Scherz handelte, da er sich um sein Leben momentan am wenigstens Sorgen machte.

Nach einigen Intervallen spie Lea plötzlich Wasser aus und öffnete langsam ihre Augen.

Erst jetzt lief Toni zu dem immer noch außer Gefecht gesetzten Rafael und fixierte seine Hände mit dem Gürtel seines Bademantels.

Während sie auf die Ankunft des Rettungswagens und der Polizei warteten, betrachtete er verwundert seine Frau.

„Wo hast du den her?", fragte er verdutzt mit Blick auf den Elektroschocker.

„Den habe ich mir vor ein paar Jahren mal im Internet besorgt. Ich wollte mich verteidigen können, falls ich nachts mal angegriffen werde."

„Falls du nachts angegriffen wirst? Von wem?"

„Das weiß man doch nie!", antwortete Karen ausweichend.

„Und den nimmst du zum Wellnessurlaub mit?"

„Du hast erzählt, dass du für Nick in geheimer Mission unterwegs bist. Da dachte ich, eine Waffe könne nicht schaden. Es ging die ganze Zeit um Lea, richtig? Du solltest sie beschützen."

„Es tut mir leid, dass ich es dir nicht erzählt habe. Aber Lea durfte nichts davon erfahren."

„Warum nicht? Wenn sie doch in Gefahr war!"

„Nick meinte, Lea würde sofort abreisen, wenn sie wüsste, dass ich sie beschatte. Deshalb habe ich dir auch nichts davon erzählt."

„Schon gut! Das bin ich ja gewohnt von dir! Und es ist ja alles gut gegangen!"

„Sag mal, woher wusstest du, dass es gefährlich werden kann!" Toni schüttelte ungläubig den Kopf.

„Wenn Nick dich um etwas bittet, besteht immer die Gefahr, dass etwas schief läuft."

„Meinst du jetzt, wegen Nick oder wegen mir?" Er erhielt keine Antwort mehr, weil in diesem Moment die Rettungssanitäter das Schwimmbad betraten. Sie hoben Lea auf die schmale Trage und fixierten sie mit den Gurten.

„In welches Krankenhaus kommt sie?", wollte Toni wissen.

„Nach Vilshofen!"

Einige Minuten später erschienen die Beamten der örtlichen Polizeiinspektion und nahmen Rafael mit.

Als Toni und Karen wenig später wieder auf ihrem Zimmer waren, ging bereits die Sonne auf. „Müssen wir jetzt auch abreisen? Oder können wir noch hierbleiben, bis die zwei Wochen vorbei sind?", fragte Karen neugierig.

„Soweit ich weiß, hat Nick den Aufenthalt bereits im Voraus bezahlt, da wäre es doch schade, wenn wir die Zeit nicht noch in vollen Zügen genießen würden!" Mit einem liebevollen Kuss besiegelte er das Gesagte.

„Vielleicht solltest du Nick jetzt mal unterrichten, dass Lea nur knapp dem Tod entgangen ist", erinnerte Karen ihren Mann.

„Du hast Recht!" Als Toni nach seinem Handy griff, sah er, dass bereits zehn Anrufe in Abwesenheit eingegangen waren.

Als sie zwei Stunden später zum Frühstück gingen, verließ gerade die letzte Putzkraft das Schwimmbad. Auch die Flure und der Teppich vor Leas Zimmer wurden gründlich gereinigt bzw. mit einem sauberen Läufer abgedeckt, um die Spuren der nächtlichen Tat vor den übrigen Gästen zu verbergen.

Kapitel 36

Nick betrat das Krankenzimmer im Klinikum Rechts der Isar in München. Lea schlief, was ihn dazu veranlasste, sich neben sie zu setzen und ihr entspanntes Gesicht zu betrachten. Er fühlte sich schuldig an ihrem Zustand. Hätte er sie nicht überredet in das Hotel zu fahren, wäre sie hier geblieben. Er hätte auf sie aufpassen können, anstatt sie hunderte Kilometer entfernt in die Arme eines Psychopaten zu schicken. Gibt es eigentlich noch einen Ort auf der Welt, der sicher ist? Oder laufen mittlerweile in jedem Teil der Erde gestörte Menschen herum, die nach dem Leben anderer trachten? Es ist ein Unterschied, ob man als Kommissar solche Fälle aufklären will oder ob ein geliebter Mensch selbst Opfer eines solchen Täters wird. Die Professionalität und Distanzierung leiden erheblich unter der persönlichen Einbeziehung in solch einen Fall. Als Toni gestern Nacht anrief, ahnte Nick bereits, dass etwas Schlimmes passiert sein musste. Während der Stunden, als er vergeblich versuchte, seinen Freund telefonisch zu erreichen, drehte er fast vor Sorge um Lea durch.

„Nick? Du hattest Recht! Sie wurde angegriffen!", eröffnete Toni das Gespräch.

„Was ist passiert? Geht es ihr gut?" Die Anspannung war deutlich aus Nicks Stimme zu hören.

„Sie hat viel Blut verloren, aber sie lebt. Sie ist im Krankenhaus in Vilshofen und die Polizei hat den Täter verhaftet."

„War es der Narzissenkünstler?" Nick hatte seinen Freund bereits von dem brutalen Massenmörder in Kenntnis gesetzt.

„Das weiß ich nicht! Er hatte jedenfalls keine Maske auf, wenn du das meinst!"

„Hat er sie mit dem Messer verletzt?" Nick sah vor seinem inneren Auge bereits die lange Schnittwunde auf Leas Bauch.

„Ja, auch! Aber schlussendlich hat er sie angeschossen und sie ist ins Wasser gefallen. Hättest du mich nicht rechtzeitig geschickt, wäre sie sicher ertrunken!"

„Ertrunken? Er wollte sie nicht in ihrem Bett töten?"

„Ich glaube nicht! Warum spielt das eine Rolle?"

„Egal! Du hast sie gerettet! Du warst also doch meine richtige Wahl! Ich wusste, dass ein Held in dir schlummert. Ich wusste es seit dem Tag, als du mich aus der Untersuchungshaft geholt hast."

„Danke für die Blumen! Aber die Ehre gebührt nicht mir alleine! Eigentlich wäre ich jetzt tot, wenn Karen nicht gewesen wäre! Ihr ist es zu verdanken, dass Lea und ich noch leben!"

„Karen? Hast du sie etwa zu Leas Zimmer mitgenommen?"

„Natürlich nicht! Aber offensichtlich ist sie mir gefolgt und hat den Täter schließlich mit einem Elektroschocker außer Gefecht gesetzt."

„Warum hatte sie einen Elektroschocker dabei?"

„Das erklärte ich dir ein anderes Mal in Ruhe", antwortete Toni lächelnd.

„Ich danke dir und natürlich auch Karen! Genießt die restlichen Tage noch im Hotel! Jetzt könnt ihr endlich tun und lassen was ihr wollt, ohne auf Lea Rücksicht nehmen zu müssen."

„Danke! Und Nick? Erkläre Lea irgendwann bitte, dass ich nichts Böses im Schilde geführt habe. Ich wollte sie immer nur beschützen!"

Nach diesem Telefonat rief Nick umgehend im Krankenhaus in Vilshofen an und erkundigte sich nach Leas Zustand. Der diensthabende Arzt teilte ihm mit, dass die tiefen Schnittwunden an den Beinen versorgt wurden und die Kugel in der Schulter keine lebenswichtigen Arterien verletzt hatte. Nick bat darum, Lea noch in derselben Nacht auszufliegen, was der Arzt jedoch verneinte. „Die Hubschrauber können erst bei Tagesanbruch wieder fliegen. In der Nacht rücken sie nur in absoluten Notfällen aus!"

Also wurde Lea bei Sonnenaufgang in den Helikopter verfrachtet und kam dreißig Minuten später im Klinikum Rechts der Isar an.

Nick nahm ihre Hand in seine und streichelte sie zärtlich. Er musste noch nach Tittling zu der zuständigen Polizeistation, in welcher der Täter einsaß. Nick wollte ihn unbedingt persönlich verhören, um einen Zusammenhang mit dem Narzissenkünstler zu beweisen bzw. auszuschließen. Während Nick seinen straffen Terminplan im Kopf umsortierte, öffnete Lea plötzlich ihre Augen.

„Hey!", wisperte sie schwach.

„Hey! Wie geht es dir?" Glücklich über ihr Erwachen konnte Nick nur schwer seine Tränen unterdrücken.

„Gut! Und dir?"

„Du fragst mich, wie es mir geht? Du bist diejenige, die angeschossen im Krankenhaus liegt!"

„Bist du extra hier hergefahren, um mich zu besuchen? Musst du nicht in München bleiben, um den Fall zu lösen?"

„Wir sind in München! Ich habe dich heute früh einfliegen lassen", erklärte Nick kurzbündig.

„Dann habt ihr den Täter schon geschnappt?", wollte Lea überrascht wissen.

„Ja! Neller hat ihn überwältigt und ließ ihn von der Polizei abführen."

Nachdenklich kniff Lea ihre Augen zusammen. Schließlich schüttelte sie langsam den Kopf. „Ich meine nicht Rafael. Ich meine den Narzissenkünstler!"

„Rafael? Du kennst …" Plötzlich erinnerte sich Nick, dass Lea die Nacht mit diesem Mann verbracht hatte. „Sorry! Natürlich kennst du ihn!" Betreten senkte er seinen Kopf.

„Was hat Neller damit zu tun?", kam ihr erst jetzt der Gedanke.

„Er hat dich beschützt!"

„Beschützt? Er hat mehrmals versucht mich umzubringen! Das habe ich dir doch erzählt."

„Ich habe ihn beauftragt, dich zu beobachten, deshalb ist er dir mehrmals über den Weg gelaufen. Er hat …"

„Mich beobachten? Obwohl du wusstest, dass ich auf keinen Fall einen Bodyguard wollte, der mir wie ein Hund hinterherläuft, hast du Neller geschickt?" Fassungslos blickte sie ihn an.

„Wenn er nicht dagewesen wäre, dann …"

„Dann hätte ich keine Ängste in der Sauna und bei der Kosmetikbehandlung ausgestanden! Ich weiß ja nicht, was dieser Neller dir erzählt hat, aber er hat mich angegriffen!" Mittlerweile wurde Lea lauter, trotz ihrer Schmerzen in den Beinen und in der Schulter.

„Wenn du mich mal ausreden lässt, dann erkläre ich dir das alles." Abwartend betrachtete er die hübsche Frau im Bett. „In Ordnung?"

Lea nickte zustimmend und presste die Lippen aufeinander, da ihr bereits die nächste Frage auf der Zunge lag.

„Toni Neller ist ein langjähriger Freund von mir, der dich kein einziges Mal angegriffen oder bedroht hat. Ich habe ihn selbstverständlich mit jeder einzelnen Situation konfrontiert, nachdem du mir davon berichtet hast. Ich glaube dir auch, dass du die Zusammentreffen als Angriffe empfunden bzw. dir eingebildet hast, aber er …"

„Eingebildet? Ich bekam in der Sauna fast einen Hitzschlag, den habe ich mir nicht eingebildet. Und anschließend im Wasserbecken lag ich bewegungslos unter Wasser! Habe ich mir das auch eingebildet? Bei der Kosmetikbehandlung spürte ich Hände auf meinem Hals, die mir die Luft abgedrückt haben! Ich habe mir das nicht eingebildet!", wehrte Lea sich vehement gegen die Vorwürfe.

„Lea, bitte! Ich habe das falsche Wort benutzt. Du hast es dir nicht eingebildet. Ich glaube, dass du … geschlafen hast!" Nick erwartete einen verleugnenden Einwand von ihr, weshalb er inne hielt.

Mit großen Augen sah Lea ihn an und nickte auffordernd.

„Als du dich in der Sauna auf die Bank gelegt hast, könnte es doch sein, dass du eingeschlafen bist. Neller hat mehrfach durch das kleine Fenster in den Raum gesehen und du lagst die ganze Zeit regungslos da. Er machte sich hinterher Vorwürfe, dass er dich nicht früher geweckt hatte, bevor die Hitze dein Blut aufgeheizt hatte. Als Karen die Tür öffnete, bist du hochgeschreckt und hinausgerannt. Die Tür war weder verschlossen noch sonst wie blockiert."

„Er hat mich beobachtet?" Nachdenklich sah sie auf die Bettdecke. „Und was war bei der Kosmetikerin?"

„Toni hat gesehen, in welche Kabine du gegangen bist. Es ist niemand, außer der Kosmetikerin, eingetreten oder hat den Raum verlassen!"

„Ich habe ihn aber nicht gesehen! Und als ich rauskam, war Karen da, nicht Neller!",verteidigte Lea sich.

„Doch! Er hat sich versteckt! Karen war da, weil sie zufällig auch einen Termin hatte."

„Aber … drehe ich jetzt durch?"

„Die Entführung und das, was du mit ansehen musstest, hat dich offensichtlich doch mehr belastet, als du zugeben willst. Kann es sein, dass du bei der Kosmetikbehandlung auch eingeschlafen bist?"

Lea gab es ungern zu, aber nach gründlicher Überlegung war es tatsächlich möglich. Konnte man so realistische Träume haben, dass sie von der Wirklichkeit nicht zu unterscheiden waren?" Plötzlich fiel ihr eine andere Situation ein.

„Aber im Schwimmbad, als ich das erste Mal mit Neller zusammengestoßen bin, da hat er mich unter Wasser gedrückt. Da habe ich definitiv nicht geschlafen!"

„Toni hat dich an den Armen festgehalten, weil er dich hochziehen wollte. Er sah, dass du ausgerutscht bist und unter Wasser hektisch gestrampelt hast. Er wollte dir nur helfen!"

„Und was ist mit seinem Tattoo? Warum trägt er zufällig eine Narzisse? Du weißt selbst, dass es nur selten solche Zufälle gibt!" Lea spürte ihren Triumph.

„Das ist tatsächlich ein blöder Zufall. Er und Karen haben an Ostern geheiratet. Sie liebt Osterglocken."

Lea verdrehte genervt die Augen. Es gab tatsächlich für jeden Vorfall eine plausible Erklärung. Sie hätte sich den ganzen Stress und die Angstzustände im Hotel sparen können, wenn Nick sie von vorneherein eingeweiht hätte.

„Dir ist schon klar, dass die Nacht mit Rafael nie passiert wäre, wenn du mir das von Neller erzählt hättest?"

„Warum? Was hat das mit Toni zu tun?"

„Ich hatte Angst und war verzweifelt, weil du mir offensichtlich nicht geglaubt hast. Rafael hat mir geglaubt. Er hat mich sogar darin bestärkt, die Übergriffe bei der Hotelleitung zu melden…" Plötzlich lichtete sich etwas in Leas Gedanken. „Natürlich! Er wollte von vorneherein das Hotel schädigen! Vielleicht hat er die Angriffe ausgeübt?"

„Lea! Wenn es dir besser dabei geht, kannst du diesem Rafael gerne jede Straftat des letzten Jahres ankreiden, aber Toni hat gesehen, dass die Türe der Sauna nicht blockiert war! Und auch die Kabine bei der Kosmetikbehandlung betrat keine unberechtigte Person!"

„Vermutlich hast du Recht! Das wäre für Rafael viel zu einfach gewesen. Er wollte einen richtigen Skandal! Er wollte, dass das Hotel schließen muss!"

„Du bist dir also sicher, dass Rafael nicht der Narzissenkünstler ist?", hakte Nick vorsichtig nach.

„Ziemlich sicher! Er hatte völlig andere Beweggründe! Rafael wollte das Fremdgehen seiner Frau rächen, während der Narzissenkünstler den Missbrauch seiner Mutter irgendwie zu verarbeiten versucht."

„Das heißt, unser Täter läuft noch frei herum."

Plötzlich schwiegen sie beide. Erst nach einer gefühlten Ewigkeit wandte Nick sich wieder an Lea.

„Hast du dich in diesen Rafael verliebt?"

„Was? Nein! Wie kommst du darauf?" Lea schüttelte ungläubig den Kopf.

„Weil du mit ihm geschlafen hast! Ich kenne dich! Du bist nicht der Typ für One-Night-Stands!"

„Ich war einsam und hatte Sehnsucht!"

„Und das rechtfertigt mit einem fremden Typen Sex zu haben?"

„Ja! Weil du nicht da warst!", schleuderte sie ihm gedankenlos entgegen.

Mit großen Augen beobachtete Nick ihr Verhalten. Sie sank in sich zusammen und schaute aus dem Fenster. In diesem Moment fühlte er sich in seinen Gefühlen bestärkt.

„Lea, ich habe aus dieser Geschichte etwas gelernt und ich werde mich von dir nicht mehr abspeisen lassen."

„Was meinst du damit?"

„Ich liebe dich! Und das weißt du auch! Ich habe nie verstanden, warum du dich wirklich vor zwei Jahren von mir getrennt hast. Wir …"

„Das habe ich dir doch gesagt. Weil ich nicht wollte, dass unser Verhältnis schlechter wird, wenn wir zusammen arbeiten und ein Paar sind. Außerdem habe ich einen anderen Mann kennengelernt." Lea fiel es noch immer schwer, ihm diese Geschichte aufzutischen.

„Nein!" Nick schüttelte vehement den Kopf. „Das ist der größte Mist, den du je von dir gegeben hast. Das war nicht der Grund. Wenn du mich nicht mehr liebst, dann sag es direkt, aber lüge mich nicht an!"

Sie wollte nicht lügen, aber sie konnte ihm auch nicht die Wahrheit sagen. Er würde weder verstehen, dass sie ihr gemeinsames Kind abgetrieben hatte, noch, dass sie es zuließ, dass Gabriel sie erpresste. Nick würde sofort losstürmen und den Pfleger zur Rede stellen, was überhaupt nichts bewirken würde – außer, dass das Leben Ihres Vaters in Gefahr wäre.

„Ich werde dich nicht belügen – aber ich kann dir auch nicht alles erzählen! Noch nicht!"

„Liebst du mich?" Sie sahen sich in die Augen und er brauchte ihre ausgesprochene Antwort nicht mehr. Er sah es in ihrem Blick. Bevor sie etwas sagen konnte, klingelte Nicks Handy.

„Lörrach!", meldete er sich dienstlich. „Wo? Ich komme direkt hin!" Er steckte sein Telefon ein und stand auf.

„Ich muss los! Die Zeugin konnte unseren Täter identifizieren. Wir haben seine Adresse!" Spontan beugte er sich zu ihr hinunter und wollte sie küssen. Kurz, bevor sich ihre Lippen berührten, hielt er kurz inne und zog sich im nächsten Moment zurück. „Bis später!" Er wandte sich abrupt ab und verließ das Zimmer.

Kapitel 37

Mit dem Blaulicht auf seinem Zivilfahrzeug raste Nick zu der angegebenen Adresse. Er wollte auf keinen Fall riskieren, dass der Täter ihnen entwischte. Sie mussten vier Opfer hinnehmen, bis der Narzissenkünstler endlich einen Fehler beging. Die Zeugin sah sich mehrere Stunden lang die Aufzeichnungen der einschlägigen Geschäfte an, bis sie schließlich glaubte, den Täter entdeckt zu haben. Sie war sich nicht sicher, da der Gesuchte offenbar ein Durchschnittsgesicht besaß, aber die Beamten wollten keine Zeit mehr verschwenden. Die gesamte Abteilung war entschlossen, den Täter endlich zu fassen.

Als Nick sein Ziel erreichte, sah er bereits mehrere Einsatzfahrzeuge, welche vor einem Wohngebäude im Münchner Norden standen.

„Hallo Nick!", begrüßte ihn ein junger Kollege. Während sie mit zügigen Schritten auf das Hochhaus zuschritten, erhielt Nick die nötigen Informationen. „Er heißt Benno Grasser und wohnt im neunten Stock. Die Kollegen sind bereits drinnen und bewachen die Haustüre."

„Ist er da?", wollte Nick wissen.

„Das wissen wir nicht. Wir wollten auf dich warten, bis wir stürmen."

Zwei Stufen auf einmal nehmend hetzte Nick durch das Treppenhaus, bis er schließlich das neunte Stockwerk erreichte. Außer Atem trat er auf die Einsatzkräfte zu.

„Hey Nick! Warum nimmst du nicht den Fahrstuhl? Das geht schneller und einfacher!", begrüßte ihn einer der Uniformierten.

„Hast du dir dieses alte Gerät mal näher angesehen? Ich würde durchdrehen, wenn ich in dieser winzigen Kabine stecken bliebe, während ihr meinen Fall zum Abschluss bringt!"

Er ging den dunklen Flur entlang, vorbei an mehreren neutralen Wohnungstüren. Bei der letzten Türe blieb er stehen. Er zog seine Dienstwaffe und hämmerte mit der Faust gegen die Tür. Anschließend betätigte er mehrmals den Klingelknopf.

In der Wohnung blieb es still.

„Aufmachen! Polizei!", schrie er gegen die verschlossene Tür.

Erneut blieb alles ruhig.

Mit einer kurzen Geste gab er den anwesenden Einsatzkräften zu verstehen, dass sie die Türe aufbrechen sollten. Einer der Männer bahnte sich einen Weg an seinen Kollegen vorbei, positionierte sich neben Nick und stieß im nächsten Moment seinen Rammbock gegen die Wohnungstüre. Ohne Gegenwehr flog diese mit einem lauten Krachen auf.

Angespannt betrat Nick den Flur, während seine Kollegen in der kleinen Wohnung ausschwärmten und die beiden vorhandenen Zimmer sicherten.

„Er ist nicht hier!", rief einer der Beamten.

„Verdammt!" Nick ging fest davon aus, einen Verdächtigen festnehmen und anschließend seine DNA mit der des Täters abgleichen zu können. Sollte dies hier nicht ihr gesuchter Mörder sein, stünden sie wieder am Anfang.

Sie durchsuchten die Wohnung, fanden aber keine Anhaltspunkte, dass es sich um den Narzissenkünstler handelte. In einem Ordner mit verschiedenen Papieren fand Nick einen Gehaltsnachweis eines Steinmetzbetriebes in München, bei welchem Benno Grasser offensichtlich seit zwei Jahren angestellt war. Aus diversen Unterlagen konnte er entnehmen, dass ihr Verdächtiger zuvor offensichtlich in Leipzig aufgewachsen und zur Schule gegangen war. Er fotografierte die Adresse des Steinmetz ab und beschloss, diesem Betrieb am nächsten Tag einen Besuch abzustatten. Heute war es dafür schon zu spät.

Schlecht gelaunt kehrte Nick zurück auf die Dienststelle. Routinemäßig besuchte er auf dem Weg zu seinem Büro die Telefonzentrale. Hier wurden alle Anrufe der abwesenden Beamten entgegengenommen.

„Hallo Sonja! Kam irgendwas Wichtiges rein?", begrüßte er die junge Telefonistin, die erst seit zwei Monaten diese Stelle besetzte.

Zügig reichte sie ihm einen Stapel gelber Zettel, auf welchem die einzelnen Anrufer mit Rückrufnummer und kurzer Info zu ihrem Anliegen aufgeführt waren. Als er die Notizen durchblätterte hielt er plötzlich inne. Einer der Anrufe war für Lea bestimmt.

„Sonja? Hat Leas Vater hier angerufen?", fragte er verwundert, nachdem er den Namen *Rieder* auf dem Zettel las. Dieser hatte bisher immer direkt auf dem Handy seiner Tochter angerufen.

„Nein! Es war ihr Bruder!", erinnerte sich die Telefonistin.

Nicks Gesicht verlor augenblicklich an Farbe. „Ihr Bruder? Was wollte er?" *Lea hat keinen Bruder!* Er hatte momentan weder die Zeit noch die Lust, die unerfahrene Kollegin auf ihren Fehler hinzuweisen. Darum würde er sich später kümmern. Zuerst musste er herausfinden, was dieser männliche Anrufer, der sich offenbar als Leas Bruder ausgab, erfahren wollte.

„Er meinte, er könne seine Schwester auf dem Handy nicht erreichen und er würde sich Sorgen machen!"

Nicks Körper spannte sich an. „Und was hast du ihm gesagt? Hoffentlich, dass du keine Auskünfte über die Beamten erteilen darfst?"

„Naja! Er war wirklich sehr besorgt, auch wegen der Geiselnahme vorige Woche! Und ich dachte, da Lea im Krankenhaus ja kein Handy benutzen darf, konnte sie ihm wohl noch nicht Bescheid geben, was passiert war."

„Du hast ihm erzählt, in welcher Klinik sie liegt?" Nick wurde plötzlich übel. Ungläubig starrte er Sonja an.

„War das ein Fehler? Ich dachte …" Den Rest hörte Nick nicht mehr. Er stürmte aus dem Zimmer, übersprang die wenigen Stufen zum Erdgeschoss und sprintete zu seinem Auto. Während der Fahrt zum Krankenhaus versuchte er vergeblich Lea auf dem Handy zu erreichen. Wütend schlug er mehrmals auf das wehrlose Lenkrad seines BMW ein.

„Verdammt! Sonja hat die längste Zeit als Telefonistin gearbeitet, dafür sorge ich persönlich!" Er raste mit Blaulicht durch die Straßen, überquerte rote Ampeln und überfuhr beinahe einen Radfahrer, der ihn zu spät bemerkt hatte. Doch das ließ ihn alles kalt. Er wollte nur eines: Lea retten – wenn es nicht bereits zu spät war.

Er fuhr auf die Anfahrrampe für Taxis und stürzte aus seinem Fahrzeug, welches er einfach dort stehen ließ. Auf dem Weg zu Leas Zimmer touchierte er mehrere Besucher, Patienten und Schwestern und kam einmal fast zu Fall, als vor ihm plötzlich ein Servierwagen auftauchte, der von einem Pfleger aus einem Krankenzimmer geschoben wurde. Schließlich erreichte er das Privatzimmer, welches am Ende des Flurs lag.

Schwungvoll stieß er die Tür auf und blieb im nächsten Moment wie angewurzelt stehen. Er traute seinen Augen nicht.

Kapitel 38

Nachdem Nick ihr Zimmer verlassen hatte, spürte Lea den ziehenden Schmerz in ihrer Brust. Er liebte sie und sie liebte ihn! Aber wie sollte sie ihm erklären, dass sie sich die letzten zwei Jahre nur deshalb von ihm ferngehalten hatte, weil sie um das Leben ihres Vaters fürchtete? Nick würde sie für verrückt halten und ihr einzureden versuchen, dass man Gabriel aus dem Verkehr hätte ziehen können. Aber sie wusste, dass der Pfleger in der Schweiz am längeren Hebel saß. Sie hatte keine Beweise, ob er seine Drohung jemals wahrmachen würde, aber sie traute es ihm zu. Außerdem würde ihre Aussage, er habe sie erpresst, nicht für eine Festnahme reichen, da er ein unbescholtener Bürger war, der bei den Kollegen und Heimbewohnern sehr beliebt war. Eifersucht war ein Gefühl, welches liebevolle Menschen zu gewalttätigen Monstern werden ließ.

Lea schloss die Augen und erinnerte sich an die letzte Nacht. Mit Rafael! *Warum habe ich das getan? Warum habe ich mit ihm geschlafen?* Sie wusste die Antwort, bevor sie ihre Frage zu Ende gestellt hatte. Sie sehnte sich nach Nick und Rafael hatte eine gewisse Ähnlichkeit mit ihm. Obwohl sie momentan kein Paar waren, kam die Liebesnacht mit Rafael dem Begriff *Fremdgehen* sehr nahe. Sie liebte Nick und trotzdem hatte sie sich in die Arme eines Fremden geworfen, um für einen Moment die Trauer der Einsamkeit zu vergessen.

Plötzlich schob sich Neller vor ihr inneres Auge. Wenn sie die Situation im Schwimmbad und in der Sauna rekonstruierte, konnte es sich tatsächlich so abgespielt haben, wie Nick es erzählt hatte. Allerdings bei der Kosmetikbehandlung konnte Neller unmöglich die gesamte Zeit die Tür ihres Behandlungsraumes überwacht haben. *Vielleicht* ... Sie grübelte und holte sich die Situation sekundengenau in ihre Erinnerung zurück. Die Hände, welche sie gewürgt hatten, waren urplötzlich weg. Und zwar nur einen Bruchteil bevor die Tür sich öffnete und die Kosmetikerin zurückkehrte. Neller oder ein anderer Täter hätte es niemals geschafft, in dieser kurzen Zeit den Raum zu verlassen oder gar sich zu verstecken. Hatte sie wirklich geschlafen? Was hatte diese Visionen ausgelöst? Schließlich gab es nur diese beiden Situationen, wo sie Todesangst hatte, sonst schlief sie immer ruhig und meistens traumlos. Mit einem Mal kam ihr eine Idee. Sie hatte sich sowohl in der Sauna als auch auf der Liege im Kosmetikraum Gedanken gemacht, wie Neller sie in dieser Situation beseitigen könnte. Hatte diese Überlegung allein schon ausgereicht, um ihr so realistische Albträume zu bescheren?

Sie öffnete ihre Augen und blickte sich im Krankenzimmer um. Neben ihrem Bett stand ein Infusionsständer, an welchem ein Beutel mit einer klaren Flüssigkeit hing. Ein dünner Silikonschlauch führte bis zu ihrer Armbeuge und leitete die Infusion durch eine Hohlnadel in ihre Vene. Sie wollte keinen erneuten Albtraum heraufbeschwören, aber es gab viele Möglichkeiten, eine wehrlose Frau im Krankenbett, mit einem Infusionsschlauch im Arm, zu beseitigen. Sie schloss die Augen und versuchte an etwas anderes zu denken. Sie dachte an Nick, der sie eben noch so verliebt und gleichzeitig doch so verzweifelt angesehen hatte. Sie musste erneut mit ihm sprechen, denn …

Plötzlich hörte sie die Zimmertüre. Leise trat eine Person ein und näherte sich ihrem Bett. Lea blinzelte, um den Besucher zu identifizieren. Er trug einen weißen Kittel und Turnschuhe, die auf dem Linoleumboden quietschten. Schlagartig wurde es Lea heiß. Ihr gesamter Körper war in Alarmbereitschaft. *Die Ärzte, Schwestern und Pfleger tragen niemals Turnschuhe, eben um das unangenehme Quietschen zu vermeiden!*

Lea riss die Augen auf und sah einen jungen Pfleger, der die Hände in seinem Kittel vergrub. Er lächelte sie an. „Was wollen Sie von mir?", fragte sie ängstlich.

„Nichts! Ich wollte sie nur ein letztes Mal sehen!"

Lea kam die Stimme sofort bekannt vor. *Ich kenne ihn!* Plötzlich zog der Pfleger etwas aus seiner rechten Tasche. Es war eine große Spritzenkanüle. Er hob sie demonstrativ in die Luft und zog sie auf. Mit Luft!

„Was machen Sie da?" Lea wollte fliehen, konnte sich aber plötzlich nicht mehr bewegen. *Ich träume wieder! Bestimmt! Er ist überhaupt nicht da und er wird mir nichts tun! Ich muss einfach wieder meine Augen schließen und dann ist es vorbei!*

Als er sie erneut ansprach, wusste sie plötzlich, dass sie nicht träumte.

„Du wolltest dich vor mir verstecken! Aber irgendwann bekomme ich euch alle!", flüsterte der Mann. Es war der

Narzissenkünstler! Lea öffnete ihre Augen und sah, wie der Mann die Spritze an dem Zugang der Infusion ansetzte. Im nächsten Moment drückte er den Kolben bis zum Anschlag durch und jagte die Luft in den Schlauch. Geistesgegenwärtig zog Lea sich den Zugang aus ihrem Arm und hörte im nächsten Moment, wie die Luft pfeifend aus der Kanüle austrat. Ein stechender Schmerz jagte durch ihre verletzte Schulter. Als der Täter erkannte, dass sein Vorhaben gescheitert war, stürzte er sich auf die wehrlose Patientin. Er umfasste ihren Hals mit beiden Händen und drückte zu.

Kapitel 39

Es sah aus, als würde der Arzt im weißen Kittel Lea küssen. Sie lag ruhig in ihrem Bett, während er seinen Kopf über sie beugte. Durch das Geräusch der aufstoßenden Türe gestört, drehte der Rivale sich um. Nick erkannte in seinen Augen sofort, dass er keine guten Absichten hatte. Augenblicklich stürmte der Kommissar auf ihn zu und riss ihn zur Seite. Nick schlang seinen Arm um Bennos Hals und zog ihn zu Boden. Benno trat mit den Füßen nach Nick, traf ihn mehrfach am Oberschenkel und an der Leiste. Schließlich warf Nick den Täter auf den Bauch und fixierte dessen Arme auf dem Rücken. Er holte seine Handschellen aus der kleinen Ledertasche am Gürtel und legte sie ihm an. Mit einem beherzten Faustschlag setzte Nick den Angreifer außer Gefecht.

Besorgt wandte er sich Lea zu, die mit geschlossenen Augen regungslos in ihrem Bett lag. Er fühlte ihren Puls und überprüfte ihre Atmung, die zwar flach, aber immerhin noch vorhanden war. Im nächsten Moment drückte er den Alarmknopf neben ihrem Bett.

Während Benno Grasser von den herbeigerufenen Beamten abgeführt wurde, saß Nick an Leas Seite und hielt ihre Hand. Sie kam schnell wieder zu sich, nachdem ein Arzt ihr Sauerstoff gegeben und ihren Hals auf Verletzungen untersucht hatte.

„Drei Mordanschläge innerhalb einer Woche! Das kann sich sehen lassen!", bemerkte Nick augenzwinkernd.

„Ich finde das überhaupt nicht lustig!", entgegnete Lea mit rauer Stimme. Ihr Hals schmerzte noch und das Reden fiel ihr schwer.

„So war das auch nicht gemeint! Das weißt du!" Er zog sie in seine Arme und wollte sie am liebsten nie wieder loslassen. Er fühlte sich schuldig an dem Überfall. Hätte er Lea im Krankenhaus in Vilshofen gelassen, dann hätte Benno Grasser sie nicht gefunden. Aber sein Egoismus und seine Sehnsucht gewannen die Oberhand über die Vernunft. Auch bei dem Angriff im Wellnesshotel gab er sich eine Mitschuld. Aber nicht, weil er Lea angeblich in Rafaels Arme trieb, sondern weil er sie von München weggeschickt hatte. Es war erneut sein Egoismus, der die Frau, die er liebte, aus der Schussbahn eines Serienmörders wissen wollte. Die Wünsche und Bedürfnisse der Person, um die es ging, berücksichtigte er dabei nicht. Lea musste dreimal in Todesgefahr schweben, bis er das endlich begriff. Nick musste mit ihr noch einmal über ihre Beziehung sprechen. Das Leben konnte so schnell vorbei sein – er wollte nicht riskieren, dass sie auch nur eine einzige gemeinsame Minute davon verschwendeten.

„Über was grübelst du nach?", wollte Lea leise wissen.

„Ich denke an unsere Zukunft! Ich will sie mit dir verbringen!"

„Ja, ich auch. Mir ist erst jetzt bewusst geworden, dass mein Leben ohne dich ärmer ist. Seit wir uns getrennt haben vermisse ich dich jeden Tag und das mit Rafael war …"

„Du musst dich nicht rechtfertigen!", unterbrach Nick sie.

„Ich will es dir aber erklären. Rafael schaut dir ähnlich. Aber nicht nur äußerlich, er hat zwei Grübchen in den Wangen, wie du, er zwinkert mit den Augen, wenn er einen Witz macht, wie du. Und ich konnte mich mit ihm so unbeschwert unterhalten, wie mit dir."

„Er ist also mein Zwilling? Dann dürfte ich ja überhaupt nicht eifersüchtig auf ihn sein."

Lea hob ihren Kopf und blickte Nick in die Augen. „Es gibt aber einen entscheidenden Unterschied."

„Ich hoffe, du meinst den, dass er wegen versuchten Mordes verurteilt wird, weil er dich umbringen wollte?" Nick hob seine Augenbrauen.

Langsam schüttelte Lea ihren Kopf. Sie beugte sich zu ihm und berührte mit ihren Lippen seinen Mund. „Er ist nicht du!" Sie küssten sich behutsam und zärtlich. Sie unterdrückten das Feuer, welches in ihrem Inneren loderte.

„Erzählst du mir jetzt, warum du vor zwei Jahren Schluss gemacht hast?", fragte Nick, nachdem er sich von ihren Lippen gelöst hatte.

Sie wollte auf ihre Gefühle hören, die ihr zuschrien, sie solle Nick die Wahrheit beichten und mit ihm ein glückliches Leben führen. Aber ihre Angst war noch zu groß. Dieses besitzergreifende Gefühl hatte sie zwei Jahre lang davor bewahrt, rückfällig zu werden. Sie war so oft kurz davor Nick um den Hals zu fallen, wenn er abends im Büro seine charmanten Witze machte oder gelegentlich zufällig seine Hand auf ihren Rücken legte. Nur aufgrund der Angst vor Gabriels Rache und vor ihrem Geständnis, dass sie Nicks Kind abgetrieben hatte, schaffte sie die Abstinenz von dem Mann, den sie liebte. Sie musste sich entscheiden, wer die Oberhand gewann. Die Liebe oder das schlechte Gewissen! Bevor sie eine Antwort fällen konnte, klingelte ihr Handy.

„Du hast dein Handy an? Ich habe dich vorhin versucht zu erreichen, aber …"

„Wirklich? Ich habe es nicht gehört!" Sie zog ihr Telefon aus dem Nachttisch und hob ab. Es war ihr Vater, der sie freudig begrüßte.

„Hallo meine Kleine! Wie geht es dir? Du musst mich unbedingt bald besuchen. Ich will dir jemanden vorstellen!" Seine Aufregung war durch den Apparat zu hören.

„Hallo Papa! Ich … äh …", stotterte sie los. *Ich werde ab sofort anfangen, zu den Menschen, die ich liebe, ehrlich zu sein. Egal wie sehr es sie schmerzt.*

„… ich bin im Krankenhaus."

„Im Krankenhaus? Was ist denn passiert?" Plötzlich drang Besorgnis aus seiner undeutlichen Stimme.

Lea überlegte, ob sie ihn wirklich mit den beiden Mordanschlägen konfrontieren sollte. Sie wusste, er würde es ertragen, er war durch und durch Polizist. Aber sie hatte momentan nicht die Kraft, ihm jedes Detail der Taten zu erzählen. *Sei ehrlich!*

„Es geht mir gut! Kann ich dir die Einzelheiten ein andermal erzählen? Mein Hals schmerzt noch und ich …"

„Schon gut! Hauptsache, du bist gesund!", erklärte Peter Rieder schnell.

„Aber erzähl du! Wen willst du mir vorstellen?", krächzte Lea mittlerweile.

„Stell dir vor, seit zwei Monaten gibt es eine neue Pflegekraft in unserem Haus. Sie heißt Hedwig und ist nur zehn Jahre jünger als ich. Ich will, dass ihr euch kennenlernt. Sie ist … naja … eigentlich …"

Lea kannte ihren Vater überhaupt nicht so überschwänglich und doch so schüchtern.

„…eigentlich wollen wir heiraten!", ergänzte er zurückhaltend.

„Ihr wollt was?", schrie Lea überrascht in den Hörer, brachte jedoch nur ein undeutliches Kreischen zustande.

„Meinst du, das geht zu schnell? Aber wir sind halt nicht mehr die Jüngsten und die Liebe erkennt man manchmal auch ganz schnell."

„Warum hast du eine neue Pflegekraft? Wer ist denn ausgeschieden?", fragte Lea neugierig.

„Habe ich das nicht erzählt? Gabriele hat bereits vor einem halben Jahr gekündigt. Naja, er war jung. Er hat ein Mädchen kennengelernt und ist mir ihr nach Amerika ausgewandert. Dann kam die Sybille, die war kein Zuckerschlecken, das sag ich dir! Die hat den ganzen Tag mit uns geschimpft und uns geschlagen, wenn wir etwas nicht wollten. Aber die haben wir schnell wieder abgesägt. Und seit zwei Monaten ist jetzt die Hedwig hier. Sie ist so lieb und wir verstehen uns auch ohne Worte."

Lea hörte ihrem Vater bereits nicht mehr zu. Nach seiner Aussage, dass Gabriel bereits seit einem halben Jahr weg sei, war sie für andere Informationen nicht mehr aufnahmefähig.

„Gabriel ist weg?", wiederholte sie ungläubig.

„Lea? Ist alles in Ordnung mit dir? Ja, er ist seit sechs Monaten nicht mehr hier."

„Kann ich dich zurückrufen, wenn ich aus dem Krankenhaus bin? Ich komme dich auf jeden Fall bald besuchen, versprochen!"

„Natürlich, Kleines! Gute Besserung und liebe Grüße an Nick!"

Geistesabwesend ließ Lea ihr Handy sinken.

„Was ist los? Was hat er gesagt?", fragte Nick interessiert.

„Er will heiraten!"

„Echt? In seinem Alter? Das ist super!" Nick mochte Leas Vater und vergönnte ihm das späte aber verdiente Glück der neuen Liebe.

Ich kann mit Nick zusammen sein, ohne dass mein Vater in Gefahr schwebt. Ich hätte bereits vor sechs Monaten wieder eine Beziehung mit ihm eingehen können! Blieb nur noch eine Beichte, welche sie ihm gestehen musste. Sie spürte, wie sich Tränen in ihren Augen bildeten. Sie wusste nur nicht, ob diese aus Freude oder aus Angst entstanden.

„Was ist los? Warum weinst du? Das ist doch toll, dass dein Vater noch einmal heiraten will!", versuchte Nick sie zu trösten.

Schluchzend nickte sie. Jetzt konnte sie Nick endlich alles gestehen. Auch die Drohungen durch Gabriel. Sie wollte die neue Beziehung ohne Geheimnisse beginnen.

„Ich muss dir etwas sagen", begann sie zurückhaltend. Sie schaute ihn an und er erkannte sofort, dass sie ein schlechtes Gewissen hatte. Ihre geröteten Augen sahen ihn flehend an und er hatte keine Ahnung, was sie ihm gleich gestehen würde. Aber er wusste, dass es keine Lappalie war.

„Willst du damit lieber warten, bis es dir besser geht? Bis dein Hals nicht mehr so schmerzt?"

„Nein!" Lea schüttelte heftig den Kopf. Wenn sie es jetzt aufschob, legte sie sich möglicherweise neue Ausreden zurecht, um es ihm nicht offenbaren zu müssen. „Vor zwei Jahren … kurz bevor Hannes ermordet wurde … da erfuhr ich …, dass ich schwanger war." Sie ließ den Satz auf ihn wirken.

„Du warst … schwanger? Von mir?", fragte er unnötigerweise.

„Von wem denn sonst?", fauchte sie ihn ungläubig an.

„Was ist dann passiert? Warum hast du es mir nicht erzählt?"

„Ich wollte es dir an dem Tag erzählen, als Hannes starb. Aber plötzlich war das nicht mehr wichtig. Du warst so traurig und ich habe die Schwangerschaft einfach verdrängt. Dann hast du erzählt, dass du mich als neue Partner an deiner Seite vorschlagen wolltest und da …"

Nick sah aus dem Fenster. Er erinnerte sich an die betreffende Zeit. Er war traurig und gab sich eine Mitschuld am Tod seines Partners. Aber er hätte sich trotzdem über die Nachricht der Schwangerschaft gefreut.

„Wolltest du das Kind nicht?" Seine direkte Frage rüttelte Lea wach.

„Doch! Am Anfang schon, aber du weißt, dass mir meine Karriere immer sehr wichtig war und als ich die Chance bekam, als Oberkommissarin mit dir auf der Straße zu arbeiten, da …"

„... hast du dich gegen das Kind entschieden und es abgetrieben!"

„Es tut mir leid! Ich weiß, dass du eine Familie wolltest. Du hast ständig von Kindern gesprochen und da brachte ich es einfach nicht mehr fertig, dir davon zu erzählen. Ich verstehe, wenn du jetzt wütend auf mich bist."

„Wütend? Auf dich?" Nick sprang vom Bett auf und fuhr sich mit zitternden Händen durch die Haare. „Ich frage mich eher, was ich falsch gemacht habe. War ich ein so schlechter Lebensgefährte, dass du mir so etwas Wichtiges, wie einen Schwangerschaftsabbruch, nicht anvertrauen konntest? Warum durfte ich nicht mitentscheiden, was mit unserem Kind geschieht? Warum hast du mich nicht in deine Überlegungen mit einbezogen?"

„Ich hatte Angst, dass du es nicht verstehen würdest." Lea begann erneut zu weinen. Sie wusste, dass es nicht einfach werden würde, Nick die Wahrheit zu erzählen, aber sie ahnte nicht, dass es sie derart schmerzen würde, seine Trauer zu erleben.

Nick setzte sich erneut zu ihr aufs Bett und fasste nach ihren Händen. „Lea! Ich liebe dich! Heute genauso wie damals. Natürlich wollte ich Kinder – ich will immer noch welche! Aber wenn du nicht dazu bereit warst, dann hätte ich dich niemals gezwungen, unser Kind auszutragen. Ich hätte nur gerne mit dir darüber gesprochen. Ich wünschte, wir hätten es gemeinsam entschieden! Du hast hinter meinem Rücken über das Leben unseres Kindes bestimmt! Ob du es glaubst oder nicht – ich verstehe, dass du damals die Karriere vorgezogen hast. Vermutlich hätte sich nie wieder so eine Chance ergeben. Ich bin traurig, dass du unser Kind nicht wolltest, aber ich verurteile dich nicht dafür! Was mich kränkt ist, dass du kein Vertrauen zu mir hattest. Du warst dir sicher, ich würde für das Kind plädieren und hast mir diese Nachricht deshalb vorenthalten."

„Es tut mir leid! Wenn ich es rückgängig machen könnte, dann …"

„Nein! Das stimmt nicht! Dieser Spruch ist so abgedroschen! Den höre ich von jedem Täter, den wir fassen. Du weißt so gut wie ich, dass du jederzeit in der gleichen Situation wieder genauso entscheiden würdest."

„Schon möglich."

„Und deshalb hast du Schluss gemacht? Weil du ein schlechtes Gewissen hattest?" Ungläubig schüttelte Nick den Kopf. „Ich hätte dich für reifer gehalten."

Seine Aussage traf sie schmerzvoller als er es beabsichtigt hatte. Sie als unreif zu bezeichnen kam einer Degradierung zum Kleinkind gleich. Diese beinhaltete, dass sie sich kindisch, unvernünftig und unverantwortlich verhielt, was sie keinesfalls so hinnehmen konnte.

„Es gab noch einen anderen Grund", erklärte sie mit fester Stimme.

Abwartend betrachtete Nick sie. Er war gespannt, welches Argument sie bringen würde, um ihr Verhalten von damals zu rechtfertigen.

„Gabriel hat mich erpresst!"

„Gabriel? Der Pfleger deines Vaters?" Verwundert kniff Nick die Augen zusammen.

„Bevor ich nach München kam, hatte ich eine kurze Affäre mit ihm. Er hat sich Hals über Kopf in mich verliebt, aber für mich war es eigentlich nur ein Racheakt gegen Samuel. Als ich meinen Vater dann vor zwei Jahren besuchte, drohte Gabriel mir, dass er meinem Vater etwas antun würde, wenn ich meine Beziehung zu dir beibehalte."

„Er hat dir gedroht?"

„Er wollte dir auch von der Schwangerschaft erzählen, falls ich mich nicht von dir trenne."

Sie erkannte an seinen Augen sofort, was er dachte. Genau aus diesem Grund hatte sie ihm damals nichts davon erzählt.

„Kann es sein, dass du mir überhaupt nicht vertraust?"

„Das stimmt nicht! Ich vertraue dir, aber du hättest vorgeschlagen, Gabriel festnehmen zu lassen. Und das hätte nichts gebracht. Er war ein sehr beliebter Pfleger! Es stand Aussage gegen Aussage!"

„Ich hätte aber privat mit ihm reden können. Möglicherweise hätte er dann von seinen Drohungen Abstand genommen!"

„Möglicherweise? Andernfalls hätte er meinen Vater vergiftet! Ich habe mich nicht sofort von dir getrennt! Ich dachte, er würde seine Drohungen nur vortäuschen. Aber dann bekam ich einen Anruf von der Heimleitung, dass es meinem Vater sehr schlecht ginge. Ich wollte zu ihm fahren, aber Papa meinte, er hätte nur ein falsches Medikament bekommen, es ginge ihm schon wieder besser."

„Und du glaubst, das war Gabriel?"

„Ich bin mir sicher, dass er es war."

„Dann hättest du doch einen Grund gehabt, ihn aus dem Verkehr zu ziehen. Warum hast du damals nichts gegen ihn unternommen?"

„Wirfst du mir jetzt allen Ernstes vor, warum ich versucht habe, meinen Vater zu schützen? Das ist nicht fair! Glaubst du mir ist es leicht gefallen, mich von dir zu trennen? Ich habe auch zwei Jahre lang unter unserer Trennung gelitten! Aber …"

„… du hattest Angst vor den Konsequenzen."

Plötzlich griff Lea sich an den Hals. Sie hatte eindeutig zu viel und zu laut gesprochen. Sie konnte kaum noch schlucken. Nick rief sofort die Schwester, die Lea kühlende Umschläge machte und ihr eine Schmerztablette überreichte.

„Es tut mir leid", krächzte sie, nachdem die Schwester das Zimmer verlassen hatte.

„Mir tut es leid! Wir sollten erst wieder diskutieren, wenn du gesund bist."

Er küsste sie liebevoll auf die Lippen und legte sich anschließend neben sie aufs Bett.

Nick hatte nicht vor, sie jemals wieder zu verlieren.

Epilog

Drei Monate nach dem Angriff im Krankenhaus befanden sich Lea und Nick auf dem Weg in die Schweiz. Sie hatten Peter Rieder bereits zwei Monate zuvor besucht und am eigenen Leib erfahren, welch herzliche Frau seine Angebetete war. Hedwig war für ihr Alter eine sehr schicke Frau, die es verstand mit dem oft starrsinnigen Ex-Polizisten umzugehen. Lea freute sich für ihren Vater, der seit vielen Jahren wieder ein Leuchten in den Augen trug, wenn er von seiner Hedwig sprach.

Im Kofferraum befand sich nicht nur das Hochzeitsgeschenk für Peter und Hedwig, sondern auch ein ganz besonderes Kleid, welches Lea jedoch nicht als Gast auf der Hochzeit ihres Vaters tragen wollte, sondern auf ihrer eigenen. Es fand eine Doppelhochzeit statt!

Nachdem Lea aus dem Krankenhaus entlassen wurde, konnte Nick es kaum erwarten, um ihre Hand anzuhalten. Obwohl sie sich in ihren Träumen immer einen spektakulären Heiratsantrag ausgemalt hatte, war sie völlig überwältigt, als Nick vor dem selbst gedeckten Tisch auf die Knie fiel und ihr seine Liebe gestand.

„Lea!", begann er seinen Antrag und kniete sich vor ihr nieder. Er nahm ihre Hände in seine und schaute ihr aufgeregt in die Augen. „Wir brauchten einen zweiten Start, um zu erkennen, dass wir füreinander bestimmt sind. Ich war bereits vor zwei Jahren kurz davor, diesen Schritt zu wagen. Du wusstest nur nichts davon, weil ich mir etwas Besonderes für diesen Tag ausgedacht habe. Das erforderte etwas Vorbereitung, die dann jedoch durch deine Entscheidung, Schluss zu machen, hinfällig wurde. Es hat mir dieses Mal zu lange gedauert, den geplanten Antrag erneut auf die Beine zu stellen, deshalb bekommst du dieses Geschenk vielleicht zum Geburtstag. Denn ich wollte auf keinen Fall noch länger warten. Ich liebe dich! Und ich brauche dich, wie die Luft zum Atmen, das Wasser zum Trinken und das Feuer zum Wärmen. Ohne dich kann und will ich nicht existieren. Ich hätte dich fast dreimal in kürzester Zeit verloren. Das darf nie wieder passieren! Ich will dich genau so, wie du bist." Er zog eine kleine Dose aus seiner Hostentasche und öffnete sie. Zum Vorschein kam ein silberner Ring mit einem kleinen funkelnden Stein in der Fassung. „Willst du mich heiraten?"

Lea weinte bereits seit Nick vor ihr auf die Knie gefallen war. Obwohl es ein klassischer Heiratsantrag war, wie er täglich tausendfach vollzogen wurde, war es für Lea der schönste Antrag, den sie sich hätte wünschen können. Sie fiel ihm um den Hals und küsste ihn gerührt. „Ja! Ich will dich heiraten! Lieber gestern als morgen!"

So kam es, dass sie spontan, in Absprache mit Leas Vater, entschieden, eine Doppelhochzeit zu feiern.

Es war ein kleines Fest, mit Gästen, die hauptsächlich aus Heimbewohnern und einigen Angehörigen sowie Angestellten bestanden. Aber für Lea und Nick war es der perfekte Rahmen für ihr Glück. Sie brauchten keine große Party mit der gesamten Dienststelle. Sie brauchten nur sich und ihre Liebe.

Rafael Schneider wurde wegen versuchten Mordes zu lebenslanger Haft verurteilt. Er empfand nie Reue für seine geplante Tat. Es wurde eine psychische Störung bei ihm diagnostiziert, weshalb er vermutlich das Gefängnis nie wieder lebend verlassen wird.

Benno Grasser kam in eine psychiatrische Einrichtung mit Sicherungsverwahrung. Die Strafrichter entschieden, dass von ihm eine lebenslange Gefahr für andere Frauen ausging und er deshalb die geschlossene Psychiatrie vermutlich niemals verlassen würde.

Antonio Neller und seine Frau Karen blieben weiterhin mit Nick befreundet. Lea konnte sich anfangs jedoch nicht überwinden, ein freundschaftliches Verhältnis zu den beiden aufzubauen, zu tief saßen die negativen Erlebnisse im Hotel. Obwohl sie sich stundenlang mit Nick über die damaligen Ereignisse austauschte, drang die Vernunft nur langsam zu ihr durch, dass sie sich die Angriffe in der Sauna und bei der Kosmetikbehandlung nur eingebildet hatte.

Erst zwei Jahre und viele abgesagte Einladungen später ließ Lea sich auf ein Treffen mit Toni ein. Mittlerweile trug der Anwalt kurzgeschorene Haare, welche in kürzester Zeit ergraut waren und auch Karen präsentierte einen Kurzhaarschnitt, so dass ihr Äußeres nicht mehr an die damalige Zeit erinnerte. Schnell merkte Lea, dass die beiden sehr lustig und fürsorglich waren. Ihr fiel auch auf, dass Toni sich für Nick verantwortlich fühlte, wenn ihm etwas auf dem Herzen lag. Aufgrund dieser zunehmend harmonischen Freundschaft zwischen den beiden Paaren war es für Lea und Nick fast selbstverständlich, dass sie das ältere Ehepaar für eine besondere Eigenschaft auserwählt hatten. Sie wurden die Paten ihres ersten Sohnes.

Lea bemerkte es drei Jahre nach ihrer Hochzeit. Das Ziehen im Unterleib und die dauernde Übelkeit erinnerten sie stark an ihr damaliges Dilemma. Nur dass die Schwangerschaft dieses Mal nicht unerwünscht war. Lea liebte ihre Arbeit als Kommissarin, merkte aber in letzter Zeit immer öfter, dass ihr am Abend, wenn sie nach Hause kam, etwas fehlte. Sie hatte Nick, den sie liebte und sie genoss die Zeit mit ihm, aber sie wollte mehr. Sie wünschte sich ein lebhaftes Heim mit Kindern und einem Haustier. Woher dieser Wunsch plötzlich kam, wusste sie nicht, aber sie hinterfragte ihn auch nicht. Seit den Mordanschlägen lebte sie bewusster, aber auch unbeschwerter. Sie genoss jedes Detail in ihrem Leben intensiver und grübelte über aufkommende Wünsche nicht, bis diese totgedacht waren, sondern setzte sie möglichst schnell in die Wirklichkeit um. Als sie Nick von ihrer Schwangerschaft berichtete, verhielt er sich zurückhaltend.

„Bist du sicher?", fragte er abschätzend.

„Ja! Ich habe einen Test gemacht. Hier!" Sie hielt ihm den Schwangerschaftstest unter die Nase, welcher eindeutig zwei blaue Kontrollstreifen zeigte.

„Und was bedeutet das jetzt?", hakte er nach.

Lea lachte ihn an. „Das bedeutet, dass wir ein Kind bekommen! Freust du dich überhaupt nicht?"

„Doch! Aber ich will einfach nicht zu voreilig sein, falls du es dir wieder anders überlegst."

„Ich will das Kind dieses Mal! Hundertprozentig!"

Erst jetzt gestand Nick sich seine Freude zu. Er grinste über sein gesamtes Gesicht, hob Lea hoch und wirbelte sie durchs Zimmer.

„Wir müssen unbedingt Peter und Hedwig davon unterrichten. Sie werden sich freuen, endlich Großeltern zu werden!"

E N D E

Angelika B. Klein

Schuld, die dich schuldig macht

PROLOG

Er spürt, wie das kalte Wasser an seinen Knöcheln emporsteigt. Das gläserne Gefängnis lässt keine Flucht zu. Seine Beine sind mit Fußfesseln am Boden verankert, seine Arme mit Gurten auf seinem Rücken fixiert. Panik kriecht in ihm hoch. Er schaut in ihr Gesicht und sieht, wie sich ihre Tränen einen Weg über ihre Wangen bahnen. Das Wasser steigt immer weiter, schnell und unerlässlich. Es hat bereits seine Knie erreicht. Er möchte ihr noch so viel sagen, aber ihm fallen nicht die richtigen Worte ein. Sie ruft ihm etwas zu, was er jedoch in der mittlerweile übermächtigen Angst, die ihn ergreift, nicht versteht. Das Wasser hat seine Hüfte erreicht.

Er öffnet seinen Mund, jedoch entweicht lediglich ein schlotterndes Stöhnen seinen Lippen. Das Wasser ist so kalt! Sein ganzer Körper zittert vor Kälte. Ein letztes Mal unternimmt er den Versuch, seine Arme oder Beine von den Fesseln zu befreien. Vergeblich! Das Wasser steht ihm wortwörtlich bis zum Hals. Er würde ihr so gern ein letztes Mal sagen, wie sehr er sie liebt. Er öffnet den Mund und schluckt augenblicklich das einströmende Wasser. Es bleiben ihm nur noch Sekunden, dann bekommt er keine Luft mehr! Ein letztes Mal saugen sich seine Lungen mit Sauerstoff voll, dann steigt der Wasserpegel über seine Nase. Unter Wasser öffnet er die Augen und schaut sie weiterhin an. Plötzlich wird er ganz ruhig. Die Angst und die Panik fallen von ihm ab. Er akzeptiert sein Schicksal. Eine wärmende Ruhe umschließt ihn. Er lächelt sie ein letztes Mal erfüllt von Liebe an, dann schließt er seine Augen und wird von einem schwarzen Nichts umhüllt.

Kapitel 1

Laute Rufe reißen mich aus meinen Gedanken. „Mia, Mia!", höre ich eine Jungenstimme aufgeregt meinen Namen rufen. Ich stürme aus der Hütte und sehe Kojo, der mit seinem jüngeren Bruder auf dem Arm auf mich zugelaufen kommt.

Mein Blick fällt sofort auf das stark blutende Bein des kleinen Jungen. „Kojo, was ist passiert?", frage ich besorgt. Ich nehme ihm den sechsjährigen Jungen ab und trage ihn schnell in die Steinhütte, welche als Krankenzimmer umfunktioniert wurde.

„Tidjani ist auf einen großen spitzen Stein gestürzt. Zuerst wollte er weiterlaufen, aber es hört nicht auf zu bluten!", erzählt Kojo besorgt. Er macht sich große Sorgen um seinen Bruder. Wenn er mit dem Jüngeren allein unterwegs ist, trägt er, obwohl er selbst erst zwölf ist, die alleinige Verantwortung. Das wurde ihm von seinem Vater eingeschärft.

Ich lege Tidjani auf das lange Holzbrett, welches auf vier hohe stabile Füße genagelt als Untersuchungstisch dient und betrachte mir sein Bein genau. Oberhalb des rechten Knies klafft eine 5 cm lange und ziemlich tiefe Schnittwunde, die unaufhaltsam blutet.

„Kojo, schnell bring mir die Tücher dort drüben." Kojo läuft zu dem kleinen Tischchen und reicht mir die frischen aufeinandergestapelten Wundkompressen. Ich bedecke die Wunde mit zwei Tüchern und weise Kojo an: „Drück fest drauf und lass nicht los!" Kojo legt seine Hand auf die Kompressen und drückt zu. Ein leises Wimmern entweicht

Tidjanis Lippen. Ich finde, dass sich der Jüngere ausgesprochen tapfer verhält, angesichts der schmerzhaften Verletzung. In seinen Augen erkenne ich Angst, aber keine Träne verlässt seinen Körper. Ich drehe mich zu meinem Instrumentenschrank um und hole eine Betäubungsspritze, Nadel und Faden sowie Jod. Vorsichtig steche ich links und rechts der Wunde in die Haut und injiziere 2 ml Lidocain. Danach säubere ich die Wunde großflächig mit Jod und beginne, den Schnitt zu verschließen.

Während ich zügig, aber sorgfältig einen Stich nach dem anderen durchführe, versuche ich Tidjani abzulenken: „Erzähl mir, wie das passiert ist, Tidjani. Wie schaffst du es, in einer Steppe übersät mit hohem Gras auf den einzigen großen Stein zu fallen, der rumliegt?"

Tidjani schaut mich tadelnd an: „Das war mir vorherbestimmt! Vater sagt, wenn du dich verletzt, will dir die Natur damit zeigen, dass du bereit bist einen weiteren Schritt zu gehen, um ein Mann zu werden. Ich habe nicht geweint. Tapfere Männer weinen nicht!"

Selbst jetzt, nachdem ich bereits zwei Jahre hier meinen Dienst verrichte, überrascht mich immer wieder die Tapferkeit und der Mut der Jungen und Männer, die zum Teil täglich ihr Leben riskieren, um die Familie und das Dorf zu ernähren.

Ich bin gerade mit dem letzten Stich fertig und verknote die Enden des Fadens, als ich erneut meinen Namen höre: „Mia, bist du da?" Abgehetzt erscheint Anna, die 18-jährige Studentin aus Hamburg, die hier ein freiwilliges soziales Jahr absolviert, in der Tür.

Während ich die frisch genähte Wunde meines jungen Patienten verbinde frage ich: „Was ist los, Anna? Du bist ja ganz außer Atem."

Mit kurzen Worten erzählt sie: „Es ist Kefira, es ist bei ihr soweit, du musst schnell kommen!"

„Kefira? Jetzt schon? Wo ist Mona?"

Anna schüttelt den Kopf und antwortet: „Die ist in Samroni, bei einer schweren Geburt mit Steißlage".

Oh nein! Bitte nicht! Kefiras Geburtstermin ist erst in vier Wochen und Mona ist die einzige Hebamme im Dorf. Ausgerechnet heute ist sie in Samroni, das liegt zwei Stunden entfernt. Ich habe ihr zwar des Öfteren bei Geburten geholfen und auch einiges über die ausübende Kunst der Hebamme gelernt, aber ich war noch nie allein verantwortlich für die Gesundheit von Mutter und Kind.

Schnell verbinde ich Tidjanis Bein fertig und schaue mich suchend in der Hütte um. Wo ist der Geburtskoffer? Mist, den hat natürlich Mona dabei. Dann muss es eben ohne gehen. Ich eile zur Tür hinaus und laufe zu Kefiras Strohhütte. Anna folgt mir mit ein paar Metern Abstand. Bereits von draußen höre ich das jammernde Stöhnen der werdenden Mutter und trete zügig in den dunklen Raum ein. Jamal, Kefiras Ehemann, steht neben dem Bett und hält besorgt ihre Hand. Sie sind beide erst 19 Jahre alt und es ist ihr erstes Kind, daher wissen beide noch nicht, was auf sie zukommt.

„Kefira, es wird alles gut, atme ruhig ein und aus", fordere ich sie auf. An Jamal gerichtet frage ich: „In welchen Abständen kommen die Wehen?"

Jamal schaut mich mit großen Augen an. Klar, blöde Frage. Hier im Herzen Afrikas, einem kleinen Dorf namens Mandala in Sambia, 200 km von der nächsten größeren Stadt Kabwe entfernt, schert man sich nicht um die Uhrzeit. Mir bleibt also nichts anderes übrig, als selbst den Abstand zwischen zwei Wehen festzustellen.

Vorsichtig spreize ich Kefiras Beine und taste mit meinem Finger nach dem Muttermund. Oh mein Gott! Er ist bereits vollständig geöffnet und ich spüre auch schon das Köpfchen, wie es nach unten drückt. In diesem Moment kommt die nächste Wehe und Kefira fängt an zu pressen. Mit einem lauten Schrei hört sie auf und fällt erschöpft und mit schmerzverzerrtem Gesicht in ihr Kissen. „Kefira, wie lange hast du schon Presswehen?", frage ich besorgt. Kefira antwortet mir jedoch nicht. Mein Blick sucht Anna: „Anna, seit wann bist du da?"

Hilflos antwortet sie: „Ich bin ungefähr seit einer halben Stunde da. Ich kam zufällig an der Hütte vorbei und habe sie schreien gehört. Der Dorfarzt war gerade bei ihr, hat aber nach einiger Zeit besorgt den Kopf geschüttelt und die Hütte wieder verlassen. Erst danach hat mir Jamal erlaubt Mona oder dich zu holen." In solchen Situationen werde ich so wütend auf die Kultur und das Verhalten der Eingeborenen. Sie sind so stur, was die moderne Medizin angeht. Wenn sie wirklich schon so lange in den Presswehen liegt und das Kind immer noch nicht weiter nach unten gerutscht ist, muss ich davon ausgehen, dass Kefira und ihr Kind es nicht alleine schaffen. Der Geburtskanal ist zu eng, ich muss nachhelfen.

Mein Gehirn arbeitet auf Hochtouren. Was würde Mona jetzt machen? Die Zange! Mist, die ist im Geburtskoffer! Kefiras lauter Schrei reißt mich aus meinen Überlegungen. Jetzt nur keine Panik aufkommen lassen! Was kann ich als Geburtszange verwenden? Suchend schaue ich mich in der spärlich eingerichteten Hütte um. Mein Blick fällt auf eine große Schüssel in der Ecke der Hütte, daneben liegen zwei Holzlöffel. Etwas Passenderes entdecke ich auf die Schnelle nicht.

Das Adrenalin schießt mir in den Körper. Mit deutlichen kurzen Sätzen befehle ich:

„Anna, nimm die beiden Holzlöffel und säubere sie so gut es geht."

„Jamal, bring mir saubere Tücher."

Zu Kefira sage ich mit beruhigender aber eindringlicher Stimme: „Kefira, ich muss deinem Kind helfen, es schafft es nicht alleine. Du darfst nicht mehr pressen, hörst du?" Kefira stöhnt vor Schmerzen. „Kefira, du darfst nicht mehr schieben, erst wenn ich es sage, das ist wichtig." Ich nehme ein leichtes Nicken von Kefira wahr und bereite mich auf meine erste Zangengeburt ohne Zange vor.

Anna gibt mir die beiden sauberen Holzlöffel, während Jamal die Tücher neben mich auf das Bett legt. Plötzlich kommt mir ein Gedanke: Das Kind muss an den Holzlöffeln entlang nach außen gleiten... die Oberfläche der Holzlöffel .... sie ist zu rau. Verdammt! Ich schaue mich im Raum um.

Anna bemerkt meine suchenden Blicke und versucht mit zur helfen: „Mia, kann ich dir irgendwie helfen?"

„Ich brauche etwas, um die Löffel rutschiger zu machen. Creme, Fett oder Ähnliches", antworte ich hektisch. Ich finde nichts, was sich nur annähernd eignen würde. Nach kurzem Überlegen sprintet Anna aus der Hütte und verschwindet um die Ecke. Erneut schreit Kefira auf. Ich kann nicht mehr länger warten, sonst wird es wirklich gefährlich für Mutter und Kind.

Ich positioniere mich zwischen den Beinen der Schwangeren und schiebe vorsichtig einen der Löffel in ihre Vagina ein. Kefira stöhnt unter den Schmerzen laut auf. In diesem Moment fliegt die spärliche Holztür auf und Anna stürmt herein. In der Hand hält sie eine Schüssel mit einer weißen festen Masse darin. Sie reicht mir die Schüssel und erklärt atemlos: „Das ist das Einzige was ich gefunden habe, aber das müsste gehen, oder?" Ich rieche an der weißen Masse und verziehe augenblicklich mein Gesicht. *Igitt!*

„Was ist das?", rufe ich Anna entgegen.

Betreten schaut sie mich an und meint: „Das ist Schweineschmalz. Es ist fettig, das wolltest du doch!"

„Ja, danke Anna." Ich habe keine andere Wahl, als das Schweineschmalz zu verwenden. Schnell reibe ich beide Löffel mit dem Fett ein und führe erneut zuerst einen Löffel in Kefira ein. Nachdem dieser problemlos hineingerutscht ist, setze ich den zweiten Löffel an und schiebe ihn vorsichtig in die Vagina. Da Kefira eine Erstgebärende ist, ist der Geburtskanal dementsprechend eng und ich muss mich anstrengen, um den zweiten Löffel in seine richtige Position zu bringen.

Anna, die mittlerweile völlig aufgelöst neben mir steht, schluchzt: „Du verletzt doch den Kopf des Kindes, wenn du ihn mit den harten Löffeln packst und rausziehst."

Gestresst aber konzentriert antworte ich: „Nein, ich packe das Kind doch nicht. Ich erweitere nur den Weg, damit das Kind durch passt. Es rutscht an den Löffeln entlang. Sollte es zumindest, wenn alles gut geht." Den letzten Satz flüstere ich fast nur noch zu mir selbst.

Kefira gibt laute animalische Geräusche von sich und Jamal macht Anstalten, das Vertrauen in mich zu verlieren und mich von seiner Frau wegzuziehen. Ängstlich ruft er: „Hör auf, du bringst sie ja um. Das Kind wird alleine kommen, die Götter werden ihm auf die Welt helfen. Lass sie in Ruhe, geh weg!"

„Anna, bring Jamal raus, bevor er hier noch durchdreht!", schreie ich genervt. Anna springt auf und zieht Jamal zur Tür hinaus.

Die beiden Löffel liegen an ihren vorgesehenen Positionen. Mit aller Kraft ziehe ich sie auseinander. Ich versuche zu erkennen, wie weit ich den Geburtskanal öffnen muss. Kefira schreit mittlerweile durchgehend ohne Pause. Ihr Bauch zieht sich zusammen, die nächste Presswehe kommt. „Kefira, jetzt schiebe so fest zu kannst. Schiebe dein Kind zu mir raus." Kefira presst und ich sehe, wie der Kopf des Kindes langsam in den Geburtskanal rutscht. Die Wehe ist vorbei. „Atme tief durch, Kefira. Einmal noch, dann hast du es geschafft. Mit der nächsten Wehe schiebst du noch einmal so fest du kannst!" Schweißüberströmt nickt sie mir zu. Sie versucht tief durchzuatmen, trotz der Schmerzen. Die nächste Presswehe kommt. Kefira drückt mit aller ihr noch zur Verfügung stehenden Kraft und ein kleines Köpfchen mit schwarzen nassen Haaren bahnt sich den Weg nach draußen. Das Schwierigste ist geschafft. Mit der nächsten Wehe ziehe ich vorsichtig die Löffel heraus, wodurch mir der Körper des Kindes entgegen flutscht. Ein kleines, zerknittertes und laut schreiendes Bündel liegt auf der Decke vor mir. Kefira lässt sich erschöpft und erleichtert zurückfallen.

Durch die Schreie des Neugeborenen angelockt, erscheinen Anna und Jamal in der Hütte. Nachdem ich die Nabelschnur abgeklemmt, durchtrennt und die Atemwege des Kindes notdürftig vom Schleim befreit habe, reiche ich das Bündel Kefira, die es sofort liebevoll in die Arme schließt. „Du hast eine gesunde Tochter, Kefira." Jamal nimmt mich dankbar in den Arm und entschuldigt sich für sein aufgebrachtes Verhalten. Nach ein paar Minuten drückt Kefira die Nachgeburt heraus. Ich wickle sie in ein Tuch und übergebe sie Jamal. Für ihn ist es wichtig, den Mutterkuchen, wie es die Tradition vorschreibt, weiterzuverarbeiten.

Nachdem ich mich noch einmal vergewissert habe, dass es Mutter und Kind gut geht, verlasse ich mit Anna die Hütte und gehe zurück zu meiner Steinhütte. Erst jetzt bemerke ich, welche Anspannung und Sorge mich die letzten Minuten ergriffen hat. Mir tut jeder einzelne Muskel im Körper weh und ich bin unsagbar müde.

Erst spät am Abend kommt Mona zurück. Noch auf dem Weg zu unserer Hütte, welche wir uns teilen, erfährt sie durch Jamal von der ungewöhnlichen Geburt. Sie betritt unser Haus und nimmt mich augenblicklich in den Arm. „Mia, meine Süße! Stimmt es, was ich eben von Jamal gehört habe? Du hast eine Zangengeburt durchgeführt?"

Müde bestätige ich ihre Frage: „Ja, mit etwas Improvisation."

„Ich bin so stolz auf dich!", lobt mich Mona. Sie ist für mich wie eine Mutter und erzählte mir einmal abends, dass sie, wenn sie eine Tochter hätte, sich wünschte, sie wäre wie ich.

Wir setzen uns an unseren provisorischen Tisch und unterhalten uns über die beiden schwierigen Geburten des heutigen Tages.

Abends in meinem Bett, besser gesagt auf der Liege, welche mir als Bett dient, lasse ich den Tag nochmals an mir vorbeiziehen. So anstrengend er auch war, ich bin froh, dass ich mich vor zwei Jahren entschieden habe, nach Afrika zu gehen und für die Hilfsorganisation UNICEF zu arbeiten. In meinem vorherigen Leben ist so einiges schief gelaufen und ich habe hier neue Freunde und eine neue Aufgabe gefunden. Einer der Gründe, warum ich mich für das Dorf Mandala entschieden habe war, dass die Umgangssprache hier Englisch ist. Obwohl das Dorf nur ca. 120 Einwohner zählt, davon ca. 50 Kinder jeden Alters, wird man hier geschätzt für das was man tut und nicht für das, was man hat. Ich kann mir nicht vorstellen, jemals wieder in die hektische, laute und materiell-orientierte Welt zurückkehren zu müssen. Allerdings bin ich gerade einmal 25 Jahre alt, was das Leben noch mit mir vorhat, lässt sich nicht erahnen.

Angelika B. Klein

LESEPROBE

Im Schatten des Unrechts

PROLOG

1992

Mit ängstlich geweiteten Augen sitzt die zehnjährige Samantha vor dem Fernseher und starrt auf den Bildschirm. Der kurze Ausschnitt mit den blutverschmierten Wänden hat ausgereicht, um ihre Fantasie anzuregen. Sie stellt sich einen maskierten großen Mann vor, der mit einem langen Messer in der Hand vor einer blonden hübschen Frau steht.

„Das ist unglaublich!", reißt ihre Mutter sie aus ihren Gedanken. „Wie kann dieser Mann nur behaupten, er sei es nicht gewesen, wenn doch alle Beweise und Fakten dafür sprechen, dass er das junge Mädchen umgebracht hat?"

„Vielleicht ist er schizophren oder hat die Tat verdrängt?", wendet ihr Vater ein.

Abrupt dreht Samantha sich um, fragt neugierig: „Was ist schizophren, Papa?"

„Wenn jemand unter Wahnvorstellungen leidet. Er glaubt dann, dass ihm eine innere Stimme befiehlt, bestimmte Sachen zu machen. Das kann auch ein Mord sein!", erklärt er kindgerecht.

Samantha wendet sich wieder der Nachrichtensendung zu und hört den Anwalt des Beschuldigten: „Mein Mandant bestreitet vehement die ihm vorgeworfene Tat! Er war zur betreffenden Zeit weder in der Nähe des Opfers, noch hatte er ein Motiv!"

Wieder dreht Samantha sich zu ihrem Vater um und schießt heraus: „Was ist ein Motiv?"

„Sam, du solltest jetzt besser ins Bett gehen", antwortet er freundlich, während er aufsteht. Er nimmt seine Tochter an der Hand und bringt sie in ihr Zimmer.

Liebevoll beugt er sich über sie, küsst sie auf die Stirn: „Gute Nacht, mein Engel!"

Nachdenklich flüstert das Mädchen: „Papa, was ist, wenn der Mann wirklich unschuldig ist? Muss er dann trotzdem ins Gefängnis?"

Besorgt über ihre detaillierten Gedanken, setzt er sich ans Bett seiner Tochter.

„Wenn er unschuldig ist, dann wird er auch freigesprochen. Der Richter schaut sich die Beweise der Staatsanwaltschaft ganz genau an und entscheidet dann, ob der Angeklagte es gewesen sein kann oder nicht."

„Aber wenn er es nicht war und trotzdem ins Gefängnis muss, dann kann das doch jedem Menschen passieren, oder?", entgegnet sie ängstlich.

Beruhigend streicht er ihr übers Haar: „Mach dir keine Sorgen, mein Schatz! Die Bösen werden eingesperrt und die Guten kommen frei!"

Nachdem ihr Vater das Zimmer verlassen hat, steht für Samantha fest: Sie will Richterin werden, damit niemals unschuldige Leute ins Gefängnis müssen!

Kapitel 1

Juli 2010

Das laute metallische Klacken des Schlosses weckt mich. Ich öffne die Augen und sehe die Justizvollzugsbeamtin, die mit zwei Tabletts in den Händen meine Zelle betritt.

„Guten Morgen!", ruft sie freundlich in den Raum, während sie das Frühstück auf dem kleinen Tisch abstellt. „Frau Fischer, nach dem Frühstück ist es soweit. Packen sie bitte ihre Sachen zusammen!", wendet sie sich an meine Zellengenossin. Diese antwortet lediglich mit einem müden Knurren und dreht sich auf die andere Seite.

Nachdem die schwere Eisentür von außen wieder verschlossen wurde, hüpfe ich von meinem Bett und beuge mich über meiner im unteren Teil des Stockbettes liegende Mitbewohnerin.

„Hey Berta, wach auf! Willst du allen Ernstes deine Entlassung verschlafen?"

Träge dreht sich die füllige Frau zu mir um: „Das hättest du wohl gerne, Sam! Du willst nur keinen Neuzugang auf deinem Zimmer haben."

Schwerfällig erhebt sie sich und trottet auf die Toilettentür zu. Nachdem sie den kleinen abgegrenzten Raum betreten hat, lehnt sie die Tür hinter sich an.

Während ich Zucker sowie Milch in meinen Kaffee schütte, antworte ich beiläufig: „Das ist Quatsch, Berta! Das weißt du! Ich freue mich für dich, dass du es endlich geschafft hast!"

Mit einem lauten Schlag fliegt die Türe auf, im nächsten Moment steht meine große, kräftige Mitbewohnerin mitten im Zimmer. Wütend, aber mit einem freundlichen Lächeln auf den Lippen knurrt sie: „Sam! Du sollst mich nicht immer Berta nennen!"
Obwohl wir diese Diskussion schon des Öfteren geführt haben, bemerke ich unschuldig: „Aber alle nennen dich hier Berta! Warum darf ich dich nicht so nennen?"
„Ach Püppchen, ich werde dich echt vermissen!", antwortet Berta mit einem liebevollen Lächeln.

Sie setzt sich mir gegenüber und fängt umständlich an, ihr Brot zu bestreichen.
Ich weiß genau, warum sie von mir nicht Berta genannt werden will. Alle hier im Knast in Stadelheim nennen sie die „dicke Berta". Seit mittlerweile zehn Jahren sitzt sie hier ein, mit einer kurzen Unterbrechung von vier Monaten. In dieser kurzen Zeit der Freiheit hat sie sich aber sofort mit den falschen Leuten eingelassen, so dass es nicht lange dauerte, bis sie wieder eine Straftat begann und erneut verurteilt wurde.

Vor zwei Jahren wurde ich zu ihr in die Zelle gesperrt. Ich sah mich ab dem ersten Tag einer großen und gewaltigen Zimmergenossin gegenüber ausgesetzt, die mürrisch sowie wortkarg auf mich herabblickte. Eine

Woche später, als eine Gruppe von Frauen im Gefängnishof auf mich zusteuerte und mich mit anzüglichen Bemerkungen belästigte, stand plötzlich Berta hinter ihnen. Unmissverständlich gab sie ihnen zu verstehen, dass ich unter ihrem Schutz stehe. Seitdem lassen mich die Mitgefangenen in Ruhe und ich halte mich, so gut es geht, aus aufkommenden Schwierigkeiten heraus.

Am Abend dieses Tages packte ich all meinen Mut zusammen und sprach Berta auf ihr Verhalten an. „Warum hast du das heute getan, Berta?", wollte ich kleinlaut wissen.

Mit einem fast zärtlichen Blick entgegnete sie: „Ohne Schutz ist so ein hübschen Ding wie du den pervesen Spielchen der Anderen hilflos ausgeliefert. Und ich habe keine Lust, dass du nächtelang im Bett rumheulst und ich deswegen nicht schlafen kann."

„Und was verlangst du als Gegenleistung von mir?", fragte ich unsicher. Sie blieb mir die Antwort schuldig, legte sich stattdessen schweigend auf ihr Bett. Damit war die Unterhaltung für sie vorerst beendet.

Als wir später am selben Abend auf unseren Matratzen lagen, bekam ich meine Antwort: Sie wolle nicht, dass ich sie Berta nenne, sondern bei ihrem richtigen Namen - Rosi.

Die darauf folgende Zeit brachten unsere abendlichen Gespräche uns einander immer näher. Wir wurden gute Freundinnen und erzählten uns gegenseitig unsere Lebensgeschichten.

Nachdem wir an diesem letzten gemeinsamen Tag gefrühstückt haben, steht Berta auf und nimmt mich in den Arm: „Ich verabschiede mich am besten schon jetzt von dir."

Sie drückt mich lange und freundschaftlich, bis ich mich schwer atmend von ihr löse. Mit Tränen in den Augen blicke ich sie an. Zärtlich streicht sie mir über die Wange und flüstert: „Hey, Püppchen! Nicht traurig sein, wahrscheinlich bin ich eh schneller wieder hier, als dir lieb ist."

Wütend trete ich einen Schritt zurück und packe sie an den Schultern. „Rosi Fischer! Trau dich ja nicht, hier wieder aufzutauchen!" Mit etwas sanfterer Stimme ergänze ich: „Bitte halt dich da draußen von den falschen Leuten fern! Such dir einen Job und beginne ein anständiges Leben!"

Plötzlich hören wir das bekannte Geräusch der Tür, die aufgeschlossen wird.

Die Beamtin tritt ein: „Sind sie soweit, Frau Fischer?"

Ein letztes Mal fallen wir uns in die Arme.

„Halt die Ohren steif, Püppchen! Und such dir jemanden, der dich beschützen kann", fordert sie mich, wahrscheinlich zum hundertsten Mal, auf.

„Rosi, ich pack das schon. Jetzt geh und genieß dein Leben da draußen!" Traurig lösen wir uns voneinander.

Rosi greift nach der bereits am Vorabend gepackten Kiste, dreht sich um und schiebt sich an der Beamtin vorbei in den Flur.

Krachend schließt sich meine Zellentür. Allein und mit gemischten Gefühlen bleibe ich zurück.